ベリーズ文庫

伯爵と雇われ花嫁の偽装婚約

葉崎あかり

STARTS
スターツ出版株式会社

目次

伯爵と雇われ花嫁の偽装婚約

ワケあり令嬢クレア

「ありがとうございました！」

カラランッとドアベルが軽い音をたてて、扉が開く。

商品の包みを抱えて出ていく客の背中に向かって、薄灰色の瞳が印象的な少女は、元気よく頭を下げた。左右に分けた黒に近いセピア色の長い三つ編みが、お辞儀の動きに合わせて背中で跳ねている。その暗めの髪色とは対照的に、肌の色は白い。

客足が途切れ、静まり返った店内に残るのは、茶葉のいい香りとドア付近に立つ少女のみ。表に面した窓から、石畳が敷きつめられた路上を行き交う人々の姿が見える。

（さてと、今のうちにチェックしておかなきゃ）

少女――クレア・アディンセル、十八歳――は、カウンターに戻ると、明日出す発注書に視線を落とし、最終確認を始めた。

ここは、長い歴史と多彩な文化を持ち、特に近年、産業面の発展においては他国の追随を許さない、大陸屈指の繁栄国、ブレリエント王国。

王都ルオントの中心、国王陛下の住まいである宮殿からほど近いメイン通りの端の端、さらに路地を一本入った所にクレアの営む紅茶店がある。茶葉の商品が陳列されている棚と、カウンターと作業台があるだけの、ごく小さな店だ。

亡き母から店を継いで、もうすぐ一年。

最初の頃は、すべてひとりで作業をこなすのは不安でいっぱいだったが、近所の店の人たちの手助けや以前から通ってくれている客の支えで、これまでやってこられた。

それに紅茶やハーブティー以外にも、最近は東洋の茶葉も少しだが置けるようになり、一部の珍しい物好きの貴族や資産家の目にとまって徐々に顧客も増え、なんとか軌道に乗っている。

しばらく時間が経過し、クレアは発注書から顔を上げて窓を見た。太陽が西に傾き、通りを夕焼け色に染めている。

（もうこんな時間……お屋敷に戻らなくちゃ……）

クレアは窓のカーテンを閉め、ドアに〝閉店〟の板をかけると、帰り支度を始めた。

細い身体に紺色のショールを巻きつけ、戸締まりをして店をあとにする。メイン通りに出ると、乗り合い馬車を見つけて乗り込んだ。車窓から、流れていく街並みの景色を眺める。

王立図書館、中央郵便局、運河に架かる大橋、そして、街のシンボルでもある高い時計塔。

（あ、あれは、美味しい、って評判の最近できたお菓子屋さん……。いつか時間があったら寄ってみたいな）

そんなことを考えながら三十分ほど馬車に揺られていると、貴族の居住区域に近い停車場に到着した。

馬車を降りると、通りのガス灯にちらほらと明かりが点いている。ここからは徒歩だ。辻馬車を使えば少しは楽なのだが、少しでも節約したいのが現状。

クレアは夕闇が迫る前にと急いで歩き、大きな屋敷の前に辿り着いた。

アディンセル伯爵邸――ここが今の彼女の住まいだ。門を抜けると、正面玄関へは向かわずに、裏側の使用人たちの使う出入口へ回る。そのまま静かに階段を上がり、屋敷の端、北側の部屋に入った。

明かりを灯すと同時に、部屋の様子が目に映る。

カーテンに覆われた窓、ひとり分の食事なら充分並ぶテーブルと椅子、さほど幅の広くないベッド。とはいえ、クレアがずっと母とふたり暮らしをしていた部屋に比べれば、造りも家具の素材もいくぶん上質だ。

しかし、日中もあまり光が入らないため、気候の穏やかなこの季節でもなんだかとても空気が冷たく感じられた。

無言のまま、普段着用の質素な服に着替えていると、ドアのノックとともにメイドがひとり、入ってきた。

「お嬢様、お帰りなさいませ」

「……ただいま」

クレアは返事をした。メイドが呼んだ『お嬢様』とは、ほかでもない彼女のことだから。

もちろん、普通のお嬢様ではない。第一、貴族令嬢は働いたりしない。彼女は一年前、母の死に伴い、実父であるアディンセル伯爵に引き取られた、庶民出身者なのだ。

「お夕食をお持ちしました。ほかの皆様は、もうお済ませになりました」

メイドはそう言うと、運んできた食事を無言でテーブルに並べていく。

「ありがとう……ございます」と言ったクレアに、メイドは無表情のまま一礼すると部屋を出ていった。

この家のメイドは実に事務的だ。クレアとは必要以上に話さないし、関わろうとしない。クレアのことを気に入らない義母、アディンセル伯爵夫人の言いつけだということは容易に想像できる。

今、この家を取り仕切っているのは、事実上、彼女だ。

家族は食事を済ませた、とメイドは言っていたが、それは嘘だ。

義母はクレアとテーブルをともにすることも、嫌に違いない。

だが、実際のところクレアは気にしていなかった。彼女のほうも、義母の不機嫌な顔を見ながら食事をするくらいなら、ひとりのほうが断然いい。

クレアはテーブルに着くと、少し冷めかかった食事を口に運んだ。使われている食材は庶民の物よりも良質なのに、あまり美味しいと感じない。

（お母さんが生きている時は、パンひとつとスープだけでも、すごく美味しかったな……。お母さんの笑顔だけで、部屋もとても暖かかったのに……）

思い出して、鼻の奥がツンとなる。溢れ出そうになる涙をこらえて、クレアは急いで食事を喉に流し込んだ。

＊　＊　＊

十八年前、クレアは王都で紅茶店を営む母のもとに生まれた。物心ついた時から、父の姿はなかったが、それでも優しい母とふたり、楽しく暮らしていた。ずっと、この小さくも穏やかな幸せが続くと思っていた。

ところが、彼女が十七歳の時、最愛の母が病気でこの世を去った。

彼女に残されたのは、母の思い出と、母の形見でもある小さな店のみ。

悲しみがすぐに消えることはなかったが、ささやかな葬儀から一ヶ月後、これから自分がこの店を守っていくのだと心に決め、自らを奮い立たせて店を再開したある日。

彼女のもとに、アディンセル伯爵から依頼を受けたという弁護士が訪ねてきた。

「あなたは、アディンセル伯爵様のご令嬢でいらっしゃいます」

その弁護士によって、クレアは自分の出生を知ることとなった。

クレアの母は若い頃、アディンセル伯爵と恋に落ち、クレアを身ごもった。

伯爵はクレアの母を正妻として迎えようとしたが、庶民出身の娘との結婚に、親族をはじめ周囲が猛反対。

そのうち、それを理由に伯爵を当主の座から外そうと画策(かくさく)する者まで現れ、彼の行く末を案じたクレアの母は、自ら身を引くことを決意し、伯爵に別れを告げてひとりでクレアを生んだ。伯爵はせめて子供に会いたい、と願ったというが、迷惑がかかることを気にして、母は面会を拒否し続けたという。

その後、伯爵は、ずっと前から親が決めていた許嫁(いいなずけ)、すなわち貴族の令嬢と結婚し、一男一女を授かった。

　こうして、クレアは父の存在を知らされずに育ったのだった。

「伯爵は、あなたにお会いしたいと強く願われています。そして、あなたを正式に娘として、引き取りたいともおっしゃっています」

　突然の申し出に、クレアは戸惑(とまど)った。

　幼い頃、一度だけ母に父のことを尋ねたことがあったが、母は何も答えず寂しそうに微笑んだだけだった。

　この質問は母を悲しませるだけだと感じたクレアは、それ以降、二度とそのことには触れなかった。でもまさか、自分が貴族の血を引いているなんて思ってもいなかったし、ましてや父親が名乗り出て、引き取りたいとまで言っているなんて。

　でも、この世に血を分けた肉親は、もう伯爵だけなのだ。それに、自分の父親がどんな人なのか会ってみたい。

　引き取るという話はあとにして、クレアはとりあえず「一度会ってみる」と返事をした。

　後日、クレアはアディンセル伯爵邸に招かれた。

初めて見る父親は、ベッドに横たわったままで、顔だけをクレアに向けていた。聞けば、数年前に病気で倒れ、今はひとりでは起き上がれないところまで病状が悪化しているということだった。

まだ四十代前半だと聞いていたが、実際はそれよりもっと歳を取っているように感じた。

伯爵はクレアに、今まで母娘ふたりを放っておいたことを詫びた。そして「それは母の意志でもあったので、気になさらないでください」とクレアが言うと、伯爵は、「お前は優しい娘に育ったのだね」と穏やかに笑った。

その顔を見たクレアは、『いい人そうでよかった』と嬉しく思った。

伯爵はそんなクレアの手を握り、どうかこの屋敷にとどまってほしい、と懇願した。

クレアは、ただひと目、父の姿を見られればそれでよかったのだが、その弱々しく握られた手がベッドで徐々に衰弱していった亡き母の姿と重なり、胸がひどく痛んだ。

(これが伯爵様の願いなら……私でいいのなら、叶えてあげたい……)

気づくとクレアは「はい」と、伯爵の手を強く握り返していた。

「あの、伯爵様……」

「『お父様』と呼んでくれるかい？」

「……あ、はい……。では……お父様」

クレアは、おずおずと伯爵をそう呼んだ。

それは、彼女に初めて父親ができた瞬間であった。

「ひとつお願いがあるのですが……」

「なんだね?」

「……母の遺（のこ）したお店を続けてもいいでしょうか?　もちろん、お屋敷にご迷惑になるようなことはしません。行きも帰りも、ひとりで大丈夫ですから……」

伯爵は少し考えるように沈黙したが、やがて口を開いた。

「好きにするといい。私もお前からすべてを奪おうとは思っていないよ。あの店は、お前の宝物なのだろうから。……小さいが、温かい店だ」

伯爵は静かに微笑（ほほえ）んだ。

「あ、ありがとうございます、お父様!」

クレアの表情が明るくなった。安心したのもあるが、あの店を褒（ほ）められたような気がして、母も喜んでいると思えたからだ。

「家の者には、お前のことを話してある。妻は賛成してくれたよ。この家のことは妻に任せてあるから、なんでも相談して頼りなさい」

「はい。ありがとうございます」

こうして、クレアは住まいをアディンセル伯爵邸に移し、これまでと同じ生活を送れることになった。

その日は一旦帰り、翌日、これまで借りていた部屋の大家に別れを告げ、伯爵家の迎えの馬車で屋敷に入った。

最初にメイドに案内されたのは、伯爵夫人の待つ部屋だった。

「奥様、クレア様をお連れいたしました」

「入りなさい」と中から落ち着いた女性の声が聞こえ、クレアは緊張で表情を強張らせた。

(お父様は夫人も賛成してくれた、っておっしゃっていたけど……私を気に入ってくださるかな……?)

広い部屋に入ると、そこには上質のドレスを身にまとい、髪を高く結い上げたひとりの貴婦人がソファに座っていた。伯爵夫人だ。

だが、彼女はこちらには目を向けず、窓の外を眺めていた。

「……は、初めまして……クレアと申します……」

クレアは、かなり控えめに声を出した。

すると、伯爵夫人は初めてクレアの存在に気づいたかのように、ゆっくり振り向いた。そして、クレアの頭のてっぺんから靴の先までじっくり見たかと思うと、すぐさまその目に軽蔑の色を浮かべた。

「まあ……まるで、ネズミみたいな娘だこと」

(……え?)

思ってもいなかった言葉を投げかけられて、クレアは目を丸くした。

「そんな薄気味悪い色の瞳で見ないでちょうだい。それに髪の色も暗くて、本当にみすぼらしい娘ね」

夫人の発言に、クレアは絶句した。

確かに、服装は貴族の目にはみすぼらしく映るかもしれない。しかし、夫人が今言ったのは、クレアが持って生まれた容姿そのもののことだ。

(薄気味悪い……?)

クレアも、この瞳の色が人より薄いということは知っている。

でも、これまでそんなことを言う人は周りにいなかった。

自分の姿に自信があるわけではないが、そこまで言われるほどに自分は醜いのだろうか。夫人の心ない言葉にクレアは傷つき、うつむいた。

「今さら愛人の娘を引き取るなんて、旦那様にも困ったものだわ」

（愛人……）

夫人はクレアの母をそう表現し、それはクレアの胸にグサリと突き刺さった。

伯爵と夫人が結婚する前にクレアの母は伯爵と別れ、連絡すら取っていなかった。

したがって決して愛人ではないのだが、この気位の高い夫人からすれば、自分を差し置いて伯爵の心を奪った身分の低い女など、愛人扱いで充分だった。

『自分はこの人に歓迎されてない』とクレアは一瞬で悟ったが、父は嘘をつくような感じの人ではなかった。

おそらく当主の決定には逆らえず、夫人は仕方なく承諾した、というところだろう。

笑顔で、『はい、それで結構ですわ』と夫人が答えたのを、そのまま伯爵は受け取ったのかもしれない。黒い感情が夫人の中で渦巻いていることも知らずに。

「旦那様は、あなたを正式にこの家の娘として手続きしたそうだけど、私はそうは思っていませんからね。でも、一応、特に旦那様の前では、私のことを〝お義母様〟と呼ぶように」

「……はい……」

クレアは消え入りそうな声で、返事をした。

「それと、これからも外で労働を続けるという時点で、あなたは使用人と同格です。この家で、私の子供たちと同じ扱いが受けられるとは思わないように。……もう下がりなさい」

冷たい口調で言い放つと、夫人はさっさとクレアを部屋から追い出した。

メイドのあとに続いて広い廊下を歩くクレアの足取りは、当然重い。

（この家で大丈夫かな、私……）

正直、もとの家に帰りたかった。

でも、今朝別れた大家の話によると、ここ数年、地方から王都に移り住む人が増加しているらしい。もしかしたら今頃、もとの家は次の借り主が契約しているかもしれない。

自分にあてがわれた北側の冷たい空気の部屋に案内され、持ってきた少ない荷物を片づける。

（……だけど、この家でこき使われるわけじゃないんだし、住む場所が変わっただけでお店も続けられるんだから、ありがたいことよね。大丈夫……どこでだって、頑張れる。だから、見守っていてね、お母さん……）

＊　＊　＊

（あれから、もう一年が経つのね……）

テーブル上の、空になった食器をクレアはぼんやりと見つめた。朝早く出かけてい
き、陽が暮れたあとに帰宅する彼女は基本的にこの屋敷の住人とは生活のリズムが違
うため、食事はいつもひとりだ。

屋敷内を自由に動き回ることも夫人に許されていないが、たまに体調のいい時は父
が部屋に招いてくれて互いに語り合い、父と娘として、これまでの空白の時間を埋め
るように過ごした。クレアは伯爵に、夫人に対する愚痴や文句を言ったことはなかっ
た。言ったところで、夫人がしらを切るかもしれないし、余計に自分への風当たりが
強くなるかもしれない。

（……食器、片づけなきゃ……）

クレアは立ち上がった。メイドが置いていった銀色のトレイに食器を載せ、それを
持ったまま部屋を出る。いつの間にか、食器を下げるのも自分の日課となっていった。
クレアが長い廊下を歩いていると、階段の近くに誰かが立っているのが見えた。

見事なブロンドの巻き髪と青い瞳の少女だ。レースをふんだんに使った、可憐なドレスに身を包んでいる。クレアの地味で質素な服とは対照的だ。

クレアは少し困惑した表情を浮かべたが、歩みを止めることなく、進んでいく。

そして、黙ってその横を通り過ぎようとした時、その金髪の少女の可愛らしい口から、嫌味っぽい言葉が飛び出した。

「自分で運ぶなんて、使用人と同じね」

クレアは内心、ため息をついた。

「……こんな所で、珍しいわね、ヴィヴィアン」

そう言って冷静な態度を崩さず、そのまま階段を下りていく。

すると、ヴィヴィアンと呼ばれた少女は、不機嫌そうに片方の眉を吊り上げた。

「気安く呼び捨てにしないでちょうだいっ。私はあなたを姉だなんて思ってないんだから！」

ヴィヴィアンは伯爵と夫人の間に生まれた子で、クレアの二歳下だ。つまり異母妹にあたる。

（……姉だと思ってない、ね……。それは、こちらのセリフよ。私も、あなたを妹だとは思ってないわ）

クレアは心の中で呟いただけで、口には出さない。ヴィヴィアンは暇潰しでもするようにクレアを見つけては何かと嫌味を言ったり、わざと傷つけるような言葉を浴びせたりする。

最初の頃はいちいち傷ついて泣きそうになっていたが、そうすると余計に面白がられて、さらにエスカレートするだけだとわかった。最善策は、なるべく相手にしないことだ。

だが、そうしたクレアの平然とした態度が気に入らなかったのか、ヴィヴィアンは声を荒らげて、階段の上からクレアの背中に向かって言った。

「大きな顔しないで！　愛人の子のくせに！　今はお父様の慈悲でここに置いてあげているだけだってこと、忘れないでよね！」

クレアは振り返りもせず、肩をすくめた。

ヴィヴィアンは考え方も母親とそっくりだ。

「デイヴィッドが当主になったら、あなたなんか、すぐに追い出してやるんだから！」

階段に、お嬢様らしからぬヴィヴィアンの大声が響き渡る。

デイヴィッドというのは、彼女の三歳下の弟で、アディンセル伯爵家の長男だ。金髪と青い目は母親譲りでヴィヴィアンとそっくりだが、いつも気の強い姉の言いなりで、自分に自信がなく、母と姉の陰に隠れているような少年だ。

実際デイヴィッドが当主になれば、家族に逆らえない気弱な少年は、直ちにクレアを屋敷から追い出すだろう。

父の容態を考えると、不謹慎だがそれは遠い未来ではないのかもしれない、とクレアは思った。

（もしそうなったとしても、私にはお店があるし、もとの生活に戻るだけだから、別にいいんだけど……）

突然放り出されて、途方に暮れるという心配はない。クレアは改めて母親に感謝し、心を落ち着かせたところで振り返ると、ヴィヴィアンが憎々しげに鋭い目つきで見下ろしている。

「ちょっと、何か言いなさいよ！」

ヴィヴィアンが叫ぶ。クレアが困った素振りを見せないことが、さらに癪(しゃく)に障(さわ)ったらしい。

「話すことはないわ」

クレアはひと言だけ答えると、再び配膳室へ歩みだした。

月夜の出会い

社交シーズンの王都の夜は長い。

大広間の高い天井から吊り下げられている、いくつものシャンデリア。

その下では大勢集まった紳士や貴婦人たちがグラスを片手に優雅な時間を過ごし、ここぞとばかりに着飾った貴族令嬢たちは男性とのダンスを楽しんでいる。

その中に、クレアの姿があった。だが、それは大広間の中心でもなければ、談笑する人々の輪の中でもない。彼女は壁際の、かなり目立たない場所にひとりポツンと立っているだけだった。

（ああ、早く帰りたい……）

その口から、深いため息が出る。もちろん退屈なのもあるが、胴を締め上げている慣れないコルセットが思いの外、きついからだ。今夜の舞踏会、自分が場違いなことは重々承知している。

ダンスの輪の中心に、チラリとヴィヴィアンの姿が見えた。彼女は、ピンク色の花飾りが裾全体に縫いつけられた真っ赤なドレスを身につけ、ダンスを楽しんでいる。

それに引きかえ、クレアはモスグリーンの詰め襟のドレスを着ていて、髪はさすがに三つ編みではないが、シンプルに後ろで結い、飾り気はない。全体的に『地味』のひと言に尽きる。

現に、そんなクレアに声をかける人もいなければ、近寄ってくる者もいない。完全に、いわゆる『壁の花』と化していた。

だが、彼女は自分の置かれた状況を惨めに思うわけでもなく、むしろ内心ホッとしていた。

（……ダンスに誘われても踊れないし、話しかけられても、上流階級の方たちとどんな会話をしたらいいのか、わからないんだもの……）

クレアは再び深いため息をつくと、窓の外に目を向けた。

今夜の舞踏会の主催者は、コールドウィン侯爵家だ。

コールドウィン侯爵家といえば、数百年前から続く名門中の名門で、この国の財界、経済界でも多大な影響力を持つ大貴族。それほどの家柄から招かれるということは、この国の貴族や富豪にとって、王宮から招待を受けることに次ぐほどに、大変名誉なことなのだ。

先日、招待状を受け取ったアディンセル伯爵夫人は、歓喜した。しかし、その直後、その招待状を穴が空く(あ)ほど見つめた。

そこには、夫人やヴィヴィアンのほかに、呼ばれるはずのないクレアの名前が書かれてあったのである。

何かの間違いだ、と夫人は思った。

だが、確かにクレアは今、正式にアディンセル伯爵家の娘だ。コールドウィン侯爵家がきちんと調べ、招待されたとしても、なんの不思議もない。

(あんな娘を社交の場にやるなんて、我が家が恥をかくだけだわ。適当に理由をつけて、お断りしましょう。それよりも、ヴィヴィアンのドレスをどうしましょう……)

この夜会にはきっと、名だたる貴族が集まるに違いない。自分の娘の結婚相手を探すいい機会だから目立つようにしないと、と伯爵夫人が意気込んだ、その時。

招待状のほかに、もう一枚、手紙が添えられていることに気づいた。何かしら……と、おもむろにそれを広げると、内容に目を通す。

伯爵夫人は驚愕(きょうがく)のあまり、思い切り目を見開いた。

【クレア嬢が社交界デビューの前だということは、存じ上げています。今後のため、場の雰囲気に慣れることも必要でしょう。

今回の舞踏会が、いい経験になることを祈っています。

シルビア・コールドウィン】

(……レディ・シルビアから、直筆の手紙……!)

伯爵夫人は手紙を持ったまま、しばらく呆然としていた。

シルビアとは、先代のコールドウィン侯爵の奥方の名前である。息子が爵位を継ぎ、肩書きはもう侯爵夫人ではないが、高齢のため表舞台から退いた今でも一族の決定権を握っている。政治家にも顔が広く、最近まで国王と王妃の相談役まで務めていた人物だ。レディ・シルビアの愛称で呼ばれ、貴族社会でこの名を知らない者はいない。夫人は社交界にデビューしていないことを理由に、クレアの出席を辞退するつもりだった。

しかし、それはもはやできない。

そもそも、クレアを社交界に出すつもりなど毛頭なく、手紙に書いてあった『今後』など、絶対にあり得ないことだと思っていた夫人は、額から汗が噴き出そうなほど当惑した。

もし、ほかの理由をつけて辞退すると、かえってレディ・シルビアの機嫌を損ねてしまうかもしれない。

まるで、命令に背く反逆者のような心境だ。

夫人は、しぶしぶクレアを呼び、このことを告げた。

クレアは驚いたが、それ以上に喜びのほうが大きかった。ただし、パーティーに招待されたことが、ではない。

（シルビア様に、またお会いできるかもしれない……！　お元気でいらっしゃるかしら？）

実は、クレアは以前にシルビアに会ったことがあるのだ。それは約三か月前の、冬の日——。

＊＊＊

その日は、朝から底冷えのする寒さだった。

クレアはいつもと同じように店に出ていた。

昼になっても、空には薄い雲がかかって太陽の光を遮り、いつ雪が降ってもおかしくない天候だった。

普段なら午前中から昼過ぎにかけて、ある程度賑わう店内も、その日はすっかり客足が途絶えてしまっていた。

　雪が降って帰れなくなっても困るし、今日はそろそろ閉めたほうがいいかもしれないと思い、外の様子を見に入口のドアを開けると——。

　店の外壁に片手をついて下を向き、今にもくずおれてしまいそうな老婦人がいた。

「大丈夫ですか⁉」

　クレアは慌てて、駆け寄った。その黒い帽子とコートの女性は、顔を上げて少し驚いてから、すぐに弱々しい笑顔を向けた。

「……なんでもないの。ごめんなさいね、びっくりさせてしまって……」

　女性はそう言ったが、顔は青白く、生気がない。

「あの、よろしかったら、中で少し休んでいかれませんか？」

　老婦人の具合が悪いことは誰の目にも明らかで、クレアは放っておくことなどできずに言った。

「……え、でも」

「今日は冷えますし、中のほうが暖かいですから」

　クレアは戸惑う女性の身体を支えて店に連れて入り、物置と休憩場所を兼ねている奥の部屋へと案内した。椅子に座らせ、膝掛けで女性の身体を包み、前のテーブルに温かいハーブティーの入ったカップを差し出した。

「ありがとう」

女性は被っていた帽子を取り、優雅に微笑んだ。髪の毛は真っ白だが艶があり、気品を漂わせている。

クレアは女性が身につけている帽子も、黒いコートも上質な物であることに、初めて気づいた。

（一体、どこの貴婦人なんだろう……。それに全身黒ずくめで、まるでお葬式みたいな……。顔色も悪かったし……）

クレアは気になったが、さすがにそれは聞いてはいけない。

やがて老婦人はハーブティーを飲み終わると、カップを静かに置いて微笑んだ。

「ありがとう。おかげで落ち着いたわ。お仕事の邪魔をして、ごめんなさいね」

「いえ、そんな……」

「ここ、あなたがひとりでやっているの？」

「はい」と答えたあと、クレアは急に恥ずかしくなった。自分で連れてきたのに、高貴な人をこんな狭い部屋に案内したことを申し訳なく思った。

「そろそろ、行くわ」

老婦人は多くは語らず、腰を上げた。先ほどより、足元はそんなにふらついていないようだ。

「ありがとう。お世話になったわね」

「そんな、私は何も……。それより、おひとりで大丈夫ですか？」

再びきちんと礼を言われ、クレアも恐縮しながら立ち上がる。

「ええ、大通りに馬車を待たせてあるの」

「では、そこまでお送りします」

すると、老婦人はゆっくり首を横に振った。

「いいえ、これ以上は迷惑をかけられないわ。あなたもお仕事があるでしょう？」

「いえ、今日はもう店じまいしようかと……」

その時、ドアベルが鳴って、ほかの客が入ってきた。

『ほらね』という風に老婦人は微笑むと、しっかりとした足取りで外に出た。

クレアはしばらく、その後ろ姿が見えなくなるまで扉のそばに立っていた。

老婦人と出会ってから数日経っても、クレアはずっと気になっていた。

あれから、ちゃんと帰れただろうか。やっぱり、通りまで見送りに出たほうがよかったのではないか。

　そんなある日。クレアの店に、あの老婦人が再び現れた。以前のように全身真っ黒ではなく、落ち着きの中にも華やかさのある、赤紫のコートと、同色のベルベットの帽子を身につけていた。それに、ちゃんと従者らしき者も後ろに携えている。血色のよくなった顔には、優雅な微笑みが浮かんでいた。

「ごきげんよう」

「……奥様！」

　クレアは驚いて、老婦人のもとへ駆け寄った。名前もわからなかったので、思わず『奥様』という言葉が口から出た。

「ご無事だったんですね、よかった……」

　クレアの表情が、パッと明るくなった。

「あら、まあ、そんなに心配してくれていたなんて……嬉しいわ」

　老婦人はクレアの手をぎゅっと握った。その手は温かかった。

「この前はお世話になったわね。本当はもっと早くにお礼に伺いたかったのだけど、少し体調を崩してしまって……今はもう大丈夫よ。あなたのおかげで元気になったの」

「そんな、特に私は……」

「いいえ、本当にあなたのおかげなのよ」

老婦人はにっこり笑った。

意味はよくわからなかったが、その笑顔がとても美しくて、クレアは見とれてしまった。

今でも充分美しいのだから、若い頃はもっとその容姿は輝いていたに違いない。

「お礼をしたいと思ったんだけど、何がいいか、ずっと考えていたの」

「お礼なんていいんです。奥様がお元気になられただけで」

「いいえ、それでは私の気が済まないわ。それで、考えたのだけど……私をこのお店のお客にしてもらえないかしら。定期的な客として」

老婦人の口元がほころんだ。

「えっ……」

「この前、いただいたハーブティー、とても美味しかったわ。すごく気に入ったの」

突然のことに、クレアは戸惑った。

わざわざこんな小さな店から商品を買わなくても、貴族にふさわしい買いつけ先がほかにあるはずだ。この店の物が、高貴な人の口に合うのかどうかも自信がない。

だが、現実的なことを言えば、定期購入の顧客は収入の安定に繋(つな)がるので、その中し出はとてもありがたく、嬉しかった。

「……ありがとうございます。喜んでいただけるよう、一生懸命頑張ります！」

クレアは頭を下げた。

＊　＊　＊

こうして老婦人こと、シルビア・コールドウィンはクレアの店の顧客になったのだった。クレアがアディンセル伯爵家の者だとわかった今も、働く彼女に理解を示してくれる数少ない人物のひとりだ。

そうとは知らないアディンセル伯爵夫人は、招待を受けていることをクレアに告げ、不機嫌そうに大きくため息をついたあと、言葉を続けた。

『レディ・シルビアは、あなたをちゃんと貴族教育を受けた娘だと思い込んでるわ。でなければ、あなたを招いたりするはずがありません。ダンスも踊れない、マナーも知らないあなたを連れていくことが、どれだけ勇気のいることか、わかっているでしょう？　せめて、私とヴィヴィアンに迷惑をかけないようにしてちょうだい』

夫人はイラ立ちを隠す気はないようで、きつい口調で言った。

伯爵は体調が悪く、当然ながら参加できない。

弟のデイヴィッドは、まだ適齢期ではないので招かれていないようだ。

『目立たないように、端のほうに立っていなさい。誰かにダンスに誘われても、踊れない、なんて恥ずかしいことを口にしないように。体調が優れない、とでも言って、ごまかしなさい』

ため息をつきながら、夫人は最後にこう命令した。

『あなたの話し相手は私が探しますから、勝手な行動は慎むように』


そして、舞踏会当日。

クレアは夫人が用意させた地味なドレスを着て、夫人やヴィヴィアンとは別の馬車に乗せられてコールドウィン侯爵邸にやってきたのだった。

到着してから、まず主催者である侯爵夫妻に挨拶(あいさつ)をしに行った。クレアも、ヴィヴィアンの姿を横目で見ながら、見よう見まねで挨拶をした。しかし、基本的なことが身についていないので、かなり不格好だったのは否めない。

だが、今日の招待客はかなりの人数で、次から次に侯爵夫妻のもとへ挨拶に訪れる。だから、夫妻があまりこちらに気を取られていないようでクレアはホッとした。

挨拶が済むと、夫人とヴィヴィアンはどこかへ行ってしまった。

クレアはシルビアの姿を探したが、見当たらない。誰かが、レディ・シルビアは体調が優れず今夜は来ていないらしい、と話しているのを聞いて、クレアは落胆した。

（シルビア様に会えないなら、もう帰りたい……）

大広間の端に移動し、窓の外を眺める。初めて見る煌(きら)びやかな世界で、ひとり取り残された迷子のようだった。気分もすっかり滅入っていたので、すぐそばで自分の名前が呼ばれていることにも、最初は気づかなかった。

「クレア・アディンセル嬢？」

何度目かの呼びかけで、クレアはハッと声のするほうを向いた。

丸い目の人のよさそうな三十代後半くらいの男性が、すぐ横に立っている。髭(ひげ)をたくわえた顔は陽に焼けていて、腹は大きく前に出ており、燕尾(えんび)服の胴回りが少し窮屈そうに張っていた。

「クレア嬢ですかな？」

「は……はい……」

突然、声をかけられたことに驚き、しどろもどろに答える。

「初めまして。トシャックと申します。南部で貿易商をしています」

「は、初めまして……」

「アディンセル伯爵夫人から、ご紹介がありまして。少しお話ができると嬉しいのですが」

トシャック氏は、素朴な笑顔と優しい語り口調で言った。

「え、ええ……」

クレアは戸惑いながらも、夫人が言っていた自分の話し相手はこの人だ、と悟った。

爵位はないらしいが、両手にそれぞれひとつずつ、ダイヤモンドとルビーの大きな指輪がはめられており、いかにも金持ちといった雰囲気が滲み出ている。

彼もひとりのようだ。

「……あの……奥方様は……？」

「私はまだ独り身なんです。ずっと仕事に専念してきましたので、婚期を逃してしまって」

「……そうなんですか……」

ということは、トシャック氏は舞踏会がてら、結婚相手になりそうな娘を探しに来たというところか。確かに、その重そうな身体でダンスを踊ることは、容易ではないだろう。

クレアは、なんだか申し訳なく思った。

トシャック氏も、こんな地味な娘ではなく、美しい令嬢と親交を深めたかっただろう。それを義母に頼まれ、仕方なくクレアの相手をしてくれているのかもしれない。

「田舎者なので、こういう場所はどうも苦手でして。よかったら、庭を散歩しませんか？」

照れ臭そうに笑いながら、トシャック氏はクレアを誘った。

「あ、はい……」

こういう時は男性にリードを任せるものなのだろうか。クレアにはよくわからなかった。しかし、ここで断ったりしたらあとで義母に何を言われるか、そのほうが心配だったので、とりあえずトシャック氏についていくことにした。

手入れの行き届いた広大な庭園が満月の光を浴びて、昼間とはまた違った表情を見せている。

バルコニーから階段を伝って庭に足を踏み入れ、外の空気を吸った時、クレアは少し解放されたような気分になった。

（正直、息が詰まりそうだったから、いい気分転換になりそう……）

そこまではよかったのだが。

「もう少し、先へ進みましょう」

トシャック氏は、さらに庭を進んでいく。

招待客は皆、屋敷にとどまって思い思いに時を過ごしており、周りには誰もいない。

急に辺りがしんとして、クレアは心細くなった。

やがて、木の茂みの陰に差しかかって、完全に屋敷は視界から消えてしまった。

「……あの、やっぱり戻りませんか……？」

クレアが尋ねると、トシャック氏は振り返り、いきなり彼女の腕をつかんだ。

「えっ？」

ぐいと引き寄せられそうになるのを、クレアは咄嗟の防衛本能で、足に力を入れて踏ん張る。

「ちょっと、離してください！」

トシャック氏はクレアの要望には応えず黙ったままで、ゆっくりと口角を上げながら彼女の全身を不躾なほど、じっくり舐め回すように眺めている。

その視線があまりにも不快で、クレアの背筋に悪寒が走った。

「あなたもその気で、ここまでついてきたんだろう？　少し戯れるくらい、いいじゃないか」

「なっ……！」

（その気って、何!?）

「こんな地味な格好をさせられて、かわいそうに。私と一緒になれば、今よりずっといい暮らしをさせてやる」

先ほどまでの紳士的な態度を一変させて、トシャック氏はいやらしく笑う。

「少し野暮ったいのは目をつぶるとしよう。私も『完璧な令嬢でないとダメだ』と言えるような身分ではないのでね。たとえ妾の子だとしても、貴族の血が流れている娘を妻に迎えたとなれば、我が家名にもようやく箔がつく」

（なんなの、この人！）

このような場所で、こんな行動に出る人がいるなんて信じられない。それとも、クレアが正統な令嬢ではないから、こんな風に扱ってもいいと思っているのか。

クレアは振りほどこうとしたが、男の手は腕から離れない。それどころか、もう一方の手で強引に顎をつかまれ、グッと上を向かされた。

「近くで見ると、なかなか綺麗な顔をしてるじゃないか。これは思ったよりも……」

まるで品定めをされているような眼差しに、クレアは恐怖し、青ざめた。

「は、離してっ！」

「安心しろ。何もここで取って食おうというわけじゃない。ただお互い少し楽しもうと言ってるんだ」

楽しめるわけがない。クレアはキッと男を睨みつけた。

「離してください！　人を呼びますよ！」

「そんなことをしても、誰も来やしない」

クレアの瞳が恐怖で見開かれた。

（そうだ、庭に出ていたのは自分たちだけだった……！　だけど、ここでこんな男に好きにされてたまるもんですか！）

クレアは顎にかかる男の手を、パシッと払いのけた。その勢いで、近くまで迫っていた男の頬にクレアの指先が走った。

「何をするんだ……この小娘！」

幸い傷はつかなかったが、頬を殴られたと勘違いしたトシャック氏の目が、怒りで吊り上がった。今度はクレアの腰に手を当て、さらに引き寄せようとする。

（なんとかして逃げ出さなくちゃ‼）

クレアが思い切り顔を背けた時。

「おや、こんな所で何をしているんです？」

よく通る、若い男の声がクレアの耳に届いた。

声に反応したトシャック氏は、慌ててその手を離す。

自由になったクレアは、急いで屋敷へ向かって駆けだしたものの……その直後に誰かとぶつかってしまった。

その拍子に、よろけそうになった肩を抱き止められ、支えられる。

優しい声が降ってきて、クレアはハッと顔を上げた。

「大丈夫ですか？」

そこには、品のいい黒の燕尾服を着たひとりの若者が立っていた。

満月の柔らかな光に照らし出されたその容姿に、思わず見とれる。

淡い金色の髪に、エメラルドのような深く澄んだ緑の瞳。通った鼻梁と、優雅に微笑む唇。長身でスラリとした体型だが、クレアを抱き止める腕からは、男らしい力強さを感じた。

（……こんな綺麗な男の人がいるなんて……）

クレアが驚きのあまり何も言えないでいると、その青年は安心させるように、「立てますか？」と優しく尋ねた。

「は、はいっ」

 クレアも我に返り、こくりと頷く。

 青年はクレアの肩から手を離すと、自分の後ろに彼女を隠すようにして、トシャック氏に向き直った。その瞳からは先ほどの優しさは消え、瞬時に氷のような冷たい視線に変わる。

「なんだ、お前は……」

自分よりかなり年下の相手に見据えられ、トシャック氏は怒りを露わにしたが、すぐにその表情は凍りついた。

「……ブラッドフォード伯爵……」

唸るように呟いたトシャック氏の声に、クレアは驚いて目の前の広い後ろ姿を見つめた。その名前なら耳にしたことがあったからだ。

ブラッドフォード伯爵家は、豊かな領地と広大なワイナリーを所有し、昔からずっと繁栄を続けている名門貴族。

そして、若き現当主、ライル・ブラッドフォードは、弱冠二十三歳ながら、自ら起ち上げた事業で成功を収め、没落貴族が増えていく近年の貴族社会の中で、その名声と地位を不動のものにしている。最近では、異国での事業にも着手する準備を進め、それも順調だという。

まだ妻帯していないうえに、類い稀なその容姿は、いつも女性たちの注目の的。

今夜の舞踏会でも彼の姿をひと目見ようと色めき立つ令嬢たちが、じっとしている

クレアの前を何度も行き来していた。

そんな人は、自分とは別世界の人間だと思っていたので、まさか目の前に現れるな

どクレアは想像もしていなかった。

トシャック氏としても、ライルの登場は予想外だった。

ブラッドフォード伯爵家は、昔からコールドウィン侯爵家と親交が深い。

落ちぶれていく貴族を横目に内心高笑いしながら、土足でずかずかとこの世界に踏

み込んだ成金の彼にとって、今、最も目をつけられたくない相手だった。

「女性に手荒な真似は感心しませんね」

ライルが静かに言う。

「あ、いや、手荒な真似など……とんでもない。少し話をしようとしただけでし

て……」

「では、わざわざこんな場所まで来なくてもよかったのでは？　あなたの世界とは

違って、ここでそんな振る舞いは許されませんよ」

トシャック氏の表情が屈辱で引きつる。

穏やかだが、ライルの言葉には明らかにトゲがあった。

『あなたの世界』とはっきりと言われ、目には見えないが、まだこの社会で確実に立ちはだかる貴族との壁というものを認識させられたのだ。自尊心を傷つけられたトシャック氏は、ギリッと唇を噛んだ。だが、怒りを露わにすることはできない。相手が悪すぎる。トシャック氏は顔を歪めたまま、無言でその場を立ち去った。

「怪我はなかった？」

ライルが振り返る。

相手を威圧するような雰囲気は消え、先ほどの柔らかい口調に戻ったライルに、クレアはいくらかホッとした。

「……大丈夫です。……ありがとうございました、伯爵様」

「ライルと呼んでもらってかまわないよ。君の名前は？」

「クレア・アディンセルです」

「……アディンセル伯爵家の？　そうか、君が……」

ライルはひとりで何やら納得すると、あとに続く言葉を呑み込んだ。

その様子に、クレアは少し不安になる。

アディンセル家に、クレアという名の庶民出身の娘が入った、と貴族社会では噂になっているのかもしれない。それは事実なのだから今さら気にしないが、〝妾の子〟という間違った情報まで流れている可能性もある。

そういえば、トシャック氏も先ほどそんなことを言っていた。夫人からそう聞かされたのかどうかはわからないが。

庭園が再び、静寂を取り戻す。

安心した直後、クレアの手が震えだした。頭では『大丈夫』と思っていても、心が先ほどの恐怖を覚えている。触れられた箇所の気持ち悪さが、身体に残っている。

ライルが現れなかったら、今頃自分はどうなっていたか。考えるだけで、気分が悪い。クレアは胸の前で震えを抑えるように両手をしっかりと握り合わせ、どうしていいかわからず、そのまま目を伏せた。

そんな彼女の変化に、ライルはいち早く気づいていた。

「最近は、いろんな立場の人たちがこういう場に集まってくる。でも、それ自体は悪いことじゃないと俺は思ってるよ。時代が流れるにつれて、これから社会の体制も変わっていくだろうからね」

ライルの言葉に、クレアは驚いて顔を上げた。

トシャック氏に対しては貴族以下の階級を蔑むような物言いだったが、今の彼は様々な人たちと交流するのは悪くないことだと言う。トシャック氏への発言は、彼を退けるためのもので、ライルの根本的な考えではない、とクレアは感じ取った。

変化を嫌い、古い体制にしがみついてばかりの貴族とは違い、彼は伝統を受け継ぎながらも、柔軟な発想を持っている。おそらく社会のわずかな変化にも敏感だ。でなければ、その歳で事業を成功させることは難しかっただろう。

「初めての社交場なのに、怖い思いをさせたね」

優しくて低い声が、クレアの鼓膜を揺らす。ライルは悪くないのに、彼の表情が申し訳なさそうに曇っていた。

（え、なんで？　そんな……伯爵様のせいじゃないのに……！　高貴な方に、こんな顔をさせてしまうなんて！）

クレアは恐縮して、慌てて首を横に振った。それに、今回クレアが初めて夜会に出席したということも見抜かれていて、さすがだと思った。

「あ、あのっ、私なら大丈夫ですからっ。そんな、お気になさらないでください！　私が軽率だったんです！　見ず知らずの人に……ついていったりしたから！」

大きな瞳をさらに開き、まるでライルを慰めるかのように一生懸命に言葉を紡ぐクレア。

ライルは少し驚いたように呆気に取られていたが、やがて、ククッと喉を鳴らして、小さく笑った。

「……君は、面白い女性だね」

「え……」

「俺の周りには、いないタイプだよ」

『そりゃそうでしょう』とクレアは思った。なぜなら、自分は本当は令嬢でもなんでもない。ライルの周りにいなくて当然だ。でも、こんな素敵な男性に面白いと言われたのは、さすがにショックだ。クレアはしゅんとなって肩を落とす。

「失礼。とても可愛いということだよ」

「えっ?」とクレアは顔を上げた。『面白い』と『可愛い』がなぜ同じ意味なのか理解できないが、ライルに笑顔でそう言われて、かああっと頬が熱を帯びた。

でも一方で、もしかしたら女性慣れしているだけかもしれない、と冷静な自分も降りてきた。

(だって『面白い』って言われたのよ。気にしない、気にしない……)

呪文のように心の中で繰り返すと、彼女の前にライルの手がスッと差し伸べられた。

「こんなに美しい満月の夜はめったにない。俺も息抜きがしたくて、ここに出てきたんだ。よかったら、散歩に付き合ってくれないかな？」

そう誘われて、断れる女性がいるのだろうか。でも、自分なんかでいいのか、という疑問も浮かぶ。

クレアが戸惑っていると、「大丈夫だから、手を重ねて」と優しく促された。言われた通り、ライルの大きな手のひらに、ゆっくり自分の手を乗せると、やんわりと握り返され、そのままエスコートされる。

熱いのは彼の手なのか、それとも自分の体温なのかわからなくなるほど、緊張してしまう。

そんなクレアを気遣うようにライルが歩調を合わせてくれて、ふたりで庭園を歩く。

時々言葉を交わし、ライルが微笑んでくれる。

クレアにとって、今までで一番心に残る夢のような夜が、穏やかに過ぎていった。

偽婚約者という名の救世主

　昨夜は、ライルと庭園を一周すると大広間には戻らず、彼がクレアの乗ってきた馬車まで、直接送ってくれた。

　誰にも何も告げずに馬車に戻ってきたことに、不安を募らせていると、もうすぐお開きになる時間だ、とライルが言った。

『クレア嬢は気分が優れないから先に戻っている、とアディンセル伯爵夫人には、従者を介して伝えておくよ。コールドウィン侯爵夫妻には、俺からも挨拶をしておこう。何も心配はいらないよ』

　優美に微笑まれ、そう言われると、不思議と安心感が湧いてくる。

『また会えるのを楽しみにしているよ』

　クレアの手の甲に軽くキスをすると、彼は屋敷に戻っていった。

　帰りの馬車に揺られながら、ライルの唇が触れた手の甲に自分の手をそっと重ねた。

　彼にとっては、そんなことはただの挨拶と同じだ。

わかっているのに、これまで男性にそんな風に扱われたことのないクレアは、天にも昇る気持ちだった。

もし散歩のあと、大広間に戻ったら、トシャック氏と鉢合わせてしまっていたかもしれない。あんな目に遭わされて、平常心を保っていられる自信もなかった。

ライルはそんな彼女を気遣って、誰に会うこともなく、馬車まで連れてきてくれたのだろう。もしかしたら散歩に誘ったのも、すぐに大広間に戻りたくない事情を抱えた彼女をひとり、庭に残しておくことができなかったからなのかもしれない。

最後まであの方は紳士だった、とクレアは思う。もう二度と会うことはないけれど。

アディンセル邸に戻って、メイドの手を借りてドレスとコルセットを脱ぎ、夜着に袖を通すと、緊張から解放されてそのままベッドにもぐり込んだ。疲労からか急激に襲ってくる眠気で、もうろうとした意識の中、クレアは思った。

もう絶対に舞踏会だの夜会だの、そういった集まりには行かない。やはり、自分には場違いだ。今後、レディ・シルビアから誘われたとしても、きちんと心境を説明すればわかってくれるはず、と。

今朝は普段より遅く目が覚めた。深い眠りについたのに、すっきりしない。不慣れな場所で、よほど疲れていたのだ。

店主はクレアなので、今日、店を臨時休業にすることは可能だった。でも、起きてからというもの、ふとした瞬間に、ライルの端正な顔と優美な振る舞いを思い出してしまう。頬が熱くなるたびにハッと我に返り、頭を横に振った。

昨夜は魔法にかかったのだ。だが、それはもう解けてしまった。彼は自分とは別世界の人間で、この淡い想いに決して名前を与えてはならない。

現実に戻るため、クレアはまだ眠い身体を引きずりながら店に出向いた。

いつもより遅く、太陽はすっかり空の頂点にまで昇っている。

店内に入ると、いつもの見慣れた光景にホッとし、やはりここが自分の居場所なのだと再確認する。床を掃き、窓を拭き、商品をチェックし、開店の準備をする。それでも時々、クレアの意志とは関係なく甘い感情が湧き起こり、彼女はそれを振り払うように黙々と開店準備に専念した。

すると突然。

ガラランッ‼

ドアベルの音がいつもの数倍けたたましく鳴り響き、店の扉が勢いよく開いた。

「すみません、まだ準備中なんです」

カウンターの中でしゃがんでいたクレアは、立ち上がりながらそう言うと、入ってきた人物を見て「あっ……」と小さく声をあげた。

「……お義母様……」

そこには、目を吊り上げたアディンセル伯爵夫人が立っていたのだ。初めてこの場所を訪れた夫人は店内をぐるりと見回す。そして、カウンターの奥で固まっているクレアの姿を見つけると、彼女のほうに向かってカツカツと靴の音を響かせ、近づいてきた。

「クレア‼」

クレアはいつも夫人に冷たい態度を取られていたが、怒鳴られたのは初めてだった。普段と違う様子に驚いて、クレアは無意識のうちに後ずさりして、奥の続き部屋に入り込んだ。

そんな彼女を追いつめるかのように、夫人もやってきた。この部屋の狭さと半分物置となっている状況に、いつもの夫人なら嫌味のひとつやふたつ、飛ばしてきたであろうが、どうやら今はそんな余裕を持ち合わせていないらしい。

「クレア、とんでもないことをしてくれたわね！」

鋭く怒気をはらんだ夫人の口調に、クレアはわけがわからず怖気づいた。

「……何をですか？」

「トシャックさんの頬を叩いたんですって!?」

「えっ？」

夫人からその男の名前を聞くとは思っていなかったクレアは、大きく目を見張った。

「違います！　叩いたんじゃありません！」

「お黙りなさい！　さっき、トシャックさんが怒って家に来たのよ！　『礼儀もなっていない娘に恥をかかされた』って！」

クレアは抗議したが、怒りに震える夫人の声のほうが大きかった。

一体どういうことなのか。少なくとも、クレアが一方的に悪者になっていることだけは、明らかだ。

弁明しようとして、クレアは顔をしかめた。男の名前とともに、昨日の嫌な記憶が蘇ったからだ。

そんなクレアの心情を知る由もなく、夫人は責めるように言葉を続ける。

「気分転換にと、あなたを庭に連れ出してくれたのに、よろけた身体を支えられてお礼も言わずに、逆に触られたと騒いで叩いたというじゃないの！」

「違います……！　あの方が、先に腕を――」

「まあ、この期に及んで言い訳するつもりなの⁉　それに、手癖も悪くて……これだから、育ちのよくない娘は！」

クレアの言葉は、金切り声をあげる夫人によって遮られた。

ダメだ。何を言っても聞いてもらえそうにない。今、夫人は頭に血がのぼり、聞く耳を持っていない。少し待ってみたほうがいいのかと考えているクレアを見て、反省していると思ったのか、夫人は声のトーンを下げた。

「でも幸い、トシャックさんはあなたがある条件を呑めば、許してくれるそうよ。簡単なことだわ」

「……条件……？」

少しだけ怒りが収まったらしく、続けて冷ややかな視線をクレアに向ける。

「ええ。あなたが彼のもとに嫁ぐというね」

「えっ……⁉」

クレアは言葉を失った。『嫁ぐ』つまり『結婚しろ』ということだ。それのどこが、簡単なことなのだろうか。

「ど、どうして……そこまでして、あの人の許しを得ないといけないんですかっ⁉

悪いのはあの人なのに……」

「悪いとか、そういうことはどうでもいいのよ。問題は、彼を怒らせてしまったということ」

クレアの疑問を軽くあしらうように、夫人が言った。

「この際だから、言っておくわ」

そして、ふうと息をつく。

「アディンセル家も、以前はどの貴族にも引けを取らない富と栄華を誇っていたわ。でも、最近はそうとも言えなくなったの。特に旦那様がお倒れになってから、それに引きずられるように家計も傾いてきているのよ」

クレアは知らなかった。我が家の懐事情が苦しいなんて。

だが、それも無理はない。夫人とヴィヴィアンが、よくドレスを新調しているのを見ていたからだ。観劇やお茶会にも行っていた。体面を気にしているのか、どうやら、生活のレベルは落としたくないようだ。

「だから、貴族の娘を嫁に欲しがっていて、その見返りに我が家の生活を支えてくれる資産家を探していたの。それがトシャックさんよ。でも、あんな野蛮な男に、大事なヴィヴィアンをやるわけにはいかないわ。あなたはもともと、そちら側の人間なんだから、仲良くできるでしょう？　もちろん、持参金もなしでいいと言ってくれているわ」

「そんな……」

クレアは愕然とした。そして、同時に合点がいった。夫人が、なぜ嫌々ながらも『愛人の娘』のクレアを引き取ることに同意したのか。

それは資産を得るために使える道具として、クレアに利用価値を見出したからだ。夫人の計画は最初から始まっていた。そして、トシャック氏もそんなアディンセル家を見下していたのだろう。だからこそ、クレアに対してあんな行動に出たのだ。

これでは、身売りと同じだ。クレアはグッと拳を握りしめた。

「……お断りします！　もし、ダメだとおっしゃるなら、私はあの家を出ます！」

アディンセル家の娘だから、こんな理不尽な要求を強いられるのだ。だったら家を出て、もとの庶民に戻るまでのこと。遅かれ早かれ、いずれはそうなっていただろうし、クレアはその時がいつ訪れてもいいよう、覚悟は決めていた。

クレアの毅然とした態度に激昂するかと思いきや、夫人は意外にも冷静だった。

「そう、だったら仕方ないわ。この店を潰すしかないわね」

「なっ……！」

平然と放たれた物騒な物言いに、クレアはゾッとした。

「帰る場所があるから、そんな強気になれるのね。こんな吹けば飛ぶような店、悪評判を広めて客足を途絶えさせてしまえば、すぐになくなるわ」

夫人が薄ら笑いを浮かべる。

「……ひどい！」

「中身は粗野だけど、あなたがアディンセル家の血を引いているのは事実よ。トシャックさんがダメなら、ほかの人を探すまでだわ。貴族と親族になりたい成金は、今の世の中、増えてるの。逃げても無駄よ。あの女の悲しむ顔を見られないのが残念ねぇ」

「……っ」

夫人から冷たい視線を受けて、クレアは絶句した。『あの女』とは自分の母のことだ、と彼女は直感した。

夫人はクレアを道具にすることで、同時に母親に対して復讐を果たすつもりでいるのだ。そんなおぞましい感情に取り憑かれた人間は、何をしでかすかわからない。逃げたところで、どんな手段を使ってでもクレアを探し出し、連れ戻すだろう。

何か、回避できる方法はないものか。せめて逃げる準備を整える時間稼ぎになるような。

大切な店を手放してしまう結果になるかもしれないのは心苦しいが、そうなったら、また取り戻せるように一から出直そう。

焦(あせ)ったクレアは、次の瞬間、自分でも驚くような発言をしていた。

「無理です……私、結婚を約束した人がいるんです！」

夫人はピクリと眉を動かしたが、すぐにフフンと鼻で笑った。

「嘘おっしゃい」

「ほ、本当です！」

「では、誰なのか言ってみなさい。納得できるような良家のご子息なら、私も諦(あきら)めましょう。でも、もしその辺の下町の男なら、話にならないわ」

「そ、それは……」

（どうしよう……）

結婚相手がいるなんて、嘘だ。でも、今さら引くに引けない。良家の子息なんて、知らない。知っているのは――。クレアの脳裏を、ライルの笑顔が掠(かす)める。

「……ブラッドフォード伯爵……」

無意識に口から出た呟きを、夫人は聞き逃さなかった。

「……なんですって？　ブラッドフォード……まさか、ライル・ブラッドフォード伯爵のことじゃないでしょうね？」

夫人はグッと眉をひそめて、クレアに一歩近づく。

「……えっと……」

その威圧的な雰囲気に、クレアは言葉に詰まってしまった。

それを見て、出任せだと確信した夫人は、嘲笑うかのように口角を上げる。

「呆れた……よくもまあ、そんな見え透いた嘘が言えたものだわ。ブラッドフォード伯爵のような方が、あなたみたいなみすぼらしい娘を相手にするものですか」

その時だった。

「嘘ではありませんよ」

聞き覚えのある、よく通る若い男の声が、緊迫した部屋の空気を柔らかく包んだ。

クレアと夫人が声のしたほうを振り向いたのは、ほぼ同時だった。

小部屋の入口付近に、穏やかな笑みを浮かべた背の高い若者が立っている。黒のフロックコートに素材違いのウェストコート、白いシャツにダークレッドのネクタイ。淡く煌めく金色の髪が、彼の上品さをさらに引き立てている。

（……伯爵様！）

クレアは息を呑んだ。なぜ、ライルがこんな所にいるのだろう。

「やあ、クレア」

ライルはクレアに笑顔を向けると、夫人の前に立った。そして、片手を胸に当て、背筋を伸ばしたまま上半身を少し前に傾ける。

「アディンセル伯爵夫人でいらっしゃいますね？　以前、夜会でお見かけしたことはありますが、ご挨拶させていただくのは初めてですね。ライル・ブラッドフォードと申します」

たったそれだけのことなのに、その流れるような優雅な動作に見入ってしまう。

それは、夫人も同じようだった。少し間があって、彼女も我に返り、「え、ええ、そうですわね、初めまして」とクレアに一度も見せたことのない笑顔で答えた。

きっとあの緑の瞳には、相手の心を奪って硬直させてしまう効果があるのだ、とクレアは思った。

「なぜ、ブラッドフォード伯爵がこんな小汚い店に……？」

夫人の言葉に、クレアはムッとした。

（小汚いは余計よ。これでも、毎日ちゃんと掃除してるんです！）

口を尖らせそうになったが、感情を抑えた。なぜライルが突然現れたのか、そのほうが気になるからだ。

「それはもちろん、私の可愛い恋人のクレアに会いに来たんですよ。まだ開店前のようでしたが、ドアの鍵が開いていたので、早くクレアに会いたくて入ってきてしまいました。失礼ながら、話も聞いてしまいました」

クレアは驚いて、目を丸くしてライルを見上げた。

「……じゃあ、クレアが結婚を約束した相手というのは……」

夫人が信じられないといった様子で尋ねる。

「はい。私のことです」

即答するライルに、クレアは混乱した。

(何がどうなっているの……?)

「あ、あの……」

小声で何かを言おうとするクレアに、ライルは素早く片目をつぶってみせた。つまり、『ここは自分に任せて話を合わせろ』ということなのだろう。

わけがわからないが、ライルがタイミングよく現れたのは、まさに天の助けだ。

クレアはしばらく黙って見守ることにした。

だが、やはり夫人は訝しんでいる。

「で、でも信じられませんわ。そんな話、私の耳には入ってきていませんし、そもそもクレアとあなたに接点はなかったはずでは……」

「実は、私は度々この店を訪れていましてね。私はただの客だったのですが、昨夜の舞踏会で自分の気持ちを伝え、求婚したところ、クレアは受け入れてくれました。ですから、恋人になってからまだ一日も経っていないので、ご夫人がご存知ないのも無理はありません」

微笑みながらサラッと嘘を並べるライルに、クレアは開いた口が塞がらなかった。だが、怪しまれては困るので慌ててその口を閉じる。

夫人に発言の隙を与える前に、ライルは続ける。

「それと、クレアはトシャック氏を叩いてはいませんよ。降りかかった火の粉を払おうとしただけです。私もすぐそばにいましたから、間違いありません」

「……火の粉……？」

「ええ。クレアを探して庭に出た時、トシャック氏が彼女を連れて茂みに入っていくのが見えました。慌てて追いかけましたが……これ以上は、女性の前で話すことではないので、やめておきましょう。とにかく、危ないところでした」

最後のほうは、少し怒りを含んだような、重い声色だった。

「彼のような人物は時々いますが、まだ社交界に出入りするようになって日が浅いのに、あの場であんな大胆な行動に出るのは非常に珍しい。そうですね、誰かにそそのかされでもしない限り……」

「……ま、まさか、彼がそんな人物だとは知りませんでしたわ……野蛮ですこと」

驚いたフリをしているが、視線を宙に泳がす夫人は、明らかに動揺を隠し切れていない。

ライルはそんな夫人を冷ややかに一瞥したが、すぐに先ほどと変わらぬ微笑みを浮かべた。

「では、話を戻すとしましょう。クレアは私の婚約者です。したがってトシャック氏との縁談を、白紙に戻していただきたいのです」

「……で、ですが、やはりクレアとあなた様では不釣り合いすぎて、申し訳ありませんわ……」

すぐには首を縦に振らない夫人に、ライルはさらに畳みかけるように言った。

「持参金は不要です。彼女の身ひとつで我が伯爵家に来ていただければ。それと、トシャック氏との間で取り決めがなされた、倍の額の生活資金をご用意させていただきましょう」

その口元は微笑んでいるが、夫人を力強く見据えている。

「えっ⁉」

夫人が小さく叫んだ。

彼の発言には、今度こそクレアもポカンと口を開けた。

詳しい金額も聞かずに即決するとは、ありあまるほどの富を築いているのか。だが、別の人が言えば鼻につくような言葉も、ライルの口から聞くと、すんなりと耳に入ってしまうから不思議だ。

（……ん？　ちょっと待って）

その時、クレアはハッとした。窮地に立たされた自分のために、今だけ婚約者のフリをしてくれているのはわかるが、そのためにライルが多額の資金を出すという、非常におかしな話の流れになっている。

「あのっ……」

クレアは再びライルに向かって口を開こうとしたが、『大丈夫だよ』と言わんばかりに無言で緑の瞳に微笑み返された。抗議しようとした心はあっけなくしぼみ、代わりに頬を赤らめる。

（その笑顔、殺人的だわ……）

ずっと見つめられたら、おそらく心臓が止まる。クレアはサッと視線を逸らした。

そんなふたりの姿が仲睦まじく見えたのか、夫人は苦々しく唇を噛んだ。夫人は以前から、ヴィヴィアンの結婚相手の候補のひとりとしてライルを、と考えていた。

だが、彼は時々社交界に顔を出すものの、それはあくまで貴族間の付き合いとしてであり、常に女性の視線を集めてはいるが、浮いた話はない。今は仕事に忙しく色恋沙汰には興味がない、と噂されていた。

だからこちらも少し悠長にかまえていたのだ。その間に、ヴィヴィアンをどこに出しても恥ずかしくない、むしろライルが惚れ込むようなレディに育て上げよう、と熱心に娘に貴族教育を施していたというのに。

迂闊だった。気長に待っている間に、こんなみすぼらしい娘に持っていかれるはめになるとは。

だが、すぐに夫人は考えを巡らせた。多額の資金が手に入れば当分、生活に困ることはない。ヴィヴィアンの結婚支度金に回すこともできる。何も、相手候補はライルひとりだけではないのだ。もっと上の相手を見つけて、見返してやればいいだけのこと。その時には、ライルはきっとこんな娘と結婚したことを後悔しているだろうが、そんなことは知ったことではない。

夫人は、すかさず作り笑いを顔面に浮かべた。

「ええ。こんなふつつかな娘にはもったいないほど、ありがたいお話ですわ。慎んでお受けいたします。夫もきっと、喜びますわ」

夫人は援助資金のことを棚に上げ、あくまでクレアへの申し出として答えた。

「ありがとうございます」

ライルが再び手を胸に当て、優雅に微笑みながら礼の姿勢を取る。

「もうひとつ、お願いがあるのですが」

「ええ、なんでしょう」と、夫人は上機嫌だ。

「クレアとこの店には絶対に手出しをしない、と約束していただけますか？」

「ホホホ……あら、まあ嫌ですわ、手出しだなんて物騒な……」

「約束していただけますね？」

ライルは念を押すように、同じ言葉を繰り返した。

それまでの彼の周りの空気が一変し、ピンと張りつめたのを感じて、夫人の笑顔が凍りつく。

応対はどこまでも紳士的で物腰は柔らかいのに、ふとした瞬間に相手を圧倒し、萎縮させるような力をこの青年は内に秘めている。それがわざとなのか、自然に出るのかはわからないが。

　事実、今、話の主導権を握っているのは彼だ。

「……え、ええ……お約束、いたします、わ」

　夫人はうまく舌が回らないのか、ゆっくり言葉を切りながら答えた。

　それを聞いたライルは、にっこり笑う。

「ありがとうございます。あとは、クレアと少し話をしてもよろしいでしょうか？」

「……あ、ああ、そうですわね、これはこれは気づきませんで……では、失礼いたしますわね」

　これ以上、この若者の空気に流されたくない夫人は、ホホホ……と取ってつけたように笑い、足早に店を出ていった。

　夫人の姿が消え、クレアはホッと胸を撫で下ろした。とりあえず、一時的な回避としては成功したようだ。だけど……と、横に立っているライルを見上げる。

「あの、ありがとうございました。……それと、嘘をついて巻き込んでしまって、申し訳ありません！」

　クレアは頭を下げた。

　だが、ライルからの返答はない。沈黙がつらい。

（さすがに怒ってるよね……私なんかの婚約者だなんて……）

するとと、思ったより穏やかな、いや、さっきと変わらない優しい声が上から降ってきた。

「あのご夫人をこの話から引かせるためとはいえ、君の気持ちも考えず、金を引き合いに出して悪かった。発言の責任は俺にある。君に背負わせるつもりはないから安心して。それに、恋人を助けるのは、男として当然のことだからね」

『恋人』という言葉が一瞬、甘く心に響いたが、クレアはブンブンと頭を横に振った。

「ですけど、それはフリなだけで……」

「君は今日から、俺の婚約者だ」

クレアの言葉を遮るように、やや強い口調でライルが言った。

逆らうことは許されないような空気が一瞬漂う。

（……はい？）

クレアが驚いて顔を上げると、澄んだ緑色の瞳がじっとこちらを見つめている。

「俺も一度帰って準備に取りかかるよ。君のお父上にも、お許しをいただかないといけないからね」

「えっ……」

彼の発言に耳を疑う。ライルは突然、何を言いだしたのだろう。クレアの思考はうまく追いつかない。

「あの、お言葉の意味がわからないのですが」

「なぜ？　言った通りだよ」

（だから、それがわからないんです……！）

「君が俺を選んでくれて嬉しいよ」

「えっ」

（まさか、本当に私との結婚を考えてるの⁉）

クレアはなんだか怖くなった。自分が蒔いた種とはいえ、今、抗うことが難しい波に飲み込まれようとしているのではないだろうか。

「そんなに怯えないで。君を守りたいんだ」

ライルはクレアを安心させるように、優しい眼差しを向けた。

「だけど、伯爵様……」

「ライルだ。呼んでみて」

「……ライル、様……」

気安く名前を呼んでいいものかとためらったので、呟くような小さな声になってしまった。名前を呼んだだけなのに、グッと距離が縮まった気がして恥ずかしくなり、ごまかすように目を泳がせながら瞬（まばた）きを繰り返す。

そんな彼女を見て、ライルは満足げに微笑む。

その瞳に吸い込まれそうになって、クレアは慌てて視線を床に向けた。

（いけない、流されるところだった……。何がどうなっているのか、ちゃんと聞かなきゃ！）

クレアは深呼吸すると、決意を込めた目でライルを見上げる。

「ライル様、ちゃんとご説明を……」

言葉は途中で途切れた。

ライルの顔が近づいた瞬間、クレアの唇に、ふわっと柔らかい感触が落ちてきたからだ。

（え……？）

優しい口づけ。

ほんの一瞬だったが、それはクレアの思考を停止させるのに充分な効果を発揮した。

ライルはそっと唇を離すと、硬直しているクレアの耳元で、低く甘く囁（ささや）く。

「続きは今度。迎えに行くから待ってて」

微笑みを残し、そのまま店をあとにした。

クレアはしばらく動けなかった。

(昨日は手の甲に、そして今日は唇に直接……)

頭を何度も振り、ドクドクとうるさいくらいに鳴る心臓を無理やり落ち着かせると、止まっていた思考も徐々に回りだす。唇には初めて体験する柔らかな感触がまだ残っていて、クレアは顔から火が噴き出そうなほどの熱さを感じた。

(何?　なんなの……今のは一体、なんだったの……!?)

クレアは慌てて通りに飛び出した。しかし、青年の姿はもうどこにも見えなかった。

婚約はできません

ライルが去ってからというもの、クレアは案の定、落ち着かなかった。そのせいで客に違った商品を提供したり、釣り銭を間違えたり、茶葉を床にぶちまけたりと、散々だった。

でも、いつもの見慣れた光景の中で、いつものように働いている。なので、ライルの発言も、いや、ライルがここに現れたこと自体、夢だったのではないかという感覚に陥りそうになる。

(婚約の話も、ライル様の気の迷いよ、絶対。お金持ちの考えてることはよくわからないわ)

そう思ってなんとか平常心を保とうと努めるけれど、その後も何度か失敗を繰り返し、結局努力は無駄に終わった。

『今日はもうダメね』と普段より少し早めに店じまいして、アディンセル邸に戻ると、早速、父親の部屋に呼ばれた。

今日は起き上がれるほど体調がいいのか、伯爵はソファに腰掛け、姿を現したクレアに穏やかに微笑んだ。

その横には、気持ち悪いほどの笑みを浮かべた義母が座っている。

「クレア、お前にブラッドフォード伯爵から縁談の申し込みがあった」

クレアの身体が固まる。

（……やっぱり夢じゃなかったのね……。申し込む、ってことは本気なんだわ。でも、どうして私なんかと……？）

「お前と以前から知り合いで、最近、恋仲になっていたとは知らなかった」

（……はい、なぜかそういうことになってしまいまして……）

「我が家としては申し分のない相手だが、クレア、お前はどう思う？」

伯爵が静かに尋ねた。

「それはもう、お受けしないはずはありませんわ」

クレアが答える前に、伯爵夫人が横から口を開いた。

伯爵はそんな妻をチラリと見て、「私はクレアに聞いている」と釘を刺す。

夫人はハッと口をつぐんだ。

「私はお前の意見も聞きたいのだよ。どうかね？」

「……それは……」

夫人は口ごもるクレアを貫くような、鋭い視線を送ってくる。『お前ごときが断れる立場ではない、余計なことは口にするな、さっさと受けてしまいなさい』とでも言っているようだ。

ここで、『よくわからないんです』などと答えようものなら、たちまち夫人に嘘がバレてしまう。それに、その嘘に乗ってくれたライルの面目も、潰してしまうことになるだろう。

その真意はいまだに不明だが。

ライルに聞きたいことは山ほどある。なんにせよ、彼とはもう一度会う必要がある。

「……私をライル様の所に行かせてください」

クレアは背筋を伸ばして、まっすぐに伯爵を見た。

娘のその言葉を、伯爵は結婚の意志と捉えたらしく、「そうか、わかった」と静かに頷いた。

「では、そのように返事をしよう。伯爵は、結婚前にお互いの気持ちをさらに確固たるものにしたいとおっしゃっていてね。すぐにでも、お前にブラッドフォード邸に来てほしいという申し出があった」

「えっ」

「彼は誠実で真面目な人間だと私も知っている。一緒に暮らすといっても、まだ夫婦ではないから、寝室をともにするわけではない。彼は伝統ある名門一族の当主だ。紳士としての振る舞いをもって、お前を迎えてくれると思う」

『急に唇にキスしてくるのは紳士的なんですか？』なんて恥ずかしくて、クレアには口が裂けても聞けるはずはなかった。

でも結婚したあと、育った環境が違うクレアにがっかりされて離縁されるよりは、今のうちにありのままの自分を見せて、もう一度考え直してもらったほうがいいかもしれない、と思う。

すると、伯爵が急に咳き込んだ。少し起き上がっている時間が長かったのだろう。夫人が心配そうに背中をさすりながら、『話は終わったのだから退出しなさい』とでも言うように、冷ややかな眼差しでクレアとドアを交互に見る。

「……先方のおっしゃる通りにします。お父様、ゆっくりお休みください」

クレアは言い残し、そのまま部屋を出た。

伯爵は、最後まで生活援助金の話はしなかった。娘に後ろめたかったのか、両家の当主同士が取り決めることなので、わざわざ娘に聞かせる話ではない、と思ったのかもしれない。

それと同時に、ブラッドフォード家からの要求を断る力がこの家にはないことを、クレアは感じていた。


それから、一週間後。

ブラッドフォード家から迎えが来たのは、薄い水色が空一面に広がり、春の陽射しと風が心地良い日の午後のことだった。

「お父様、行って参ります。これまでお世話になりました。どうぞ、お元気で」

寝込んだままの父に別れの挨拶を済ませて寝室をあとにすると、正面玄関へ向かった。ここへ初めて来た時と同じ、質素な外出着に身を包み、長い髪はいつも通り三つ編みにして、肩から下へ垂らしている。

外に出ると、四頭立ての箱型馬車が待っていた。御者にうやうやしく礼をされて戸惑いぎみに乗り込むと、扉を閉められ、馬車の車輪がゆっくり回りだした。

誰も見送りに出てこないのは想定内だ。ここで暮らしたのはたったの一年で、ほぼ店に出ていたし、義母に冷たくされ、異母妹には蔑まれ、いい思い出はないに等しい。住んでいた部屋を離れるという寂しさは少しあったが、悲しくはなかった。

アディンセル邸がどんどん遠ざかっていく。

揺れる馬車の中で、クレアはライルのことばかり考えていた。

（……思えば、あれが私の人生で初めてのキスだった……）

素敵な男性だが、やっぱり勝手に唇を奪われたのは納得いかない。

（それに、もし貴公子の皮を被ったケダモノだったら、なりふりかまわずに逃げよう……）

そして、クレアの最大の疑問は『なぜ自分なのか』ということだ。ライルほどの人物なら、結婚相手など引く手あまただろうし、彼にふさわしい令嬢ならたくさんいるはずだ。どう考えても、自分ではない。

（助けてくれたことは感謝しているけど……。ちゃんと話し合わなきゃ。あの笑顔に流されずに、落ち着いて話ができますように）

クレアは大きく息を吸い込んだ。

しばらくすると、馬車が緩やかに止まった。

車窓のカーテンは閉め切ったままで、外の景色を眺める余裕もないほど考え事に没頭していたので、いつの間にかブラッドフォード邸の敷地内に入っていたことにも気づかなかった。

とはいえ、いつも店とアディンセル邸を往復していた時間に比べれば、それほど長くは乗っていなかったように感じる。

　馬車の扉が外側から開かれ、クレアは降りてから目の前に広がる壮大な館に目を見張った。

（ええっ？……すごく大きな……お屋敷）

　初めてアディンセル邸を見た時も、貴族の屋敷の大きさに驚いたものだが、ブラッドフォード邸はそれよりもさらに大きい。一度見ただけでは視界に入り切らないほどで、その荘厳さにも圧倒された。

　屋敷の前で立ち尽くしたまま言葉を失っているクレアのもとに、正装したひとりの男性が正面玄関からやってきた。

「ようこそおいでくださいました、クレア様。私は執事のローランドと申します。以後、お見知りおきを」

　黒髪の五十代半ばほどの男性が、クレアに折り目正しく挨拶をした。

「は、はいっ。よろしくお願いしますっ」

　こんなに年上の人から丁寧な挨拶を受けて、緊張してしまったクレアは、顔を強張らせながら返答した。

「主がお待ちです。どうぞ」

主、つまりこの家の当主、ライルのことだ。

ローランドに案内され、玄関ホールに入る。

そこは吹き抜けになっていて、左右の階段が対称的な曲線を描き、二階部分の踊り場で交わるようになっている。壁には金の額縁に入れられた絵画が、ずらりと並んでいた。

同じ伯爵家でも、自分の実家とは格が違う。

「こちらでございます」

内部の壮麗さに見とれていたクレアだったが、ローランドの声にハッと我に返り、そのあとに慌てて続いた。

明るく広い廊下を進み、とある部屋の扉をローランドがノックする。

「旦那様、クレア様がいらっしゃいました」

中からライルの返事が聞こえ、クレアは彼の顔とキスを思い出し、一気に胸が高鳴った。

ローランドが開けてくれたドアから中に入ると、そこは応接間のようだった。天井の中央から吊り下げられたシャンデリアには、繊細な装飾が施されていて心を奪われる。ローテーブルの四方を囲っているのは、ゆったりとした、金糸の刺繍模様が美しいソファ。

今は春なので火は入っていないが、冬にこの広い部屋を暖めるのには充分な大きさの暖炉もある。壁に飾られているのは、色彩の豊かな絵画の数々。

そして――陽の光がたっぷり入る窓際に、この館の主人は立っていた。

「やあ、クレア。来てくれて嬉しいよ」

ライルは微笑みながら、クレアを歓迎した。光が金色の髪を照らし、キラキラと反射している。

その姿に思わず見とれてしまい、ドア付近で動けなくなっていたクレアの背後で、ドアの閉まる音が聞こえた。執事が外から閉めたようだ。

部屋には、ライルとふたりきり。

「こっちにおいで」

ライルは立ち尽くしているクレアのもとへ歩み寄り、彼女の小さな手を優しく取る。

そしてソファまで連れていき、座るように促した。

「そんなに緊張しなくていいんだよ。今日から、ここが君の家だ」

彼女の横に座り、ライルは優しい眼差しで距離を縮めてくる。

「私の……？」

「そうだよ。結婚すれば、君がこの家の女主人だ」

（……あっ！）

部屋の美しい内装に気を取られていたクレアだったが、『結婚』と『女主人』という言葉を耳で捕らえる。彼女は夢から覚め、その言葉の重みに、深く大きな穴に落ちてしまいそうな気分になった。

同時に、馬車の中でずっと考えていたことを思い出す。

「ライル様……」

クレアは握られた手をそっと引っ込めた。

「今日は、ちゃんとお話をしたいと思って来ました」

硬く表情を引きしめると、クレアはサッと立ち上がる。そしてライルの向かい側に回り、そこに座り直した。

横にいると緊張するどころか、その甘い笑顔と緑の瞳に魅了され、何も言えなくなってしまいそうだ。ローテーブルの幅は広く、落ち着いて話をするにはほどよい距離だ。

「改めてお礼を申し上げます。私のついた嘘を怒らず、話を合わせてくださったこと、とても感謝しています。ライル様が来てくださらなかったら、望まない結婚を強要されていました」

　クレアは深く頭を下げる。

「嘘をついたのは私です。ご迷惑をおかけしてしまい、反省しています。でも、いくら成り行きだからといって、本気でライル様の婚約者にしていただこうとは思っていません」

　顔を上げて、ライルの顔をまっすぐに見る。

「ずっと疑問だったんです。恋人のフリはあの場限りでよかったはずなのに、本当に縁談が来るとは思っていませんでした。まだ会って間もないのに」

「世の中の縁談とは大抵そんなものだよ。結婚当日まで、相手の顔を知らないこともある」

　ライルは変わらず、隙のない笑顔をクレアに向けてくる。

　思わず心を奪われそうになるが、一旦、壁の絵画に目を向けることで、平常心を取り戻した。軽く咳払いをすると、クレアは続けた。

「もうすでに、私のことをお調べになっていると思います。……私は一年前まで、庶民の娘でした。母は貴族の出ではありません。今も母の店を私が営んでいます。貴族としての教養も知識もない労働階級の私は、ライル様にはふさわしいとは思えません」

ライルはクレアを優しく見つめたまま、何も言わずに話に耳を傾けている。

「巻き込んでしまった挙げ句、実家にお金まで出していただいて……なんとお詫びしていいか、わかりません」

「つまり……君は、この話をなかったことにしたいんだね？」

ライルがようやく口を開いた。

少し寂しさが交じったような彼の視線を受け、クレアはうつむきながら、「はい」と小さく返す。こんなにも優しい彼を傷つけてしまっただろうか。クレアの胸が痛む。

でも、引き返すなら今しかない。何より、自分のような女を妻にして、後々ライルが陰口を叩かれるなんて、嫌だ。『今さら何を言う』と怒られるかもしれないが、事の発端は自分の発言だ。どんなに怒鳴られ、罵られても甘んじて受けよう。

クレアは膝の上のスカートの布地を、ぎゅっと握りしめた。

すると、返ってきたのは思いがけない言葉だった。

「……そうか、俺も少し急ぎすぎたよ。君を困らせてすまなかった」

「えっ……？」

クレアは顔を上げた。

ライルはソファの背もたれに身体を預け、穏やかに微笑んでいる。

「怒ってらっしゃらないんですか……？」

「怒る？　なぜ？」

「だって……私、今頃になって……」

「強引な手に出たのは、俺だ。あの日……舞踏会で出会ってから、なぜか君のことが気になってね。以前、レディ・シルビアから、『アディンセル邸に引き取られたクレアという女性が、メイン通り近くに店を開いている』と聞いたことがあったのを思い出した。気がついたら自然と足が向いていたんだ」

ライルはソファからスッと立ち上がった。そのまま窓辺まで進み、外に広がる庭園に目を向ける。

「助け船を出すつもりが、あの男に君を奪われたくなくて、ついムキになった」

（奪われたくない、だなんて……そんなの冗談に決まってるわよね……？）

「でも結果、君をさらに悩ませることになってしまった。本当にすまない」

振り返ったライルは、申し訳なさそうに視線を落とした。その表情からは笑みが消えている。

「……いいえ、悩ませるだなんて……そんな」

クレアは慌てて首を横に振った。

ああ、自分が正統な令嬢だったら、なんの迷いもなくその胸に飛び込めるのに。でも自分は庶民出身の半端者で、名門貴族の妻にふさわしいはずがない。何かしらの理由でライルほどの人物が自分を気に入ってくれたことは、たとえようもなく嬉しいが、一時の感情に流されて、後々ライルに後悔させたくない。そしてそのことで自分も……傷つきたくない。

「助けていただいて、本当にありがとうございました。実家に出してくださったお金は、必ずお返しします」

「それは気にしなくていい。失礼を承知で言うけど、君が一生働いても返せる額ではないよ」

「……わかって……ます……。でも」

「いいんだ。俺が勝手にしたことだから。君の実家にも、返済を求めるつもりはないから安心してくれ。それに、今すぐには家に帰りにくいだろう？　しばらくここに滞在するといい。その間に、君がもとの通りに暮らせるよう、方法を考えよう」

ライルが再び穏やかな笑みを浮かべる。

「え、でも……そんな」

「あとで部屋に案内させるよ」

思いがけない言葉だった。今すぐに追い出されるとしても、何も文句は言えない立場なのに。

（なぜライル様はここまで……）

おそらく、帰っても肩身の狭い思いをする自分に同情しているのだ。だからといって何もせずに、このままここで居候のように生活するわけにはいかない。

（何か、ライル様のためにできること……そうだ！）

クレアはハッとして、ライルのそばに駆け寄ると、祈るように両手を顔の前で組み合わせた。

「ライル様……私をこのお屋敷で、雇ってください！」

「……雇う？」

ライルの瞳が大きく見開かれる。

「はいっ。あ、もちろん、お給金はいただきませんっ。その分を、返済に回してください！　それで全額返せるとは思ってませんが、このままここでご厄介になるわけにはいきませんからっ」

世話になるのに何もしないとあっては、クレアの気も収まらない。彼女は必死に訴えた。

「だが……君は外で仕事があるだろう?」

「大丈夫です！　早起きは得意ですし、店に出る前まで、何かできることはさせていただきたいんです。それに、夜遅くまで起きていても平気です。帰ってきてからも働けます。小さい頃からずっと母の手伝いをしてきましたから、体力には自信がありま す！　なんでもやります！」

これが一番いい方法だ。クレアは我ながら、これを思いついた自分を褒めたいと思った。

すると、ライルは少し考えるように壁のほうに視線を向けていたが、やがて口を開いた。

「本当に……なんでもするんだね?」

真剣な面持ちで、クレアを見つめる。

「はい、ライル様は恩人ですから、何かお役に立ちたいんです」

「……わかった。君を雇おう」

「あ、ありがとうございます」

聞き入れてもらい、ホッと胸を撫で下ろすと、自然に笑顔がこぼれ出た。

そんな彼女を、ライルは困ったように眉根を寄せて見つめている。

（……やっぱり、いきなりご迷惑だった……？）

その表情にクレアが少し不安になっていると、ライルに優しく腕をつかまれた。

「君みたいな無垢な女の子が、男の前でなんでもするなんて、軽々しく言ってはいけないよ」

「えっ……？」

「では、君のその身で仕事をしてもらおうか」

甘く低い声が腹の底に響いたかと思うと、クレアの腰にライルの手が回されていた。

（え……何……？）

驚く間もなく身体がピタリと引き寄せられ、ライルの瞳がまっすぐに自分を見下ろしている。先ほどまでと同じ瞳の色なのに、違って見える。その奥に、獲物に狙いを定めたような光が見え隠れしている。

「あ、あの……っ」

クレアは真っ赤になって、ぐいとライルの胸を押した。見た目ではわからない逞しい胸板の感触に、クレアの羞恥心がさらに煽られる。

「そ、それは無理です！　私、そういう経験がなくて……！　キスだって、この前が初めてだったんです！」

　焦るあまり、自らかなり恥ずかしいことを暴露してしまっていることに、クレアは気づかない。

　じたばたと腕の中で暴れるクレアを楽しげに眺めると、ライルは彼女から手を離し、フッと笑った。

「……君はやっぱり可愛いよ」

「な、何をおっしゃって……」

『可愛い』と言われて舞い上がってはいけない。彼にとって可愛いとは、面白いと同等の意味を持つのだ。

「……ふざけないでください！」

「ごめん、つい……。じゃあ、君にやってもらう仕事の話をしよう。とりあえず座ろうか」

　ライルに言われ、クレアはソファに戻った。当然のようにライルもその右横に座ったが、クレアはもう何も言わなかった。今は、ここでの仕事の話を聞くのが先だ。

　ところが、ライルは開口一番、こう言った。

「君の身体を俺に貸してほしい」

ライルは真顔でクレアの右肩に、自分の手を置く。

「なっ……！」

クレアは反射的に飛び退くと、ソファの一番端に移動し、ライルと距離を取った。

「さっきとおっしゃってることが、同じに聞こえるんですけど！」

クレアは困惑したように眉を下げ、ライルに抗議の意を表す。

「ごめん、言い方が悪かった。……貸してほしいのは、君の〝存在〟だ」

「……存在？」

「ああ。君には俺の婚約者として、ここで生活してほしい」

（……どういうことなの？）

「あの……さっきの私の話は、ちゃんと聞いてくれていましたよね……？」

「もちろんわかっているよ。正確には、そのフリをしてほしい。それが君の仕事だ」

「フリ……ですか？」

話がよくわからず、クレアは首を傾げる。

「なぜ、そんなことが必要なんですか？」

クレアの問いに、ライルは小さく息を吐くと、天井を仰ぎ見た。

「世間では、俺は成功者のように噂されているけど、貴族が事業に手を出すことに偏見を持つ同業者は少なくないんだ。……特に独り身だとね」

「……独身ではダメなのですか？」

「ダメではない。だが、結婚していないということは、守るべき者がいないということだ。人物像を軽く見られたり、発言や行動に責任がないと判断されることもある。歯がゆい話だけど、それで、これまでチャンスを逃したこともあるんだ」

ライルの口調は穏やかだが、少し悔しさが滲み出ている。

「特に異国では、俺のほうが怪しげな外国人だ。相手と対等に渡り合おうとする時に、妻もしくは婚約者がいるというだけで、信頼度が上がって事がスムーズに運ぶこともある」

「……つまり、ライル様がお仕事を円滑に運ばれるためには、妻か婚約者のフリをしてくれる人が必要、ということなんですね？」

「ああ、話が早くて助かるよ。いきなり妻では荷が重いだろうから、婚約者でいい」

ライルは微笑むと、クレアとの距離を縮め、すぐそばに座り直した。

「そして、その役目を君に頼みたい」

「……でも、具体的に何をすれば？」

「簡単だ。屋敷の中や外出先で、俺の婚約者として振る舞ってくれれば充分だ」

「そんな……自信ないです。それって誰かに見られるってことですよね。私、マナーとか何も知らないし……それなら、本当のお嬢様に頼んだほうが……」

「それを快く引き受けてくれる令嬢が果たしているかな？　偽の婚約なのに」

考えてみればそれもそうだ。そんなことを頼まれたら、いつか素敵な男性の花嫁となるために育てられた世の令嬢たちのプライドは、ズタズタに引き裂かれるだろう。それに、ふざけたことを頼む変人として、ライルの名が世間に広まってしまうことにもなりかねない。

その点、クレアには仕事と称して、その役を頼みやすいのだろう。婚約者が誰かと聞かれて、最初にライルの名を挙げてしまったのは――彼女だ。

(まさかあの嘘が、こんなことになるなんて思わなかったけど……)

しかし、クレアにはマナー以外にも懸念していることがあった。言いだしにくいが、言わなければならない。自然と声は小さくなる。

「……私なんかと一緒にいると、きっとライル様に恥をかかせてしまいます……」

「どうして？」

「……だって私、美人でもないし……髪の色は暗くてパッとしないし……瞳の色も薄くて気味が悪い、って言われて……」

初めて義母と対面した時のことを思い出して気分が沈み、言葉に詰まった。

するとうつむくクレアの頬に、ライルの手がそっと触れた。そして頬を包んだまま、その手がゆっくりと動き、クレアがライルのほうを向くかたちとなった。

無理やり向かされた感覚はない。それだけライルの所作は自然で、優雅だった。

息がかかるくらい、ライルの顔が近い。緑の瞳に覗き込まれるように見つめられて、ドキリと胸が高鳴り、身動きが取れなくなる。

「君は鏡で自分の姿を見たことがある？」

「あ、当たり前ですっ。毎日見てます」

いきなり何を言いだすのだろう。クレアは少し口を尖らせた。

「驚いたな。君は気づいてないのか？」

ライルは少し目を見開く。

「何が……ですか？」

キョトンとして、クレアは聞き返した。

「君の瞳のような色をパールグレーというんだ。宝石を見ているみたいだよ。こんなに綺麗なのに、悪く言う人間がいるなんて信じられないな」

少し怒ったような、ライルの口調だった。

「それに、この髪色……黒褐色とも違う。室内では黒に近いのに、さっき窓辺に立った時は日光に当たって、透明感のある艶やかな茶色に見えた。とても美しい色だよ」

そう言って、片手でクレアの三つ編みをすくう。

「肌も白いし、綺麗に整った顔立ちだ。君を手に入れたがる男がいても、不思議じゃない」

クレアは返す言葉が見つからず、無言になってしまった。異性に、こんなに自分の容姿を褒められたのは初めてのことだ。頬が熱くなるのがわかる。

(どうか、この熱がライル様に伝わっていませんように……恥ずかしいから)

早く手をどけてほしいのに、まだ触られていたい。そんな複雑な心境だった。

もしかしたら、クレアの気分がよくなるように、言ってくれているだけなのかもしれない。だが、たとえ嘘だとしても嬉しかった。

「ありがとうございます……」

消え入りそうな声で呟く。

「仕事の内容は理解してくれたかな?」

ライルが手を離した。

「……はい」

「店はこれまで通り続けてもいいけど、三日おきに休めるかな？　ここでの生活に慣れるまでは大変だろうから、外で働きづめになって疲れてほしくないんだ。それから、君が雇われて婚約者のフリをすることは、周りには内緒だよ？　誰かに知られてしまっては意味がないからね」

「……はい」

「じゃ、引き受けてくれるかな？」

ライルが穏やかに微笑みながら、クレアの瞳をじっと見つめる。

雇用主なのだから、もっと偉そうに上から命令してもいいはずなのに、とクレアは思う。

だが、ライルは強引な言い方はしてこなかった。それに、そんなに優しい目で頼まれたら、断れなくなってしまう。

（……これは仕事なのよ、クレア。引き受けずに、このままここでお世話になるわけにはいかないわ。自分でそう決めたんじゃない）

「……わかりました。私で、お役に立てるとは思いませんが、できる限り頑張ります」

「ありがとう。では、改めてよろしく」

差し出された手を握り返したところで、ドアのノック音が聞こえ、執事のローランドと、銀製の盆にティーセットを載せた、二十代後半と思われるメイドが入ってきた。

ふたりが部屋の隅でお茶を出す準備をしているうちに、クレアは小声でライルに尋ねた。

「……あの、使用人の方たちにも秘密なんですよね？」

「ああ。そうだけど、ローランドだけには言っておくよ。彼は有能で観察力に長けているから、話さなくてもすぐにバレるだろうけどね。君も、俺が留守にしている間、誰かほかに事情を知っている人間がいたほうが心強いだろう？」

「はい。……ありがとうございます」

やがて、お茶の準備が整い、クレアの前に温かい紅茶のティーカップが置かれた。用意してくれたメイドに「ありがとうございます」と言うと、にっこり笑顔で返してくれて、クレアの心もなんだか温かくなった。

アディンセル邸では、クレアはメイドにさえ用事がある時以外は、まるで影のように扱われてきた。だから、こんな風に目を合わせてくれたことが、嬉しかったのだ。

紅茶のいい香りが、鼻腔をくすぐる。

（そういえば、誰かにお茶を淹れてもらうのって、久々だわ……）

母親が生きていた頃は、店で売れ残った茶葉を家に持ち帰り、よくふたりでお茶を飲んだ。時々母が独自で茶葉をブレンドして、たまにとんでもない味になったこともあるが、それも幸せな思い出として、クレアの心に色褪せず残っている。

（やだ、少し思い出しちゃった……でも、泣いてはダメ。泣き顔なんて、見られたくないわ）

涙がこぼれないよう意識を集中させるクレアを、ライルはじっと見つめていた。

しばらく紅茶の味と香りを楽しんだあと、タイミングを見計らってローランドが口を開いた。

「クレア様。今日からクレア様付きのメイドとしてお仕えいたします、ジュディでございます。当館で、十年以上働いております」

ローランドに紹介されたのは、クレアにお茶を出してくれたメイドだ。

「ジュディと申します。なんなりとお申しつけくださいませ」

ジュディは深々と頭を下げて、挨拶をした。赤みがかった茶色の髪を、後ろでひとつにまとめている。

「こ、こちらこそ、よろしくお願いします」

クレアも慌てて立ち上がって、お辞儀をした。自分付きのメイドなんて初めてのことで、戸惑ってしまう。

「ああ、そうだ、ローランド」

ライルがおもむろに執事を呼んだ。

「はい、旦那様」

「クレアの家庭教師の手配を頼む。そうだな……まずはダンスと礼儀作法の教師を」

「えっ？」

クレアは、ライルのほうを振り返った。

「これからふたりで外出すれば、誰かに会うこともあるだろうし、舞踏会に呼ばれてダンスができないでは困る。語学や教養分野は、とりあえず後回しでいい」

「はい、かしこまりました」

ライルはクレアにではなく、ローランドに向かって指示を飛ばしている。

（家庭教師……？　私に？）

自分が置いてけぼりの展開に、クレアは着席しながらライルの袖を引っ張った。

「ライル様、私、そんなに覚えられるか、自信がないんですけど……っ」

「自信がなくても、君にはやってもらうよ」

「……え……」

「愛する俺のために、なんでもすると言ってくれただろう？」

ライルが口角を上げる。それはこれまでの穏やかな微笑みとはまた別の、この状況を楽しんでいるような、いたずらっぽい笑みだった。

「……っ」

『愛するなんて言ってません！』と叫ぼうとして、ハッと口元を押さえた。もしかして、今この瞬間から婚約者のフリをしなければならないのか。

ライルの口調は優しいのに、なぜか反論できない空気が漂い、クレアは臆した。代わりに『そんなの聞いていない』というように、首を小さく振りながら目で訴えると、ライルに頭を撫でられてしまった。

「大丈夫だ。君は俺が見込んだ女性だから」

その手の感触が心地良くて、不本意だが抗議する気持ちが次第に溶けてなくなっていく。

「……はい。頑張ります……」

小さく言うと、ライルの唇が弧を描いた。

クレアは思った。ああ、もしかしたら、優しい魔力を持つこの青年に、自分は捕まってしまったのかもしれない、と。

応接間を出てジュディに案内されたのは、これからクレアが使用する二階の部屋だった。

「こちらでございます」

ジュディがドアを開け、クレアは中に入った。

部屋は南に面していて、窓からたっぷりと陽射しが降り注いでいる。

部屋中を満たす暖かい空気を肌で感じ、クレアの緊張も少し和らいだ。

アディンセル邸での自室よりも広い空間に、ソファセット、本棚、調度品、筆記用の机、肘掛け椅子などが配置されている。

(あら……? ベッドは?)

不思議に思っていると、ジュディが奥の続き部屋のドアを開けた。

「こちらが寝室でございます」

中を覗くと、そこには白い天蓋付きのベッドが置いてあった。幅も広く、ふたり以上……いや、四人でも充分眠れそうなほどだ。その上を手で少し押さえてみると、スプリングもしっかりと効いている。

　その横の部屋は衣装室になっていて、その奥はクレア専用の浴室に続いていた。わざわざ廊下に出なくても、続きのドアですべての部屋に行き来が可能になっている。

　実家では、ひとつの部屋にすべての家具が収まっていたので、それが普通だと思っていたクレアは、改めてブラッドフォード邸の贅沢な造りに驚かされるばかりだ。専用の浴室など考えたこともなかったので、言葉も出せずに立ち尽くしていると、ジュディに声をかけられた。

「クレア様。こちらへどうぞ」

　促されるまま衣装部屋に入ると、ジュディがドレスを用意して待っていた。赤に近い濃いピンク色のタフタ生地のドレスで、同系色のレースが首回りを飾り、膨らんだスカート部分にもふんだんに使用されている。

「すごく……素敵……」

　その華やかさに、クレアの目が釘付けになる。

「はい。旦那様が、クレア様のためにお選びになった物でございます」

「……ライル様が……」

「ほかにも、クローゼットに何着かございます。それでもまだ足りませんので、クレりますア様がいらっしゃってから好みなどをお聞きして、新しくお作りすることになっており」

「そう……なんですか……」

（ライル様は本気で、私を婚約者として迎える準備をしてくれていたの……？）

この部屋もクレアのために、用意してくれていた。

それなのに断ってしまって、彼の気分を害していないか、今頃になって心配になってきた。

「まもなく晩餐のお時間です。お召し替えのお手伝いをさせていただきます」と、ジュディが言う。

確かに、いつまでも質素な服装のままではいられない。着てきた外出着を脱いで、ジュディにコルセットとドレスを着つけてもらう。慣れていないのを察してくれたのか、コルセットの紐をそんなにきつく締められなかったのは幸いだった。

その後、ドレッサーの前に座ると、ジュディがクレアの三つ編みをしゅるしゅるとほどく。

解放されたセピア色の髪が、豊かに波打って腰の辺りまで届く。

ジュディの手によってブラシがかけられ、食事の邪魔にならないよう、顔の左右に落ちてくる髪の束をすくって後頭部で結い、残りは背中に流れるように整えてくれた。

最後に、ジュディがクレアの唇にうっすらと紅を引く。みるみる変わっていく鏡の中の自分に、クレアはなんだか夢でも見ているような気分だった。

「とてもお美しゅうございますよ」

ジュディが鏡越しに微笑む。

「クレア様、いかがされました?」

ボーッと前方を見つめ、微動だにしないクレアを心配して、ジュディが控えめに声をかける。

「えっ……あ、いえ……。着付け、ありがとうございます、ジュディさん」

するとジュディは微笑しながら、「とんでもございません」と、首をゆっくりと横に振った。

「ジュディとお呼びくださって結構です。敬語も必要ございません」

「でも……私、本当は誰かにお世話をしてもらえるような身分じゃないんです」

「クレア様は、我が主である旦那様がお選びになった、大切なお方です。その方のご身上がどうであろうと、誠心誠意お仕えいたします。ご心配には及びません」

「……そう……なんですか……?」

クレアは唇をきゅっと引き結んで、少し考えた。

「……わかりまし……わかったわ」

この屋敷で使用人から、ライルの婚約者として相応の扱いを受けることも、クレアの仕事の一部かもしれない。それに、ここで自分が頑なに拒否して、務めを全うしようとしているジュディを困らせたいわけでもない。

(そうだ、自分に仕えてくれていると思うから躊躇してしまうのよ。……友達と思えば、気が楽だわ)

「……これからよろしくね、ジュディ。私、その……貴族の生活とかよくわからないから、いろいろ教えてくれると嬉しいんだけど……」

「はい、もちろんでございます」

ジュディが再びにっこりと笑顔を見せ、クレアもホッとした。

クレアが椅子から立ち上がると、すかさずジュディがしゃがみ込んで、歩きやすいようにとスカートの裾をサッとさばいてくれた。

その時、ドアのノック音が耳に届き、別のメイドが現れてジュディに何か言づける。

「旦那様が書斎でお待ちです」

ジュディがクレアに告げた。

ドレスの裾を踏んでしまわないよう注意しながら書斎まで案内してもらい、ドアをノックすると、ライルの返事があった。

それに導かれるように、ひとりで中に入る。

ライルは執務机で書類に目を通していたが、クレアが現れると同時に視線を上げた。

その緑の瞳がハッと息を呑んだように、大きく見開かれる。

無言で凝視しているライルの様子に、クレアの心は不安でいっぱいになった。

「……こういう格好に慣れてなくて……やっぱり変ですか？」

クレアの問いで、ライルの顔に笑みが戻る。

「いや、とてもよく似合ってる」

ライルは書類を机に置いて立ち上がると、クレアのもとに歩み寄った。

「すごく綺麗だから、見とれていたんだ」

褒められて嬉しい。クレアの頬に赤みが差す。でも、こういう時、なんと答えていいのかわからず、クレアは困ったまま視線を逸らした。

（こういう時、教育を受けた令嬢なら、何か、気の利く言葉で返すんだろうけど……）

耳の裏まで真っ赤に染まったクレアを見て、ライルは彼女をそっと抱きしめた。

「え、あ、あの、ライル様……？」

突然のことに戸惑うような声が、ライルの腕の中から聞こえる。

「こんなにも可愛い君が来てくれて、俺は幸せだよ」

「……で、でも、今はふたりきりですよ。そんなフリしなくても……」

恥じらいながらも、クレアがちゃんと言葉を返すと、ライルは少し複雑な心境になった。婚約者のフリを頼んだのは自分だ。自分の行動を演技だと受け取られてしまうのは、今はまだ仕方がないことなのかもしれない。

ライルはゆっくりと腕を離した。

「晩餐まで時間があるから、少し屋敷の中を歩こう」

「でも、お仕事中だったのでは……？」

「いいんだ。ちょうど切り上げようと思っていたところだから」

ライルは廊下に出てクレアの手を取ると、自分の腕に絡めさせた。

互いの身体が近くなり、まるで夫婦か恋人同士のような腕の組み方に、クレアの心は落ち着かない。

（ああ、そうだ……私はここではライル様の婚約者……これが当たり前……早く慣れなきゃ）

さっきまでそばに控えていたジュディの姿はなかった。ふたりきりのところを邪魔してはならないと、別の仕事に戻ったのだろう。

「ライル様」

歩きながら、彼に声をかける。

「このドレス、ライル様が選んでくださったと聞きました。ありがとうございます。それに、お部屋もとても素敵で……」

「気に入ってくれたかな？」

「はい、私なんかにはもったいないくらいです！」

瞳を輝かせて答えるクレアに、ライルも満足そうに口元をほころばせた。

その顔を見て、クレアも胸を撫で下ろす。

（よかった、お気を悪くされてないみたい……）

やがて、ある扉の前に着いた。

ライルが開け、一緒に中に入ると、ソファや椅子といった家具や調度品が配置された空間が広がっている。でも、先ほどの応接間と比べるとややこじんまりとしていて重厚感はなく、どことなく安心できる部屋だった。

「ライル様、ここは……？」

「居間だよ。談話室とも言う。家族が過ごせるプライベートな場所だ。しばらくは使われていなかったんだけどね。……こっちへ」

ライルがクレアを窓際へ誘う。

窓からは、この屋敷の庭園が一望できた。応接間からも庭は見えていたが、緊張していたし、ライルが話す仕事内容に気を取られていて、はっきりとした記憶がない。

改めて見る庭園の美しさに、クレアは言葉を失う。それに、あのコールドウィン侯爵邸の庭園と同じくらいの広さがあるのではないかと思う。

「向こうにバラ園がある。もうすぐ見頃になるはずだ。天気のいい日でお互い時間が合えば、そこでティータイムを過ごすこともできるよ」

「……本当ですか⁉」

(バラを眺めながら、ティータイムが楽しめるなんて！)

今からクレアの胸が踊る。雇われてここにいることを忘れてしまいそうだ。

ソファにふたりで座り、ライルが街の暮らしに興味があると言うので、クレアはこれまでの自分の生活を語った。大して面白い話はなかったにもかかわらず、ライルが真剣に耳を傾けてくれるのが嬉しくて、クレアもつい饒舌(じょうぜつ)になっていく。

穏やかで楽しい時間が過ぎ、やがて庭に射す陽の光が陰り始めた。

談話室のドアがノックされ、ローランドが晩餐の時間になったことを告げに来た。

再びふたりで腕を組みながら、食堂へ向かった。

向かい合ってテーブル席に着くと、スープから始まり、前菜、魚料理、肉料理など、次々と運ばれてきた。

フォークやナイフは外側から使うのはわかる。なるべく音をたてないように、神経を集中させ、ゆっくりと料理を口に運ぶ。どれも美味しくて、あっという間にクレアの胃袋を満たした。

ライルを見ると、フォークやナイフの運び、グラスを取る手つきなど、すべての所作が優雅で洗練されていて、やはり生まれつきの貴公子なのだと実感させられる。

（まだ遠い存在だけど、たくさん練習して、ライル様の恥にならないような婚約者を演じるまでにならなくちゃ……）

食事のデザートは苺のタルトだった。苺ジャムの甘酸っぱい香りとサクサクのパイ生地が口の中でほどよく混ざり合い、なんとも言えない幸せな気分になる。

そんなクレアを見て、ライルが目を細めて笑みを浮かべた。

「ずいぶんと楽しそうに食事をするんだね」

「はい。だって楽しいんです。誰かと食事をするのは久しぶりで」

「……久しぶり？」

「ええ。私、外で仕事をしてましたから、家族とは時間が合わなくて」

もちろん理由はほかにもあるが、余計なことは言わないことにした。

「……そうか。じゃあ、これからはなるべく一緒に食事をしよう。俺も、この家にいる時はいつもこの広いテーブルにひとりだったから。……君がいてくれて、今日は美味しかった」

一瞬、緑の瞳が揺れたような気がした。

(そういえば、ライル様はいつ爵位を継がれたのかしら……)

いつ頃、両親は亡くなったのか。でも、自分から聞く気にはなれなかった。いつか、彼から話してくれるのを待つしかない。

「明日は朝から少し忙しいよ。疲れたと思うから、ゆっくり休むといい」

食後のお茶を飲み終わり、ライルが部屋まで送ってくれた。

入浴して、これもまたクレアのために用意してくれたという、白いレースのついた上質な絹の夜着に着替え、ジュディに髪をブラッシングしてもらってから、ベッドに入った。


翌朝、いつも通り早く目が覚めた。普段なら店に出る身支度を始めるのだが、今日まで休みにしておいた。

昼間は暖かくなったとはいえ、この国の春の朝はまだまだ肌寒い。

上掛けを被ったまましばらくベッドでじっとしていると、ジュディがモーニングティーを用意してくれていた。

「ありがとう」

カップを受け取って口をつけると、温かい感覚が身体の芯までじんわり行き届く。

いよいよ、新しい生活が始まる。

今日ジュディが用意したのは、腰のリボンとレースがアクセントになっている水色のドレスだ。

着替え終わると、朝食をとるために食堂へと案内される。ふと、昨日と違う場所に向かっていることに気づく。

ジュディに尋ねると、昨日の場所は夕食用で、朝食と昼食用の食堂は別なのだと言う。これだけ広い屋敷なのだから部屋数も多いことは納得だが、それにしても贅沢な造りだ。

「おはよう」

食堂に入るとライルが待っていた。

朝から彼の優しい微笑みを見て、クレアの心臓が高鳴る。

「おはようございます。……すみません、お待たせしてしまいましたか？」

「いいや、大丈夫。食事は一緒にとると決めたからね」

「はい……」

ライルが昨夜の約束を守ろうとしてくれていることが、このうえなく嬉しい。

テーブルに焼きたてのパンが並ぶ。ほかにも、スクランブルエッグ、焼いたベーコン、トマトなどの彩り野菜、と一品一品の量も多く、食欲をそそられる。

「よく眠れた？」とライルが尋ねる。

「はい、とっても。ベッドも広くてふかふかでしたし。今朝は少し冷えましたけど」

「身体が冷えるのはよくないな。今晩から添い寝することにしよう」

あまりにも当たり前のような口調でライルが言うので、クレアはなんのことかわからずパンを頬張ったままだった。だが、理解した瞬間、パンが喉につかえそうになり、慌てて近くにあったミルクを口に流し込む。

「な、ななな、何言って……！」

涙目になって、顔を真っ赤にしたクレアを見つめるライルの表情は楽しそうだ。

「冗談だよ。君は本当に可愛いね」

（また、からかわれた……。この場合の可愛いは『面白い』だし。だんだんわかってきたわ）

少し悔しいので、拗ねたように無言で卵を口に入れ、残りを食べ進めた。でも、こんな風に誰かと会話しながら食事をするのは――ライルにはからかわれるけど、それでもやっぱり楽しいと思う。

朝食を終えると、次の予定が待っていた。

王都一と評判の仕立屋がライルの依頼を受けてやってきて、クレアのドレスを作るために採寸し、デザインと生地を決めていく。

何着作るのか聞いて、そのあまりの数の多さに、クレアは不安を募らせた。

「ライル様……こんなに作って大丈夫なんですか？　……あとで無駄になりませんん……？」

「それは大丈夫だから。それに似合う服を着て俺の横に立つのも、仕事のうちだよ」

クレアを安心させるように、ライルは優しく言った。

これから店に出る時の取り決めもした。

ブラッドフォード家の馬車にジュディと一緒に乗り、近くの通りで降りる。

そして、クレアが店に無事に入るのをジュディが見届ける。

クレアはアディンセル家にいた時と同じように、自力で馬車を拾っていく、と主張したが、大事な婚約者に道中何かあっては取り返しのつかないことになる、とライルが頑なに拒否した。

代わりに、四頭立ての目立つような馬車ではなく、地味な小さめの馬車にしてもらうことで折り合いがついた。そして、帰りの時間を見計らって、ジュディが馬車で迎えに来る。

服装はさすがにドレスというわけにはいかないので、これまで通り、通常の服で行くことになったが、数が極端に少ないのをライルが懸念して、普通の生地で何着か仕立屋に追加の依頼をした。

「ねえ、ジュディ。髪型はこれまで通り、三つ編みにしようと思うんだけど」

「もったいない気もいたしますね。クレア様は髪を下ろしていらっしゃっても、素敵だと思いますけど……」

ジュディが思案するように、少し首を傾げる。

「でも、急な変化があるとお客さんから何かあったのかな、って詮索されちゃうかもしれないでしょ？　これまで通りがやりやすくていいわ」

　すると、その会話を聞いていたライルが近くに寄ってきた。

「そうだね、俺も今まで通りがいいと思うよ」

「そうですよね」

　クレアが賛同してくれたことを素直に喜び、微笑むと、ライルはその肩を抱き寄せて、クレアの顔を覗き込みながら口角を上げた。

「君の本来の姿を見たら、ほかの男たちが近づいてくるかもしれないだろう？　そうなったら、俺は全員を叩きのめさなきゃいけなくなる。クレアの魅力を知っているのは俺だけでいい」

「ライル様……」

（これって、もちろん演技ですよね⁉）

　ならばこちらも、とクレアも何か言葉を返そうと考えるのだが、何も思いつかない。むしろ、恥ずかしさが込み上げてきて、自分でも赤面していくのがわかる。

　すると、ライルが耳元で囁いた。

「無理して何か言おうとしなくても、君はそのままでいいよ。言葉はなくても、その反応だけで充分効果があるからね」

『〝効果〟ってなんだろう』と首を傾げたが、結局わからずじまいだった。

その夜、ドレッサーの前に座ったクレアの髪をとかしながら、ジュディが微笑む。

「クレア様は、本当に旦那様に愛されていらっしゃるのですね」

「えっ⁉」

「昼間のご様子でわかりましたよ。旦那様のお言葉に、クレア様はお顔を真っ赤にされて。本当におふたりとも仲睦まじくいらっしゃって、見ていて私も幸せな気分になりましたわ」

（そこは見なくていいから……）

今頃になって、〝効果〟というのは、自分たちが相思相愛だと周囲に思い込ませることだったのか、とクレアは気づいた。


翌日から取り決め通り馬車に乗って店に行き、夕刻になり邸宅に戻ってからは、ライルとともに食堂のテーブルに着く。

そんな様子で、あっという間に三日が過ぎた休みの日。

クレアの『花嫁修業』ならぬ、『令嬢修業』が本格的に始まった。

ライルが三日おきに休むように言った真意は、これだったのだとクレアはこの時初めて気づいた。

午前中は、礼儀作法の家庭教師がやってきた。立ち上がり方、歩き方などの立ち居振る舞いから始まり、お辞儀や挨拶の仕方、そして、テーブルマナー。

覚えることがたくさんで目が回りそうになるが、これも与えられた仕事のうちと自らに言い聞かせ、真剣に取り組む。

そして昼食が終わると、今度はダンスの教師が来て、ホールでレッスンが始まる。基礎からみっちり教え込まれ、数時間後、レッスンが終わった頃には、クレアの足は棒のようになり、倒れ込むように座った椅子から、しばらく動けそうにもなかった。

「クレア様、大丈夫ですか？」

ジュディが心配そうに水差しとグラスを持ってきた。それに水を注ぎ、クレアに手渡す。搾(しぼ)ったレモン汁が少し入っていて、さっぱりして美味しい。

「ありがとう。大丈夫……少し休むわ」

水を飲み、そのまま目を閉じていると、ジュディではない別の人物の靴音が近づいてくるのがわかった。

ふわり、と頭を撫でられ、クレアがうっすらと瞼(まぶた)を持ち上げると——目の前の緑の瞳が、じっとこちらを見つめている。

「ラ、ライル様⁉」

びっくりして飛び上がりそうになったが、足に力が入らず、腰が抜けたように再び椅子に倒れ込んでしまった。

「大丈夫？」

「はい……すみません」

「謝ることはないよ。今日はよく頑張ったね」

「……いえ、そんな……」

ライルの優しい眼差しで、不思議と疲れが飛んでいくような気がした。次の瞬間、クレアの身体が椅子から浮き上がる。

「えっ、あのっ……」

軽々とライルに抱き上げられてしまったことに狼狽（ろうばい）していると、至近距離からライルの声が聞こえてきた。

「部屋まで連れていくよ」

「……い、いいですっ……自分で歩けます」

「こういう時は俺に頼って」

「でも……きゃっ！」

　ライルが一歩踏み出すと、身体が揺れて、クレアは思わず彼の首に抱きついてしまった。

「うん。素直でいいね」

「な、何言ってるんですか……！」

　羞恥で頬が一気に赤くなる。

「こんなの、誰かに見られたら恥ずかしいです……！」

「見られてもいいよ。だって、俺たちは〝そういう関係〟なんだから。誰も変には思わないよ」

「だけど……」

　近くから、緑の瞳が優しく見下ろしている。

「恥ずかしかったら、俺の胸に顔をうずめてていいよ」

　ライルはいたずらっぽく笑った。クレアを下ろすという考えはないらしい。

　恥ずかしくて下ろしてほしいのに、浮遊感にも似たライルの腕の中の感触が心地良くて、疲れ切ったこの身体をこのまま抱き上げられていたくなる。もう、自分でもどうしていいかわからず、クレアはライルの首に手を回したまま、彼の胸に額を当て、目を閉じてじっとしていた。なので、その様子をライルが愛おしそうに見つめていたことに、クレアは気づかなかった。

クレアの部屋のドアを開けるため、ジュディは先回りしてホールを出ていった。途中で使用人とすれ違ったかもしれない。でも目を開けられないのでわからない。服越しにライルの体温を感じて、クレアの心臓が激しく鼓動した。

やがて自室に着くと、ソファにそっと下ろされた。

「……ありがとうございます」

見上げると、ライルと視線が交わる。

「夕食まで時間があるから、ゆっくり休むといいよ。俺も少し仕事があるから」

「はい」

「またあとで」と言ってドアに向かったライルだったが、踵を返して戻ってきた。

「ああ、忘れてた」

「何か落とされました？」と尋ねるクレアの横に座ると、ライルは彼女の顎を優しくつかんで上向かせ——その唇に、自分のそれを重ねた。

あまりにも自然な流れに、クレアには抵抗する間も与えられなかった。初めてキスをされた時の記憶が脳裏をよぎる。あの時は一瞬だったが——今、ライルはすぐに離そうとしない。だが決して強引ではなく、抑えたような、クレアの様子を気遣いながらのキスだ。少し浮いて離れたかと思ったら、再び角度を変えて重ねてくる。

「ん……」

不意にクレアの喉の奥が鳴る。

『こんなの絶対おかしい！』とクレアは思うのに、疲れた身体に力が入らず、頭が正常に働かない。むしろ優しく甘美な感触に、心も身体も癒されていくようで、思わず目を閉じた。

やがてそっと唇が離れ、その余韻に浸っていると、「参ったな……」とライルが呟いた。

「そんな顔見せられたら、もっと可愛がりたくなる」

耳元に低く響き、クレアはハッと我に返って目を開けた。ライルの瞳が妖艶な光を宿しているようにも見えて、クレアの身体が熱くなる。

「……っ！」

（わ、私、今……ライル様と何を……!?）

恥ずかしさのあまり何も言えずに視線を逸らすと、ライルはクレアの頭をくしゃっと撫でて、部屋から出ていった。

気を使ってくれたのか、あるいは甘いふたりを見ていられなかったのか、ジュディは奥の部屋に移動していて、今ここにいるのはクレアだけだ。

（……恥ずかしかったけど、抵抗できなかった……。なんだか気持ちよくて……。もう、どうしちゃったんだろう、私……）

クレアは魂が抜けたようにソファに身体を横たえると、その上に置いてあったクッションに無言で顔をうずめた。

次の日も朝から店に出て、三日経つと、その翌日は午前中から夕方までレッスンを受ける。そして、翌朝からまた三日間、店に出向く。

その繰り返しで日々は過ぎていった。

ライルは『なるべく一緒に食事をしよう』と言っていたが、いつもふたりの予定が合うわけではない。ライルも事業で忙しい身なので、クレアがまだ起きてくる前に用事で出かけたり、または夜遅く帰ってくることもあった。

その場合は、必然的にクレアはひとりで食事をすることになる。

「今日もライル様は、朝早くからお出かけなの？」

広いテーブルでひとり、朝食を終えたクレアは執事に尋ねた。

「はい。左様でございます」

ローランドは、にこやかに返事をする。彼はライル以外に、クレアがここにいる本当の事情を知っている唯一の人物だ。当初、クレアはローランドに敬語で話そうとしたのだが、それではほかの使用人たちに示しがつかないとのことなので、普通の話し方をするようにしている。

「ライル様のお仕事って、大変なの？」

「そうですね。新しい事業に取りかかっていらっしゃいますので、今が大事な時なのでしょう。旦那様は、もともとお仕事熱心なお方ですので」

「それはわかるけど……無理をしてほしくないわ」

母も無理をして体調を悪化させた。そんな結果はもう見たくない。

「旦那様は仕事面と同じように、自己管理もきっちりされている方ですから。外出予定のない日は、お仕事の合間に時々仮眠を取っていらっしゃいますよ」

「……それなら少し安心ね。よかった」

「旦那様を心配してくださって、ありがとうございます。クレア様がおそばにいらしてから、旦那様の雰囲気も少し変わられました」

ローランドがクレアの空いたカップに、再び紅茶を注ぐ。

「……どういう意味？」

「若くして爵位を継がれた旦那様は、この伯爵家を守るために、これまでずっと力を尽くしてこられました。とても優秀なお方ですし、生まれ持った才もおありなのでしょうが、周囲が羨む一方で人知れず努力されてきたのです。……ただ、おひとりで何もかも抱えてしまうことに慣れてしまって、誰にも心を許すことができなくていらっしゃるのではないかと……少し心配だったのです」

黙って聞き入るクレアに、ローランドは微笑みを返した。

「ですが、最近の旦那様はとても楽しそうにしていらっしゃいます。クレア様がここへ来てくださって、私もとても感謝しておりますよ」

「感謝だなんて……。それに、楽しそうと言うけど……ライル様は私をからかって遊んでいらっしゃるだけよ……」

クレアはいろいろ思い出して——赤く染まった頬をローランドに見られたくなくて、下を向いた。

部屋に運ばれて、思いがけずキスを受けてしまったあの日以降、ライルの接近してくる頻度が増えた。不意打ちのように、顔を近づけてきたり、肩や腰を抱き寄せてきたり。今や仕事に行く前や、就寝前など、頬にキスをされるのが当たり前になってきている。そのたびに、真っ赤になるクレアの顔を見て、ライルがいたずらっ子のように笑う。

だが、唇にキスをされたのはあの日が最後で、今はなぜか——頬や額にしかしてこない。

どうして、と思いながらも、クレアは安堵していた。いくら婚約者のフリだからといって、毎回、唇にされては、こちらの心臓がいくらあっても足りない。頬や額なら、まだ挨拶程度の感覚だと、自分に言い聞かせることができる。

クレアもまた、ともに過ごす日々を重ねるうち、ライルの優しさや穏やかさに、以前よりもさらに惹かれ始めていた。つい自分の立場も仕事も忘れて、気持ちが揺るぎそうになる。でも、自分はライルには不釣り合いな娘だということも、決して忘れていない。期限は言い渡されていないが、いつかは終わる関係。自分がそばにいても、ライルのメリットにはならない。むしろ、迷惑をかけてしまうだけ。

そう思うのに、わかっているのに、いつか終わる日が来ることを想像すると胸が苦しかった。

店が休みの日、すなわちレッスンの日。

礼儀作法の教師から、「最初の頃よりかなり美しい所作が身についてきましたね」と、初めて褒められた。

これまで無我夢中でやってきたので、思いがけない言葉が嬉しくて、「やった！」という風にその場で床を蹴って跳ねると、教師は眉をひそめ、「まだまだですわね」とため息をついた。

クレアも慌てて背筋を伸ばす。そして、さらに優雅な所作を極めるべく、午前の厳しいレッスンが続いた。


その後、ダンス教師の急用で午後のレッスンはなくなったため、自分でひとしきり練習し、早めに入浴を済ませてジュディに頼んで図書室を見せてもらうことにした。

アディンセル邸にいた頃とは違い、自由に屋敷内を歩くことを許されている。

ブラッドフォード伯爵邸の図書室には、様々な分野の書物が揃っている。窓のある面以外の壁はすべて本棚になっており、天井近くの高い棚は梯子を使わないと手が届かない。ひとり用や三人掛けといった、いくつものソファが置かれているが、狭いといったような圧迫感は微塵も感じない。それほど、この屋敷の図書室は広大なのだ。

その中でも一番日当たりのいい席に腰を下ろし、クレアは取り出してきたお気に入りの本をドレスの膝の上に広げる。

ジュディは近くのテーブルに、そっと紅茶の入ったティーカップを置き、「またあとで参ります」と静かに言うと、図書室を出ていった。

ポカポカと午後の陽射しが気持ちいい。

しばらくすると、クレアの瞼がゆっくりと閉じ始めた。意識がまどろみの中に引き込まれていくのがわかる。

連日、外では仕事、屋敷では慣れないレッスンで、なかなか身体が休まる時間がなかった。クレアの気持ちの緩みとともに、一気に疲れが押し寄せてくる。

完全に瞼が閉じ、薄れていく意識の中で、ソファの軋む音がした。誰かが横に座ったのかもしれないが、睡魔に襲われた頭が目を開けることを拒んだので確認できない。

眠気に落ちる瞬間の、ふわりと身体の浮く感覚がなんとも言えず、心地良い。

クレアはそのまま、夢の中に入っていった。


目を開けて、まず視界に飛び込んできたのは、自室のベッドの白い天蓋だった。

レースのカーテンの隙間から、西へ傾き始めた陽の光がこぼれ、床にうっすらと線を描いている。

（あれ？　私、図書室にいたはずなのに……。いつの間に……？）

頭の中は疑問だらけだ。

とりあえず、起きようとしたのだが――身体が動かせない。

（……え？）

クレアは自分の胴に何かが巻きついているのに気がついた。それで動けないのだ。

視線を下に向けると、自分の身体に誰かの腕が絡みついているのが見えた。

（……な、何⁉）

ぎょっとして、唯一動かせる首を恐る恐る反転させ……目を見開いた。

「……っ⁉」

人間、本当に驚いた時は声が出ないというが、今のクレアがまさにそうだった。

目の前には、淡い金髪の青年の、端正な顔があった。緑の瞳は閉じられているが、その長い睫毛にさえ、魅入られてしまいそうだ。

（……ラ、ライル様！　なんで、え、なんで⁉）

もう疑問どころではなく、頭の中は完全にパニック状態だ。とにかく、ライルの腕をどけないことには、この状況から脱することはできない。

クレアはなんとか引きはがそうとしたが、男の腕はガッチリと彼女の華奢な身体を捕らえている。

どうしようもない状態に恥ずかしくて泣きそうになるが、クレアの耳にライルの規則正しい静かな寝息が聞こえてきた。

（寝てる……の？）

ふと、ローランドの言葉が脳裏をよぎる。

『若くして爵位を継がれた旦那様は、この伯爵家を守るために、これまでずっと力を尽くしてこられました』

『人知れず努力されてきたのです』

（……表には出さないけど……きっと、とてもお疲れなのだわ……）

ここで自分が動いたりしたら、ライルの眠りを妨げてしまうかもしれない。それも悪い気がしてきた。

クレアは少し考えた結果、しばらくこうしていよう、と思った。なぜ目覚めたら自分がライルの腕の中にいたのか、疑問は残るが、今は彼をゆっくり眠らせてあげたい。

それに……ライルの腕の中は温かくて、なんだかホッとする。彼のため、というのは言い訳だと気づく。クレア自身が今、こうしていたいのだ。

（今だけなら、いいよね……）

ライルの身体の温もりが、まだクレアの中に残っていた眠気を誘う。しばらくすると、クレアの瞼もゆっくりと下がり……やがて、彼女も穏やかな寝息をたて始めた。

はぁ……とライルは小さく息を吐いた。

(何をやってるんだ、俺は……)

自分の腕の中には、全く警戒心のない寝顔を見せるクレアがいる。自分で作り出した状況とはいえ、ライルはこの光景に戸惑いを隠せなかった。

数時間前、外出先から帰宅すると、クレアの午後のレッスンは中止になったとローランドから報告を受けた。クレア付きのメイドから、図書室にいることを聞き、クレアの姿を探そうと、そのドアを開ける。すると、ソファに座ったまま眠りこけている彼女を見つけた。

起こさないように静かに横に腰を下ろすと、かくん、とクレアの頭が揺れて、そのままライルの肩にもたれかかった。

起きる気配はない。

このままでは体勢がつらいと思い、クレアの膝上の本を閉じてテーブルに置くと、ライルは彼女の身体をそっと抱き上げた。クレアの部屋のベッドに、ゆっくり下ろす。

その時、クレアが無意識のうちに、自分の服をつかんでいることに気づいた。その手を外して、そのまま立ち去ることは可能なはずだった。だが、その姿が急にいじらしくなって、離れたくない衝動に駆られた。

自分も身体を横たえると、クレアの身体をそっと引き寄せ、抱きしめた。入浴を済ませたのだろう、石鹸のいい香りがする。その髪を、優しく撫でた。

休みを返上させ、半ば強制的に淑女教育のレッスンを受けさせている。慣れないことばかりで苦しいだろうに、クレアは弱音ひとつ吐かずに、こちらの要求に応えようと、懸命に努力してくれている。

クレアよりも遅く帰宅した際は、ちゃんと玄関で、「お帰りなさいませ」と、はにかむように笑顔で出迎えてくれる。「ただいま」と、頬にキスを落とすと、たちまち顔を赤らめる。その姿が可愛くて、唇を塞ぎたくなる衝動を何度抑えたことか。

だが、きっとクレアはそれを望んでいない。ライルからクレアに触れることはあっても、その逆はないからだ。

（いつか、自分から俺に触れてくれる日は来るのだろうか……）

抱きしめる腕に力が入る。クレアの身体の柔らかさとともに、温かさが伝わってくる。不思議と心が落ち着いて、ライルも徐々に眠気に襲われた。

どれくらい時間が経過したか、腕の中のクレアが少し動いたのを感じて、ゆっくり意識を取り戻した。だが、疲れのせいですぐに身体を動かせず、瞼を上げることもできない。

（ああ、きっと驚いてるだろうな……）

クレアが、自分の腕をどけようとしていることがわかった。

この状況では、叫び声をあげられるかもしれない。暴れられて、殴られても文句は言えない。軽蔑されて嫌われてしまうのはつらいが、自分の蒔いた種なので仕方ない。

絶対にそうなるだろうと、まだ完全に回っていない頭の中で、彼女の心が離れていくのを覚悟していたのだが。

なぜか彼女はそのまま大人しくなり……しばらくすると、また寝入ってしまった。

これにはライルのほうが驚いた。完全に頭が冴え、目も覚めた。

クレアは無邪気な寝顔をさらして、再び深い眠りについている。

（……警戒されていないのか）

叫ばれなくてホッとしたが、男としてそれはそれでなんだか腑に落ちない。自分勝手だとは思うが。とにかく、ここから去って頭を冷やそう。ライルがクレアの身体に回した腕を抜こうとした時。

「……ん……」

無意識に、クレアの口からわずかに声が出た。

その、さくらんぼのような色の唇が少し開いている。

誘われているような感覚が頭を支配し、離れることを躊躇してしまう。ライルはため息をついた。それは、愚かな自分に対してだ。

「君が悪いんだからな……」

考えることを放棄したライルは男の顔になり、クレアの唇に自分のそれをそっと重ねた。


「ライル様……何かいいことでもあったのですか？」

その日の晩餐中、クレアは尋ねた。

先ほどから、ライルがいつにも増して、ずっと上機嫌なのだ。

「ああ。久しぶりに、美味しい果実を堪能したんだ」

にこやかにライルが答える。

「果実……ですか？」

今日のメニューに果物を使った料理はあったかしら、とクレアは首を傾げた。それとも、外出先で何か美味しい物を口にしたのか。

「クレアはさっきから頬が赤いけど、大丈夫？」

ライルは気遣うような優しい眼差しを、クレアに向けた。そのライルの問いに、クレアはドキリとする。

「ええと……ちょっといい夢を見まして……」

そう答えながら、ライルから視線を逸らした。

目覚めたのは、ちょうど晩餐が始まる直前だった。

横にライルの姿はなく、少し寂しさを感じたが当然だと思った。

（……夢？　……そうか夢だったんだわ。ライル様と抱き合って眠るなんて、あるわけないし）

ジュディに聞くと、図書室から自分を運んでくれたのはライルだと教えてくれた。

そのことについては、先ほどライルに礼を言った。

（夢だったけど、幸せだったな……）

目覚めた時、唇に柔らかい感触が残っていたように感じたが、気のせいだろう。

「その果物、私も食べてみたいです」

「うーん……クレアは食べるほうじゃなく、食べられるほうだから無理なんじゃないかな」

ライルは斜め上を仰ぎ見て、真顔で真剣に考える素振りを見せた。

「え……？」

キョトンと目を丸くするクレアに視線を戻し、ライルがククッと喉を鳴らして笑う。

ライルはそれ以上教えてくれなかったので、クレアも聞かなかった。ただ、ライルの楽しそうな笑顔を見られただけで、クレアは満足だった。

小さな嵐

クレアがブラッドフォード家に来てから二ヶ月が経過し、季節は初夏を迎えていた。

ライルにはこれまで通り、仮の婚約者として扱われているが、ふたりの間に特に進展はなく、相変わらず一定の距離感を保った関係が続いている。かといって、ライルからのスキンシップが減ったわけではないのだが。

「旦那様がお戻りになられました」

いつもと同じく、店を終えて伯爵家の馬車で帰宅後、自室で身支度を整えていると、ジュディが伝えに来た。

廊下を足早に進み、玄関ホールへ向かう。階段の踊り場から玄関を見下ろしたクレアの足の運びが、ふと止まった。

すでに玄関に入ってきていたライルの姿が見えたと同時に、彼の横に同じ年格好の青年がひとり、立っていたからだった。

ライルがクレアの気配に気づき、顔を上げる。

「ただいま、クレア」

階段の下までライルが来てくれたので、クレアも再び彼のもとへと急ぐ。

「お帰りなさいませ」

「うん、ただいま」

ライルは微笑んでそう言うと、いつも通りクレアの頬に手を伸ばし、顔を近づけようとした。だが、彼の背後から、連れの青年が興味深げにふたりを見ていることに気づいたクレアは、恥ずかしくなって少し身体を引く。

「……将来の夫より、ほかの男が気になるかい？」

「ち、違いますっ……」

そういうことではないとわかっているくせに、少し意地悪な言い方をするライルは、クレアが自分の手から逃れたことがやや不満らしい。

しかし、クレアのほうも、内心穏やかではなかった。

（……いくら演技でも、将来の夫とか、気を持たせるようなこと言わないで……っ！）

そう文句を言いたくなるのをグッと抑える。

「……あの……お連れの方が見てらっしゃいますから……」

「ああ、彼とは外出先で偶然出会ってね。勝手についてきただけだから、気にしなくていいよ」

ライルが再びクレアに顔を近づけようとしたので、「え、ちょっと……」とクレアは慌ててライルの肩を押し返した。

「無理です、気にします！」

「少しは気にしろよ！」

　クレアとその青年が叫んだのは、ほぼ同時だった。

　ライルが嘆息して、振り返る。

「ほら見ろ。お前が来るから、俺の可愛い婚約者がご機嫌斜めだ」

「僕のせいじゃないだろ！　明らかに、お前のおかしな頭のせいだっ！」

　ふたりのやり取りを聞きながら、クレアは初めてその青年の姿をまじまじと見た。明るめの茶色の髪に、鳶色の瞳。目鼻立ちは整っていて、身につけている上着も上質なことがひと目でわかる。若干、ライルよりも背が低いが、それでも長身なことには変わりなく、ライルと並んでも引けを取らないほどの容姿の持ち主だ。

　クレアが黙っていることに気づいたライルは、彼女のほうへ向き直った。

「ああ、すまない。紹介するのが遅れたね。彼はアンドリュー・イーストン。俺の父の妹の嫁ぎ先、イーストン子爵家の跡取り息子だ。歳は俺よりひとつ下」

　つまり従兄弟の関係だ。クレアにとって、ライルの親族に会うのはこれが初めてだ。

「……初めまして。クレア・アディンセルと申します。お会いできて光栄です」

緊張しながらスカートを少しつまみ、背筋を伸ばしたままゆっくりと膝を折って、挨拶する。これまで礼儀作法のレッスンで習ったことを思い出しながら、所作に反映させていく。

うまくかたちになっているか自信はないが、『変におどおどしているとかえって見るに耐えませんわよ』と教師からも散々教えられた。不安を表に出せない分、そこは微笑でカバーだ。

すると、青年——アンドリューが前に歩み出て、クレアの手をそっと取った。

「こちらこそお会いできて光栄ですよ、クレア嬢」

アンドリューは紳士らしく、クレアの手の甲に軽く口づけた。

ただの挨拶だが、ライルの眉がピクリとわずかに動き、従弟(いとこ)を睨む。

突き刺すようなライルの視線を受け流すと、アンドリューは爽やかな笑顔で言葉を続けた。

「あなたのことはライルから聞いていました。なるほど、こんなに可愛らしくて美しい女性が未来の花嫁になるんだから、ライルが自慢したくなるのもわかる」

ライルは一体、自分のことをどんな風にアンドリューに話したのか、気になってクレアの頬が赤く染まる。だが同時に、〝未来の花嫁〟という言葉にズキリと胸が痛んだ。そんな未来が訪れないことは、自分がよくわかっている。

「いつまでクレアの手を握ってるつもりだ？」

やや不機嫌そうなライルの声に、アンドリューは、「ああ、これは失礼」と手を離した。

ライルはそばに控えていた執事に指示する。

「ローランド、アンドリューを応接間へ。これでも一応客人だからな。一応」

「『一応』って、なんだよ。二回も言うな」

淡々とした口調のライルに対し、アンドリューが少しムキになって言い返す。

しかし、ふたりとも憎まれ口を叩いてはいるが、なんだか楽しげだ。

クレアはふたりの邪魔をしては悪いような気がして、自室に戻ろうかと思った。しかし、ライルが「一緒においで」とクレアの手を取ったので、従うことにした。

「前に、ライルが婚約したと聞いたけど、忙しくて会えなかったんだ」

応接間のソファに深く腰掛けて、アンドリューが言った。

「社交界にも最近、顔を出していないし、お前目当ての令嬢たちが嘆き悲しんでるぞ」

「どうしても行かなきゃならない時は、顔を出すよ」

ライルが興味なさそうに答える。

「その時は、クレアも一緒だけどね」

隣に座っていたライルから急に手を握られ、心臓がドキッと跳ねる。もういい加減、慣れてもいい頃なのに、なかなか心は順応しない。

そんなクレアの反応をアンドリューはチラリと見た。そして面白がるように口角を上げる。

「初々しいね。こんなに仲のいいふたりを見せつけられたら、大半の令嬢は失神するだろうね」

それを聞いたクレアは、やっぱりライルは世の令嬢の憧れの的なのだと、今さらながらに思った。となると、自分はそんな令嬢たちの嫉妬の対象になるのではないか。

「クレアの前でそんな話はやめてくれないか。彼女が不安がる」

ライルがクレアの手を優しく撫でた。じんわりと温かさが伝わってくる。

「ごめん、悪かった。あなたに不快な思いをさせるつもりはなかったんだ」

アンドリューに真面目に謝られて、クレアは逆に恐縮した。

「そんな、不快だなんて、とんでもありません」

薄灰色の――ライルがパールグレーと呼んだ色の瞳を大きく開いて、まっすぐにアンドリューを見る。

その視線を受けて、アンドリューはなぜか困ったように目を逸らした。

その後は、他愛のない世間話が続いた。

「そろそろ失礼するよ」

しばらくすると、アンドリューが立ち上がった。

「もう少し話していたいけど、予定があるんだ。それに、今日ここへ来た目的も果たせたしね」

「……目的？」

ライルが少し眉をひそめて聞き返す。

「ああ。婚約の噂を確かめに来たんだ。誰も外でふたりの姿を見た人はいないし、もしかして、ただの女除けとしての噂を流しただけなんじゃないかと思ったけど……本当に存在してたんだな」

アンドリューは続いてクレアのほうを見て、いたずらっぽい笑みを浮かべた。

「また来ますよ。今度はゆっくり話したいな。あなたの知らないライルの情報を、いろいろ教えられるかもしれません」

「え、はい……」

『またいらしてください』と勝手に答えていいものかどうかクレアが悩んでいると、先にライルが口を開いた。

「どうせ、今日もどこかの夜会に行くんだろう？　早く帰らないと遅れるぞ」

「社交シーズンもあっという間に終わるからね。じゃあ、またな」

アンドリューは笑いながら、部屋を出ていった。

晩餐までまだ少し時間がある。

執事が呼びに来るまで、ライルとクレアは談話室のソファに座って、過ごすことにした。

「急に連れてきて悪かったね」

「いいえ、そんな。大丈夫です。それよりも、私、ちゃんと挨拶ができていましたか？」

顔中に不安の色を広げるクレアに、ライルは優しく微笑んだ。

「ああ。上出来だ。とても美しかったよ。君が日々、努力した結果だ」

「ありがとうございます……！」

心配だった分、褒められて嬉しい。喜びも倍増だ。

これから、ふたりで外に出れば『ライル・ブラッドフォードの婚約者』として、振る舞わなければならない。ライルに恥をかかせるわけにはいかない。突然のアンドリューの来訪に心の準備は万全ではなかったが、クレアにとって新たな第一歩となったのは確かだ。

「おふたりはとても仲がよろしいのですね」

「そう見えた？」

「はい。まるで本当のご兄弟みたいで。私といる時とは違うライル様の一面を見た気がします」

フフッと、クレアが柔らかい笑みをこぼす。

「ちょっと羨ましいです。私には従兄弟も、兄弟もいなかったから……」

言いかけてハッと口をつぐんだ。

従兄弟がいないのは事実だが……腹違いの妹と弟はいる。こんな時、『いない』とすぐに口走ってしまうのは、やはりヴィヴィアンとデイヴィッドを妹弟として意識していなかったからだと、改めて痛感する。

変に思われていないだろうか、と横目でライルを見たが、彼はいつもと変わらない様子だった。

「そうだね。彼とは歳も近いし、お互いひとり息子だから、小さい頃は兄弟みたいによく遊んでたよ」

ライルは少し遠い目をした。

「十五歳で爵位を継いでから成人するまで、アンドリューの父親……叔父のイーストン子爵が俺の後見人を務めてくれた。とても世話になったよ」

「……そうだったんですか……」

クレアはその年齢に驚いた。前から気になっていたが、ライルがこの伯爵家の当主になったのが、わずか十五歳の時だったとは。

まだ少年だったライルの肩にのしかかった名門伯爵家の重責は、どれほどだっただろう。心が押し潰されそうになったことも、眠れない夜を過ごしたことも、あったかもしれない。

いつの日だったか、家にいる時はひとりで食事をしていた、とライルは言っていた。きっと、それ以前に母親も亡くなっていたのだろう。

いつも優しくて、笑顔も素敵で優雅で、絵から出てきた王子様のような青年。決して、疲れた様子や弱い姿を表に出すことはしない。

だが、彼があの時一瞬見せた、揺れるような瞳に映ったのは、孤独の影だったのか。

クレアは無意識のうちに、ライルの手に自分の手を重ねていた。

初めてクレアから触れられたことに、ライルが内心かなり驚いて視線を上げると、何かを訴えるような様子のパールグレーの瞳が、こちらをじっと見つめていた。

「ライル様……寂しくなったら呼んでください！」

「……クレア？」

「このお屋敷の中なら、いつでもどこでも駆けつけますから！」

重ねた手に、力を込める。必死になっていたので、クレアは知らず知らずのうちに、ライルのほうに身を乗り出していることに気づかなかった。

すると、ライルは手のひらを返し、クレアの指を絡めるようにして握ると、もう片方の手を彼女の腰に回して、ぐいと引き寄せた。

「あ、あの……ライル様？」

体勢が変わり、互いの身体と顔が近くなったことに、クレアは戸惑いを隠せない。

「君は悪い子だね」

ライルがゆっくりと口角を上げた。緑の瞳の奥で、妖艶な光が見え隠れしている。

「えっ⁉」

「可愛い顔をして、俺を誘惑する。そのまっすぐで美しい瞳に溺れそうになるよ」

「ゆ、誘惑……⁉」

彼の腕の中から逃れようともがくが、その腕は力強く、クレアを離そうとしない。

ライルの緑の瞳にじっと見つめられて、クレアの頬が上気する。溺れそうなのは、こちらのほうだ。その深い緑の瞳に、何もかも吸い込まれてしまいそうになる。

「『いつでもどこでも』って……もし夜に俺の部屋に呼んだら、来てくれるのかな?」

ライルは、クレアの耳元に口を寄せて囁いた。

甘く低い声が、耳と脳を刺激する。その言葉の意味を理解して、クレアは自分の顔が火を噴きそうなほど熱くなるのを感じた。

「ち、違いますっ。そういうことじゃなくて……ひゃっ!」

最後に小さく叫び声をあげたのは、ライルがクレアの耳たぶに軽く唇を押し当てたからだ。

それだけなのに、身体中を甘くしびれるような感覚が駆け抜ける。頭の中がクラクラして何も考えられず、クレアは目を閉じた。

「も、もう……許してください」

「俺は何も怒ってないよ」

どこか楽しげなライルの声が聞こえてくる。

「……お、お願いですから……」

「じゃあ……そんな顔を俺以外のほかの男に見せてはいけないよ？　……約束できる？」

鏡がないので今どんな顔をしているのかわからないが、ライルが意地悪なことをするのは、自分に原因があるらしい。

クレアは黙って、こくこくと頷くのがやっとだった。

ちょうどその時、ドアのノックの音が聞こえ、執事が呼びに来たのがわかった。

腕の力が少し緩まったので、クレアがサッと身体を離す。

「……ローランド、呼びに来るのが早いぞ」

ドアから現れたローランドに、ライルが不満そうに呟いた。

ライルと微妙な距離を取って赤面しながらうつむいているクレアを見て、ローランドは状況を悟ったが、表情ひとつ変えずに詫びる。

「それは申し訳ありません」

ローランドは腰を折りながら、『旦那様もなかなか苦戦していらっしゃるな』と心の中で微笑んだ。

三日後。

緑の木々が揺れる午後の暖かい陽射しの中、クレアはブラッドフォード邸の庭園の一角を歩いていた。

ダンスレッスンが終わってから夕食までの間は、クレアにとって束の間の休息時間だ。動きやすいように、スカート部分の膨らみが少ない淡い黄色のドレスを選んで、ジュディに言った。

『お庭に出てくるわ。ひとりで行けるから大丈夫。すぐ戻るから』

『では、これをお持ちください』と、ジュディからつばの広い同系色の帽子を渡された。日焼けはレディにとって大敵だ。

ハーブ専用の花壇もある、と前にジュディが教えてくれた。店でも少しハーブティーを扱っているが、実際に育っているところを見たことがないので、一度観察してみたかったのだ。

初めの頃はレッスンが終わると疲れ果てて、部屋でぐったりして気づいたら夕食の時間になっていた……なんてことが多かった。だが、最近はわずかな時間でも楽しもう、と少し気持ちにも余裕が出てきた。

図書室から拝借した、分厚い植物図鑑を腕に抱えて庭を進む。

前方に、いつかライルが言っていたバラ園が見えた。徐々に近づくにつれ、色鮮やかに咲くたくさんのバラがクレアの視界を埋め尽くし、うっとりするようないい香りに包まれる。

ここでティータイムを一緒に過ごす、という明確な約束はしていない。お互い時間が合わなかったり、合っても天候が悪かったりして、今日に至っている。

(今が一番見頃かしら。時季が終わってしまったら、また来年ということに……)

そこまで考えて、胸が苦しくなった。

来年、自分は果たしてここにいるのだろうか。

「浮かない様子だけど、どうしました?」

突如、右の方向から若い男の声がして、クレアはハッとそちらに首を動かす。

数歩離れた場所に、明るい茶色の髪の青年が、人懐こそうな微笑みを浮かべて立っていた。上着を脱いで片手に持ち、白いシャツと紺色のネクタイとベストだけの着崩した格好だが、どこか気品がある。

「イーストン様……」

ぼんやり考え事をしていたせいか、近くに誰かが来ていたことにも気づかなかったようだ。

「はは、堅苦しいな。アンドリューって呼んでよ」

アンドリューが親しげに笑う。客人を出迎えなかったことをクレアが慌てて詫びると、約束もしていないのに来たのは自分だから、とアンドリューは答えた。

「ライルに会いに来たんだけど、書斎にこもって相手をしてくれないんだ。よかったら、少し話をしませんか？」

アンドリューがクレアのもとへ歩み寄りながら、笑顔で言った。

「え、ええ……」

特に断る理由もないので、ふたり並んでバラ園の中を進む。

やがて小さな四阿が現れた。

屋根の下にある白いベンチにふたりで腰掛ける。

「ここの庭園は素晴らしいね。いろんな植物があるし、飽きないよね。子供の頃、よくライルと走り回ってたよ」

アンドリューは、ライルとの幼い頃の思い出を語ってくれた。庭の噴水で一緒に遊んで服をびしょびしょにしたり、メイドのポケットに庭で捕まえた虫をこっそり入れて大騒ぎになり、後にバレてふたりで大人たちにこっぴどく叱られたり。

幼少の頃から品行方正だと思っていたライルにも、そんな子供らしいわんぱくな時期があったとは。クレアは驚いたが、それ以上になんだかホッとして、思わず口元をほころばせた。

「やっと笑ってくれたね」

「え……？」

アンドリューの発言に、クレアの表情が一瞬硬くなった。それとは対照的に、彼は笑みを絶やさずにクレアの顔をじっと見ている。

「僕は、女性が泣きそうな顔をしているのを見ると、放っておけないんだ」

「泣きそうって……？」

「あなたのことだよ。さっきバラを見つめながら、悲しそうな表情をしてたから」

アンドリューの声は優しい。近くで見ると、やはりアンドリューも秀麗な顔立ちをしている。まだ少し少年のあどけなさを残しているが、柔和な笑顔と気さくな雰囲気の中にも気品は光っていて、社交界でも、きっと女性の注目を浴びているのだろう。

（さすがライル様のご親族だわ、何か特別な血でも流れてるのかしら……）

クレアは客観的にそう思ったが、アンドリューに見つめられてもライルの時のように、胸の高鳴りは感じない。

「何か困ったことがあれば相談に乗るよ」

「お気遣いありがとうございます。でも、何もありませんから」

「本当に？　無理してない？」

「はい」

クレアが再び微笑むと、アンドリューは突然クレアの手を握った。

その反動で、持っていた図鑑がバサリと音をたてて、地面に落ちる。

慌てて拾おうとすると、もう片方の手をつかまれて阻止され、クレアは驚いてアンドリューのほうを見た。

「僕だったら、婚約者にそんな顔させないのに」

視線と視線が交わる。

「え？」

「初めて会った時からあなたのことが気になってるんだ。ライルから奪ってしまいたいくらいに、あなたに惹かれてる」

先ほどまでの笑顔を消したアンドリューは、真剣な表情でクレアを見つめ、彼女の帽子をそっと取るとベンチに置いた。クレアの長い髪が微風に揺れる。

アンドリューの顔が間近に迫った。

「仲がいいのは人前だけで、陰ではライルに不当に扱われてるとか？」

『人前だけ』という言葉に、自分が偽物の婚約者だとバレてしまったのかと、一瞬ドキリとする。

「あなたの心の支えになりたいんだ。僕を頼ってくれたら嬉しい。……もちろん、ライルには内緒で」

「な……にを、おっしゃって……？」

それはつまり、ふたりで秘密の関係を結ぼうということか。

信じられない、という風に、クレアは小さく首を横に振った。

「やめてください。何を根拠に、私が不当な扱いを受けているとおっしゃるんですか？　そんなこと、ありません。ライル様はいつも優しくしてくださっています。ライル様がそんな冷たい方ではないことは、あなたが一番よくご存知のはずです」

なんだかライルのことを悪く言われているような気がして、クレアは不愉快になり、強い意志を込めてアンドリューを見つめ返すと、彼はフッと笑った。

「なんだ、さっきまで自信なさそうな顔をしてたから、少し揺さぶれば、と思ったのに、残念だな」

だが、その口調からは少しも残念さは伝わってこない。

「……私を試したんですか？」

「もし、ほかの男になびくような簡単な女なら、ライルに忠告してやろうと思って。

すまなかったね」

アンドリューは悪びれた様子もなく、クレアの手を離した。

「でも、あなたは大丈夫なようだ。今のところはね」

「アンドリュー様は、ライル様のことが心配でこんなことを？　もしかして、過去に何か……」

ライルの女性関係は知らないが、昔、つらい経験をしたことがあるのかもしれない、とクレアは思った。

（……まさか、悪い女に引っかかったとか？　いいえ、ライル様に限ってそんなことはないと思うけど！）

クレアに真剣に見つめられて、アンドリューはやや驚いたような表情を浮かべた。てっきり、というか絶対に、まずクレアは『私をバカにして！』と憤ると思った。ある意味、それが正しい反応だ。

ところが彼女は自分のことより、本気でライルを心配しているようだった。彼女のこういうまっすぐで心優しいところにライルは惹かれたのかもしれないな、とアンドリューは少し羨ましく思った。

「僕のほうが早く出会ってたらな……」

アンドリューは、クレアから視線を逸らして呟いた。

「いや、なんでもない。クレアはライルの家族について、聞いたことがある？」

「え？」

再び視線をクレアに戻す。

アンドリューの真剣な面持ちからクレアは何かを感じ取ったが、正直に知っていることだけを答えた。

「ご家族のことは存じません。十五歳で爵位を継がれた、とは聞いていますが……」

「その通りだよ。でも、ライルは父親が亡くなってから急に大人びて、それからはたまにしか会わなくなったんだ。当然だよね、僕とは違って、ライルはもう当主になったんだから」

事情が事情なので仕方ないが、当時、兄弟のような関係だった少年たちはきっと互いに寂しい思いをしたのだろう。そんなアンドリューの声の響きだった。

「でも、こうして時々お会いになっていらっしゃるんですよね？」

「たまにだけどね。でも昨日のライルの楽しそうな顔を見て、嬉しかったよ。僕は、ライルには幸せになってもらいたいと願ってるんだ。どうか、これからもライルを支えてやってほしい」

「……はい」

家族のことは気になったが、アンドリューもそれ以上、口に出さなかったので、クレアも尋ねるのをやめた。

「じゃあ、僕はそろそろ失礼するよ」

アンドリューはベンチから腰を浮かせた。

クレアも見送るために一緒に立ち上がったが、地面に落ちた図鑑の存在をすっかり忘れていた。クレアは踏み出そうとした靴のつま先を、分厚い図鑑の端に引っかけてしまった。

「あっ」

そのせいでバランスを崩し、身体がよろける。

前に転びそうになった瞬間、助けてくれたのはアンドリューだった。

「危なかった」

安堵する声が上から降ってきて、クレアはアンドリューの胸に、もたれかかるようにして抱き止められていることに気づいた。

「あ……ごめんなさい」

「大丈夫？　気をつけて」

「はい、ありがとうございます」

顔を上げ、間近でふわりと微笑むクレアに、アンドリューの視線が釘付けになる。

相手は従兄(いとこ)の婚約者だぞ、と自分に言い聞かせながらも、クレアの身体に回した腕をほどくことができなかった。

「アンドリュー様……？　どうかなさったのですか？」

警戒心なく聞き返してくるクレアに少し虚(むな)しさを覚えて、アンドリューは「そうだよな」と小さくため息をついた。

「なんでもないよ」

アンドリューの腕が離れ、クレアがベンチの帽子を取ろうと身体の向きを変えた時。

「あっ、ライル様……」

バラ園の入口から、早足でこちらへ向かってくるライルの姿があった。

クレアの声に、アンドリューも振り返る。

すると、ライルはふたりのもとに辿り着くやいなや、いきなり無言でクレアの腕をつかんだ。

「痛……」と、腕に食い込む指の力に驚き、ライルを見てハッとする。

その顔は無表情だった。こんなに冷たい緑の瞳を見たのは初めてで、クレアは凍りつく。

ライルはそのままクレアを引きずるようにして、来た道を戻り始めた。

いつもの空気と明らかに違うことにクレアは気づき、うろたえたが、ライルの力は強く、どうすることもできない。

そのただならぬ雰囲気にアンドリューも慌てた。

「待て、ライル！」

だが、ライルは言葉を返さない。

「僕が悪いんだ。彼女を離してやってくれ」

「黙れ」

冷たい声で、ライルが従弟の発言を遮る。

「アンドリュー、お前は当分、この家には出入り禁止だ」

「ライル！」

「帰れ。ついてくるな」

言い放つと、ライルは再びクレアを引っ張りながら屋敷に向かった。

帽子と図鑑を置いてきてしまったが、ライルの放つ空気が怖くて言いだせない。

「ライル様、どこへ……？」

クレアのほうを振り返らないライルは、終始無言のままだ。

クレアを連れて二階に上がり、自分の寝室のドアを乱暴に開けた。クレアの腕をつかんだまま部屋の中に引き込むと、ドアを閉めて奥へ進む。

「きゃっ！」

そして、クレアを幅の広いベッドに突き飛ばすように押し倒した。

慌てて起き上がろうとする前に、ライルの身体が覆い被さってきて、身体の自由を奪われる。

ライルは両手をクレアの顔の横について囲むと、まっすぐ見下ろしてきた。

「アンドリューと何をしてた？」

「……少し、お話を……」

ライルの鋭い視線に怯え、クレアは震えた声を絞り出す。

「話？」

ライルは嘲笑うかのように口角を上げた。

「君は男と話をする時、手を握り合ったり、抱き合ったりするのか？」

「そっ、それは違いま――」

「俺が来なかったら、次は何をするつもりだった？」

「え、何をって……？」

クレアは困惑と恐れの入り交じった表情で、ライルを見つめた。

「とぼけるつもりなら、俺が身体で教えてやろうか」

ライルはそう言うと顔を近づけ、いきなりクレアの唇を自分のそれで塞いだ。

「……っ!?」

突然の出来事に、クレアは思い切り目を見開いた。

これまでライルからのキスを受けたことはあるが、そのほとんどが頬か額で——何より、どれも優しくて気遣いがあった。

だが今は、欲望に突き動かされたような荒々しい口づけで、強く唇を押しつけられている。なんの心の準備もしていなかったクレアは、突然のライルの行為に驚いて、息をすることさえ忘れてしまった。

やがて酸欠状態になり、首を振って顔を背けると、「は……ぁ……」と口から息を吐き出す。

その声にさらに刺激されたのか、ライルはクレアの顎を強引につかむと再び正面に向かせ、半開きになったクレアの唇の隙間から、己の舌を忍び込ませた。

「ん……っ！」

ぬるり、と肉厚の何かが口の中に差し込まれ、まさぐられるという初めての感覚に、クレアの思考は飛び、身体が硬直した。

(ライル様！　……なんで⁉)

聞きたいのに、口を塞がれていてはどうしようもない。

震える腕をなんとか伸ばし、ライルの肩を押し返そうとする。しかし、ライルはうっとうしそうにクレアの両手首をつかむと、顔の横のシーツに押しつけた。

手首を拘束され、身体の自由を完全に奪われたクレアに、抵抗する術は残されていなかった。噛みつくようなキスをされ、びっくりして顔をしかめると、その部分を甘く舐められた。

少しホッとしたのも束の間、再び彼の舌がクレアの舌を追い求め、強く吸いつく。

「も……やめて……」

息が苦しくなって、ふと唇が離れた一瞬、懇願の声を漏らすも、「まだだ」とすぐに唇を塞がれる。

まるで、クレアのすべてを奪うようなキスだった。

いつも優しいライルに、こんな激しい一面があるなんて、信じられなかった。これから自分がどうなってしまうのか見当もつかず、ただ、ライルが強引に与えてくるキスに翻弄される。わかっているのは、彼がひどく怒っているということだけだ。

なぜなのか、わからない。違う男と一緒にいたからだろうか。でも、本当の婚約者でもないのに、それが原因でライルが自分に対して怒るとは考えにくい。

それとも本当に嫉妬による行動なのか。

（ダメ、怖くて聞けない。そんなことあるわけない。自意識過剰だと思われるわ……）

きっと、何かライルの気に障ることをしでかしてしまったのだ。

だが、それを尋ねる機会さえ、与えてもらえない。このまま、ライルにもてあそばれるのだろうかと思うと、自分が惨めになる。

しかし、それ以上に――大切な人の心が見えないことが、とても悲しくて。

クレアの胸は張り裂けそうだった。

吸いつくごとに赤みを増していくクレアの唇を見て、もう止めなければ、とライルの中に残っていた理性が訴えかけてくる。

わかっている。これが独りよがりの勝手な、最低な行動だということも。

わかっているのに、一度火が点いてしまった独占欲を鎮めるのは容易ではなかった。

（……クレアを〝見つけた〟のは俺だ。誰にも渡すものか）

あれは二ヶ月前。コールドウィン侯爵家主催の舞踏会の夜。

侯爵家とは付き合いが深いこともあって、ライルは久々に顔を出すことにした。

到着早々、ブラッドフォード家と懇意になりたい貴族たちや資産家たちに取り囲まれ、目立とうと必死に着飾った令嬢たちからは、『ダンスに誘ってほしい』と言わんばかりに熱い視線を送られた。煌びやかな世界に見え隠れする人間の、見栄と欲にうんざりしていた頃。

壁際にポツンと立つ少女を見かけた。

少々場違いな、地味なデザインのモスグリーンのドレスを着た少女は、時折、周囲に目を向けるものの、連れらしき人物もおらずひとりだった。

その雰囲気から、初めて社交界に出てきたというのは一目瞭然だった。

今日が初めてという娘はどの日でも少なからずいるが、エスコートしてくれる相手もおらず、彼女の心細そうな顔が気になった。

だが、ほかの招待客と少し世間話をしたあと、気がつくと、その少女は男性客と庭に出ようとしているところだった。エスコートしてくれる人がいた。ひとりでなくてよかった、とライルが安心したのは束の間だった。

相手は一見、温厚そうだが、『目的のためなら手段を選ばない』と噂の、成金男だったのだ。

胸騒ぎがしてライルがあとを追うと、嫌な予感は的中した。

男の野蛮で浅はかな行動に腹が立ち、普段ならあまり使わない手段だが、あえてこちらの地位の高さを認識させて、男を退けた。

彼女はクレア・アディンセルと名乗った。

『アディンセル伯爵家にクレアという女の子がいるんだけど、彼女、街でお店を開いてるの。とっても頑張り屋さんなのよ』

数ヶ月前、コールドウィン侯爵家のご隠居、レディ・シルビアを見舞った時に聞いた名前を思い出した。

震えるクレアに、初めての社交界での嫌な思いが少しでも薄れてほしいと、ライルは安心させるような言葉をかけた。

だが、恐ろしい目に遭ったにもかかわらず、『私なら大丈夫ですからっ。そんな、お気になさらないでください！　私が軽率だったんです！』と気丈に振る舞おうとする言葉が返ってきた。

『怖かったです』と、女を意識させられながら、なよなよと寄りかかられても、この時だけは受け止めようと思っていたのに。

強いのか、それとも自分のせいで誰かを巻き込んでしまったと申し訳なく感じているのか。

予想していなかった反応に、面白い娘だ、と興味を持った。月の光に輝いて見えた美しいパールグレーの瞳にも。

翌日、なぜかクレアのことが頭から離れなかった。それに、あの男が逆恨みして、クレアに何かしてくるかもしれない。

ライルがレディ・シルビアから聞いた店の場所へ向かうと、案の定、ろくでもないことになっていた。

クレアは義母に、あの男との結婚を迫られているところだった。

どのタイミングで話を止めようかと思っていた時。

クレアの口から、ライルの名前が出てきた。

驚いた。

おそらく状況からして、咄嗟にクレアの口をついて出てきた言葉だったのだろう。

それでも、自分のことを忘れないでいてくれたことに、何がなんでも彼女を助けなければ、という感情がライルの中で湧き上がった。最初は、その使命感のほうが強かった。

あの男が、プライドを傷つけられたと憤り、難癖をつけてまでクレアを手に入れようとするのならば、こちらも受けて立とう。援助金を出す約束までしてしまったが、後悔はなかった。

義母が去って、クレアは謝罪したが、もしこれが嘘だと露呈したら、あの男も義母も黙ってはいないだろうし、そうなるとクレアの身が危ない。

どうしても彼女をアディンセル伯爵家から出す必要があって、彼女の戸惑いは承知のうえで、強引にも婚約者のフリを続けた。彼女が実家を出てから、今後のことを決めようと思っていたのだ。

ライルはクレアが来るまでの間、彼女自身と家の内情を調べた。クレアの母はアディンセル伯爵の元恋人で、そのことで義母には疎(うと)まれていたらしい。父は床に伏し、異母妹にも蔑まれ、異母弟は無関心。クレアの孤独が伝わってくるようだった。

それに彼女は、今は少々あか抜けない感じが漂っているが、顔立ちや体型は整っている。磨けば光るダイヤの原石だ。淑女の教育を受けさせて、あの家族が驚くような一流のレディに育てて見返してやってもいい。

クレアのことを知りたいと思う一方、そんな保護者のような感覚もあったのだが。

クレアの口から、婚約者にはなれない、とはっきり言われた。

彼女の気持ちを考えれば、当然だ。だが、そう言われると、急に彼女を手放したくなくなった。かといって、強引に迫ったりしては、あの成金男と同類になってしまう。

すると、クレアから思いがけない提案がもたらされた。

あの時、仕事上の都合で婚約者のフリをしてほしい、と言ったのは建前にすぎず、本音はすぐにでも本当の婚約者として迎え入れたかった。

でも、彼女の決意は簡単には変わらなそうなので、まず婚約者役として雇い、少しずつ距離を縮めていこう。そしてゆっくりでいいから、彼女が自分の身分や立場を気にしなくなってくれたらいい……そう思った。


それからクレアとひとつ屋根の下で暮らすうちに、彼女の存在に癒されていった。

ひとりで店を切り盛りしているので、しっかりした面もあるが、男女のことについては初心者そのもので、少し近づくだけで頬を染める。その姿も可愛いし、何事にも一生懸命なところにも惹かれていた。この二ヶ月で、クレアは見違えるほど美しくなり、淑女らしくなった。

外で働いているが、ほかに異性の影はなく、この自分が彼女に一番近い男なのだという自信がライルにはあった。

手放したくない。これは恋だと自覚していたが、迫って逃げられてはこれまで我慢してきた甲斐がない。クレアのペースに合わせて、関係を進めていこうと思っていた。

だが、クレアとアンドリューを探しに庭に出た時、遠目にふたりが一緒にいるのを見てしまった。手を握っているが、何か真剣な話をしている様子で、特別な間柄という感じではない。

それなのに、歩きながらライルの胸の中はざわついた。そして、クレアがつまずいて、アンドリューに抱き止められた。クレアがアンドリューの顔を見上げて微笑むのを見て、自然とライルの足の運びが速くなった。

相手が自分だったら、目を合わす前に彼女は視線を逸らしてうつむいてしまうのに。気に入らなかった。

それは執着ではなく、明らかに嫉妬だった。

クレアを部屋に連れ込んで、自由を奪い、濃厚な口づけを繰り返す。

こんなことをして、どうなるというのだ。わかっているのに。

独占欲と嫉妬に身も心も支配される。内側から渇いて、満たされない。

キスだけでは足りない。

（……もっとだ、もっと――）

『結局、俺もあの父と同じなんだな。所詮、血は争えないというわけか』

突然、ライルの頭の中で声が響いた。自分の声だが、軽蔑するような冷たさを含んだその声は、別の人間のもののように感じた。もうひとりの自分の声に、ライルはハッと我に返った。そして目を見開いて、愕然とする。

目の前でクレアが静かに涙を流していた。

閉じられた瞼の目尻から、雫がとめどなく溢れだし、顔の側面を伝ってシーツに流れ落ちていく。手首をライルに拘束されているので、涙を拭うことも叶わず、青ざめた白い顔を濡らしたままの状態になっていた。

口づけから解放され、その唇から小さな嗚咽が漏れる。

ライルはすぐに、クレアをつかんでいた手を離した。

（……俺は、なんてことを！）

罪悪感が黒い塊となって、ライルの胸に重くのしかかる。覆い被さっていた身体を慌てて起こすと、クレアから離れた。

クレアは自由になった両手で、顔を覆う。

静かな部屋にすすり泣きが響く。

「……クレア……すまない……悪かった……」

クレアの泣く姿を目の当たりにして、ライルは自分で自分を殺めてしまいたい気分だった。絞り出すような声で謝罪したが、もちろん許してもらえるとは思っていない。

だが、彼女を押し倒した体勢のままでいさせたくない。

拒絶されるのを覚悟のうえで抱き起こそうと、ライルはクレアの背中に手を回した。身体に触れた時、一瞬クレアの肩がビクッと跳ね上がったことにライルはためらったが、彼女をゆっくり起こすと、そっと胸に抱き寄せた。

クレアは抵抗しなかった。ライルに頭を預けたまま、静かに泣いている。

その身体が小さく震えていることがライルに伝わった。クレアは抵抗しなかったのではない。いまだに恐怖から解放されず、身体が動かなくなっているだけなのだ。

守るべき大切な女性を傷つけてまで、自分は何を得ようとしていたのか。得るどころか、彼女の信頼を失ってしまった。

許されなくていい。だが、抱きしめずにはいられなかった。クレアが泣きやむまで、そばにいたいとライルは思った。

（なんて俺は傲慢で、欲深くて、情けない……！）

彼女に涙させているのは、ほかでもない自分なのに。ライルは強い自己嫌悪に襲われ、唇を強く噛んだ。

しばらくすると、クレアの嗚咽が少しずつ小さくなっていった。ライルに優しく背中を上下にさすられ、次第に落ち着きを取り戻していく。

その間、ライルは「悪かった」「すまない」を繰り返し、消え入りそうな声で呟いていた。抱きしめられているため彼の顔を直接見ることはできなかったが、とても苦しそうな表情をしているのではないか、とクレアは思った。

「……ライ……ル様」

ライルの胸に顔をうずめていたので、少しくぐもったような声になったが、ライルの耳にはちゃんと届いたようだ。

ライルはクレアから身体を離す。

かろうじてクレアの涙は止まっていたが、パールグレーの瞳を縁取る長い睫毛は、しっとりと濡れていた。

「クレア……ひどいことをして、悪かった……」

ライルは膝と両手をシーツの上について、頭を垂れた。

（……ライル様……もとに戻ってる？）

先ほどまでの我を忘れたような荒々しい雰囲気は、ライルの中からすっかり消え去っている。

「一方的に君を責めるような言い方をして、ひどいことをした。謝ったところで、許されるとは思ってない。憎まれても自業自得だ」

うなだれたまま、ライルはグッと拳を握りしめた。

「そんな、憎むだなんて……」

「でも、怖い思いをさせたのは事実だ」

「た、確かにびっくりして……怖かっ、た……」

言葉の最後のほうが、少し涙声になった。

ライルが顔を上げると、クレアの大きな瞳いっぱいにたまった新しい雫が、今にもこぼれ落ちそうになっている。

「でも、ライル様がなんで怒ってるのか、私、わからなくて……そっちのほうがすごく悲しくて……」

抑え切れなくなって、ポロリ、と大粒の涙がクレアの頬を滑り落ちた。

「……私が……何かライル様を怒らせるようなことをしたから……」

「違う！　俺が悪いんだ。俺がちゃんと君に伝えなかったからだ」

情けなかった。本来なら、ちゃんと手順を踏んでから伝えるはずだったのに。だが、そうも言っていられない。

（こんな醜態をさらしたあとで、信じてもらえるだろうか……自分の気持ちを……）

「……君がアンドリューと仲良くしているように見えて、取られるんじゃないかと嫉妬したんだ」

「えっ……」

クレアが短く声をあげた。しばらく間が空いて、クレアは少し考えている様子だ。もっと慌てふためくのではないかと思っていただけに、その静かすぎる反応に、ライルは少し不安になった。ちゃんと伝わったのかどうか。

「……あの……」

するとクレアが申し訳なさそうに口を開いた。

「ご、ごめんなさい……私がアンドリュー様と親しげにお話したせいで……。ライル様に嫌な思いをさせてしまっていたなんて、気づきませんでした。ずっとご兄弟みたいに仲がよろしかったんですものね。おふたりの中に、突然、私なんかが入ってきたら、気分を害されて当然ですよね……」

話の雲行きが怪しい。

「……待ってくれ、クレア」

「私、ライル様からアンドリュー様を取ろうなんて思ってませんので、安心してください！」

涙を拭いて、真剣な眼差しで見つめてくる。

やはり、とライルは目を丸くして、呆気に取られた。

伝わっていなかった。

ライルは小さくため息をつく。

彼女が色恋沙汰に慣れていないとはいえ、ここまで鈍いとなれば、かなりの重症だ。

それとも激しい口づけから解放されたばかりで、その時の動揺が尾を引き、思考が正常に戻っていないのか。きっと、その解釈のほうが正しい。

ともかく、クレアのペースに合わせて、と考えていたのは間違いだったかもしれない。これでは、この先何年かかるかわかったものではない。

これからはもう遠慮は無用だ、とライルは決意した。

「クレア、そうじゃない」

「それに！　アンドリュー様は、ライル様のことをとても心配されてました！　従兄思いのいい方です」

クレアは真剣に弁明するあまり、ライルの言葉が耳には届いていないようだった。

ここはあとで、クレアが落ち着きを取り戻してからきちんと話をしたほうがよさそうだと、ライルは判断した。

それにしても、クレアとアンドリューが自分について話していたとは驚きだ。

「……心配？　アンドリューが？」

「はい。ライル様には幸せになってもらいたい、と」

試すようなことを言われた、とは彼の名誉のためにもクレアは言わないことにした。

「あいつは、ほかには何か言っていた？」

「あ……ええと……いえ」

急に質問され、クレアは返答に困ってしまった。正直に答えていいものなのか。

すると、ライルが優しく諭すように言った。

「大丈夫だから、言って？」

「……は、はい」

ライルの緑の瞳は穏やかだ。

よかった、自分の知っているライル様に戻っている、とクレアはホッとした。

「……ライル様のご家族について知っているか、と聞かれましたが……存じません、と答えました。アンドリュー様はそれ以上、何もおっしゃいませんでした」

「そうか……」

ライルはそれだけ言うと、視線を下に落とした。しばらく沈黙していたが、やがて顔を上げてクレアに視線を戻した。

いつもは澄んだ瞳に、今は少し陰りが見える。

「こちらから婚約者の役を頼んでおいて、二ヶ月も一緒にいながら君のことだけ知っていて、俺のことを教えないのはフェアじゃなかったね。……俺の家族について、話すよ」

「俺の中の母の記憶は少ないんだ」

ライルはベッドの縁にクレアを座らせると、自身もその横に並んで腰を下ろし、静かに話し始めた。

「それでも、母は口数が少なくて、大人しい人だったことは覚えてる。いつも穏やかに微笑んで……父の横に控えめに佇んでいるような感じだった。父は母を溺愛していて、昼間の外出もふたり一緒だったし、夜会も必ず揃って出席していて、そんな仲のいい両親が俺は好きだった。だけど……」

ライルの表情が少し曇った。

「……俺が五歳頃になると、母は時々体調を崩すようになった」

ライルの母はやがて外出もできなくなり、部屋からも出られなくなって、食事の時間にも顔を出さなくなった。

「父は事業を手がけていて忙しかったから、俺はこの屋敷の中で、家庭教師や使用人と接する時間以外は、ひとりで過ごしていたよ」

淡々と語るライルの言葉に、クレアはじっと耳を傾けていた。

「でも、時々アンドリューが遊びに来てくれたから、そんなに寂しいとは思わなかった。日頃の鬱憤を晴らすみたいにふたりでいたずらをして、よく叱られたよ」

「あ、それ、アンドリュー様から聞きました。びしょ濡れになったり、虫をポケットに入れたり、ですよね？」

クレアが思い出したように微笑むと、「あいつ、そんな話もしてたんだな」と、ライルも口元を緩めた。だが、すぐに真顔に戻る。

「……あの頃は母が苦しんでることにも気づけなかった。ほぼ毎日のように部屋に見舞いに行っていたけど、そのうち行けなくなったんだ。父が許してくれなかった」

「え……なぜですか？」

「母は精神を病んでしまっていて……とてもじゃないけど、誰かに会えるような状態ではないと、父から聞かされた。それでも、いつかは元気になって会えると信じて疑いもしなかった。そして、二年が経ったある日……母は亡くなった」

クレアは、胸が締めつけられるのを感じた。

（そんな……）

七歳の少年の心に、母の死はどんなに悲しい影を落としたことだろう。

「突然の心臓発作だと……医者が言っていた。どんなに苦しかっただろうと、二年ぶりに対面した母の顔は……意外にも、少し微笑んでいるように見えて……まるで穏やかに眠っているようだった」

ライルは話す間、前方の壁をじっと見ていた。だが、その瞳には何も映していないような、虚ろな眼差しだった。

「それから、父は俺を避けるようになった」

「えっ？」

クレアは驚いてライルのほうを見上げた。

「残された大切な……家族なのに？」

「俺の髪と瞳の色は、母親譲りなんだ。俺を見ると、母のことを思い出してつらいんだろう、と……子供心に感じていた」

クレアはすぐさま、ライルによく似た女性を想像してみた。もう会うことはできないが、わかる。絶対に美人だ。

「それから、俺と父はろくに会話もしないような状態だったよ。数年後、父が病に倒れて歩けなくなった。そして、十五歳の時、久しぶりに父の寝室に呼ばれた。……そして、母の死の真相を聞かされた」

「……真相って？」

クレアは胸騒ぎがした。

「母は、心臓発作で亡くなったんじゃなかったんだ」

ライルは少し黙り込んだ。それは、自分の気持ちの荒れを整えるための時間だったのかもしれない。

「母は、本当は……自ら死を選んだんだ」

ライルの端正な顔は無表情で、氷のように冷たかった。

クレアは息を呑む。

言葉が出なかった。たとえ出たとしても、何も言えなかっただろう。ライルの顔を見ることもできず、握り合わせた手元に視線を落とす。

「父は死の直前に俺にすべてを語った」

ライルの父親は妻を溺愛していたが、嫉妬深くもあった。外出先やパーティーで少し親しく話をしただけの紳士との間に何かあるのではないかと疑い、帰宅するたびに妻を責めた。彼女が否定しても泣いて身の潔白を訴えても信じず、その執拗さは徐々に増していった。

「たまに罰と称して、部屋に閉じ込めて一歩も外に出られないようにしたこともあったらしい。その頃の俺は、母も体調が悪くて部屋から出てこられない時もあるんだな、と軽く捉えていた。……その中で何が行われていたかは、子供の俺にはわからなかっただろうけど」

母親は自分の夫を恐れるようになり、次第にそのストレスから、心と身体のバランスを崩していった。

「母は日に日に精神を病んでいって、安定剤と睡眠薬が手放せなくなったんだ。父は変わり果てた母を、俺に見せたくなかったらしい。……そして、あの日……母は自ら命を絶った。睡眠薬を大量に飲んで」

ライルの口調は淡々としていて抑揚もなく、なんの感情も読み取れなかった。

あえてそうすることで、ライルはギリギリのところで耐えているのではないか、とクレアは感じた。その心情を思うと、つらくて胸が苦しかった。でも、涙を流していいのは自分ではない。今、つらい過去を思い出して崩れ落ちそうになるのを必死にこらえているのは、間違いなくライルだから。

「父もまさか、こんなことになるなんて、想像してなかったと思う。毎日、医者から決められた量の薬を管理して、母に渡していたのは父だった。それでは、致死量には及ばない」

「……じゃ、なぜ？」

　クレアは震える声で尋ねた。

「母は飲むフリをして飲まなかった数日分を、隠し持っていたらしい。父があとで部屋を調べたら、隠していた痕跡が見つかったそうだ。そうまでして、母は自分の命を終わらせることを考えていたんだ。それほどまでに追いつめられていた。……息子の俺のことを忘れるくらいに」

　ライルはつらそうに息を吐き出す。

「その時に、これまで父が俺を避け続けていた理由がわかったんだ。母を思い出すのがつらかったんじゃない。……父は母に似た俺を見ないことで、自分が母を死に追いやったという現実からずっと、逃げ続けていたんだ」

　彼の静かな怒りと悲しみが、横に座るクレアの心にも流れ込んでくる。

「当時の俺の目には、父は立派な当主として映っていた。だから、父に避けられているとわかっていても、それなりに尊敬していた。……でも、父の告白はあまりにも衝撃的で、俺は言葉を失った」

　許せなかった。許せるわけがない。

　母親の人格を壊し、直接その手にかけたわけではないが、結果として死なせた。さらには、その真実を隠し、ずっと息子を欺き続けてきた。

「それなのに、父はひとりで秘密を抱え込んだまま、死後に神の審判を受けるのが恐ろしくなったんだろう。死に際にすべてを俺に白状し、懺悔して、さっさと楽になろうとした」

ライルの口調には、明らかに侮蔑の色が含まれていた。

「俺が見ていたのは、こんな愚かな人間の背中だったのか、と思うと情けなくなった。父は、俺が怒り狂って飛びかかってくるだろう、と踏んでいたかもしれないけど、俺は何も言わずに部屋を出た」

最期まで父の思い通りにさせるものか。同じ空気を吸うのも嫌になって、ライルは冷たい眼差しで射抜くように父を見下ろすと、無言で寝室をあとにした。

「父と顔を合わせたのはそれっきりだ。……翌日、父は息を引き取った」

一気に話し終えると、ライルは重苦しくため息をついた。

静寂が、部屋を包む。

傾きかけた西陽が窓から入り込み、壁に反射していた。夕刻の光を受けて、ライルの淡い金髪が煌めいていたが、それとは対称的に、その顔にはあまり生気が感じられなかった。

やがて沈黙を破るように、ライルは再び口を開いた。

「父の死後、話の信憑性を確かめるために、俺は母の主治医だった人物を探して訪ねた」

医師には本来、守秘義務があるが、ライルがその息子だとわかると、その主治医だった人物は正直に母親の死因を語った。

「父の話の内容と一致していた。当時、父に脅されて偽の死亡診断書を書いてしまった、と」

身内に自ら死を選んだ者が出たとなると、名門貴族の汚点になる。当主として、ライルの父親は母親の死因を隠蔽することを選んだ。

「本当は、母の最期の顔が綺麗すぎて心臓発作なんかじゃない、と薄々感じていたけど……子供の俺は怖くて聞けなかった。聞いたところで、父は嘘をつき通していただろうけどね」

ライルが力なく、自嘲ぎみに微笑む。

その表情には、母親の苦しみを見抜けず、救うこともできなかった自分の非力さを責める後悔の念が浮かんでいるようで、クレアの胸の奥がキリリと痛んだ。

「その医者は、長年そのことを申し訳なく思っていたみたいで、俺にずっと頭を下げ続けてたよ」

社会的地位を利用して、そうさせたのはライルの父親だ。恨むつもりはない、と彼は言った。

「それと、母の世話をしてくれていたのは家のメイドではなく、病院から遣わされた看護師だったことも、その時知った」

「……その方にも……お会いになったんですか？」

「いや……その女性は母の死後、仕事を引退して、田舎で息子夫婦と一緒に暮らしていると聞いた。一度礼を言いたいと思ったけど、俺が突然訪ねていって、穏やかな暮らしを邪魔したくないと思った」

母親のことが原因で仕事を辞めたのだとしたら、きっと、それはいい思い出ではないはずだから。

「思い出させるのは申し訳ないと思ったんだ。その人が、今、幸せであるならそれでいい、と……そう思って、訪ねなかった」

ライルの横顔は、先ほどよりは少し穏やかさを取り戻しているように見える。

母親の死の真相を知り、打ちひしがれている中でも、他人の幸せを願ったライルは、やはり昔から優しい人なのだとクレアは感じた。

「君にひどいことをして……さらにこんな暗い話をして、悪かったね」

ライルがようやく、クレアのほうを向いた。先ほどまでの虚ろな眼差しとは違い、その緑の瞳には光が宿り、ちゃんとクレアの顔を映している。

「いいえ、そんなこと……」

クレアは首を横に振った。

「それより、私のような者が、そんな大事なお話、耳に入れてもよろしかったんでしょうか？」

「君だからこそ話そうと思ったんだ。最後まで聞いてくれて、ありがとう」

「ライル様……」

「もう父はいないし、恨み言を言うこともできない。俺はその代わりに心に誓った。この伯爵家を父の代よりももっと栄えさせる。事業を拡大し成功させ、父を見返してやる、と」

クレアは、アンドリューの言葉を思い出した。

（あ、それって……）

『ライルは父親が亡くなってから急に大人びて、それからはたまにしか会わなくなったんだ』

それは、ただ単に当主としての自覚が芽生えただけではなく、父を超えることでしか胸の奥に沈む恨みを晴らせないという、当時十五歳の少年の決意の表れでもあったのだ。

「アンドリュー様は、その……ライル様のご家族のことや……お母様のことは、ご存知なのですか?」

クレアが遠慮がちに尋ねると、ライルは首を横に振った。

「母の本当の死因は、教えてないんだ。……早くに母を亡くして、さらに父とも不仲だったから、俺には幸せな家庭を築いてもらいたい、と思っているんだろう」

「アンドリュー様は、とてもライル様のことを思ってらして……お優しい方ですね」

「ああ……そうだね」

ライルがやっとその顔に、小さな微笑みを戻す。

「ライル様、アンドリュー様と仲直りしてくださいね?」

「え?」

なんのことかすぐには思い出せず、ライルは思わず聞き返した。

「さっき、出入り禁止だとおっしゃっていたので、きっとアンドリュー様はショックを受けられていると思います」

「……そうだったね。わかった」

『すっかり忘れていた』と言ったら、アンドリューに怒られるに違いない。

「それに、私のせいでおふたりがケンカしてしまって……本当に申し訳ありません」

「それは違うよ。そもそも、アンドリューとはケンカになっていない」

そうだった。ライルには解決しなければならない問題が残されていた。次は、この思い込みの激しいクレアの誤解を解かなければならない。

「クレア、ちゃんと俺の話を聞いてくれるかい？」

「は、はいっ……」

『どんなお叱りでも……！』と、クレアはぎゅっと目を閉じた。

だが、彼女の耳に届いた言葉は、予想と大きくかけ離れていた。

「俺は、アンドリューを取られたくなくて嫉妬したんじゃない」

「……え？」

クレアは瞼を上げる。

「君を泣かせるようなことをしておいて、こんなこと言える立場じゃないことも、重々承知だ」

ライルは眉根を寄せて、少しだけ目を伏せた。

「だけど、もう限界なんだ。自分の気持ちを抑えるのは」

「ええと……？」

話の筋道がわからず、クレアは少し首を傾げる。

ライルは、その深い緑の瞳をクレアにまっすぐ向けた。

「君との雇用契約を終わりにしたい」

「えっ……」

その言葉は、鋭利なガラスの破片となって、クレアの心に突き刺さった。

（終わりにしたいって、おっしゃったわ……）

解雇宣告だ。つまり、クレアは偽婚約者としての役目を終えたということだ。それは、ライルのそばから離れることを意味していた。

思わず床に視線を落とす。

もう限界だとも言われた。怒らせてしまったことが原因なのか、それとも以前から、やはり婚約者役としてふさわしくないと判断されていたのか。

（だ、大丈夫……いつかこんな日が来ることは、わかっていたはずよ）

クレアはよろよろとベッドから立ち上がると、ライルに向かって深々と頭を下げた。

「……お役に立てず、申し訳ありません……お世話になりました」

頭を上げ、目を伏せたままで部屋を出ていこうとするクレアを見て、ライルは慌てて立ち、彼女の腕をつかんだ。

「また何か勘違いしてるね？　ちゃんと話を聞いてくれる約束だったよ」

「……いえ。全部聞かなくても……わかります」

何がダメだったのか、今は聞く気力もない。

「いや、わかってない」

ライルはクレアの肩をつかむと、彼女の身体を自分のほうへ向かせた。

「ごめん。俺の言い方が中途半端だった。俺が嫉妬したのは……君をアンドリューに取られたくなかったからだ」

「えっ？」

思わず顔を上げる。

至近距離に、ライルの端正な顔があった。

「雇用契約を終わりにしたいと言ったのは、偽の婚約者という関係を終わらせたい、ということだよ」

緑の瞳が、まっすぐにクレアを見つめる。

「俺の……本物の婚約者になってほしい」

（えっ……？）

クレアは大きく瞳を見開く。

ライルからの言葉が突然すぎて、クレアはその意味を正しく理解できなかった。

（それは最初にお断りしたはずなのに……どうして？）

すると、ライルはクレアの手を優しくすくい上げた。

「今後、君を泣かせることは絶対にしない。嫌がることも困らせるようなこともしない。約束する。だから、これからも君のそばにいさせてほしい」

「……あ、あの……？」

「君を誰にも渡したくない。もう自分の気持ちを隠し通すのは限界なんだ。俺の行動のすべてが、婚約者のフリだと君に思われることも、嫌だ！」

いつもの余裕のある態度とは違い、何か焦ったようなライルの様子に、クレアも戸惑いを隠せない。

「……ライル様？」

ライルはもう片方の手を、クレアの白い手の甲に重ねた。

「クレア、君が好きだ」

真剣な眼差しでライルに見つめられ、彼の言葉が心にスッと入ってくる。

クレアはようやく理解した。

その瞬間、顔がこれまでにないほど火照り、心臓が早鐘のようにドクドクと鳴る。

（わ、私を……好き⁉）

「……う、嘘っ」

「嘘じゃない。本当だ。それに俺は好きでもない相手に、あんなキスをしたりしない」

「えっ⁉」

（そういえば……！）

クレアの脳裏に、先ほどの出来事が蘇る。

ベッドに押し倒されて、貪るように唇を奪われた。その時は、突然すぎて考える余裕もないほど、驚きと悲しみの感情でいっぱいだったが、改めて思い返すと、かなり……いや、ものすごく恥ずかしい。

ライルからの愛の告白と、唇に残った荒々しいほど情熱的なキスの感触に、ついにクレアの思考回路は許容範囲を越えた。

（もう……ダメ。倒れちゃう……）

頭がクラクラして、失神してしまいそうになる。背中から後ろに倒れそうになった身体を、ライルにしっかりと腕で支えられ、そのまま優しく抱きしめられた。

互いの身体が密着し、クレアは羞恥心を抑えられず、ますます目を回した。

「あ、あの、私……」

声がうわずってしまう。

「返事は今すぐじゃなくてもいいから。ただ、どうしても俺の気持ちを知っていてもらいたかった。ゆっくりでいいから……俺との将来を考えてくれないか？」

（しょ、将来って……そ、それって、プロポーズ⁉）

ここに来てからというもの、ライルへの想いをずっと内側に閉じ込めて考えないようにしていただけに、思ってもみなかった急展開に頭がついていけず、すぐに現実感が湧いてこない。

（ああ、夢でも見てるみたい……。いいえ、きっと夢よ）

嬉しすぎて、何も言えなくなる。

しばらく無言で優しく抱きしめられ、徐々にクレアの思考も回り始めた。

嬉しい反面、不安が募っていく。

（でも、どうしたらいいの……？）

本当は、今すぐにでもライルの広い背中に腕を回して、抱きつきたい。だが、自分は彼にふさわしいほどの人間に成長できたのだろうか。最近、ようやくダンスを覚えたばかりだし、所作や作法もやっと板についてきたところだ。

身分だけは一応、アディンセル伯爵家令嬢だが、庶民の出であることは隠しようのない事実で、義母や異母妹のように見下す貴族もいるだろう。それを、はねのけられるほど精神的にも強くないし、自分に自信があるわけではない。

このままでは、いずれライルの親族の反対に遭ってしまう。自分の母のように。

「……ライル様……」

「うん」

ライルがクレアに回している腕をほどいて、彼女の顔を覗き込む。

クレアは思わず目を伏せた。

「……あの、私まだ……」

なんと言っていいか、口ごもってしまう。

「わかってるよ。よく考えて答えを出してくれたらいいから。俺は待つよ」

「即答できなくて、お気を悪くされていませんか……？」

遠慮がちに尋ねると、ライルは微笑んで首を横に振った。

「まさか。そんなこと少しも気にしてないよ。俺はそんな思慮深い君にも、惚れてるんだから」

クレアは押し黙った。

思慮深いわけではない。ただ、臆病なだけだ。でも、ライルのそばを離れたくない。自分は欲張りなのだ。

「そろそろ、夕食の時間だね。ローランドが探しているかもしれない」

ライルが、すっかり夕陽色に染まっている窓の外を見て言った。

クレアは自分の服装を確認すると、「あっ」と小さく声をあげた。

「……私、こんな格好のままでした。晩餐用のドレスに着替えてきます」

まだ午後のドレスのままだった。

貴族の婦人や令嬢は時間や場面に合わせて、一日に何度も着替えをするのが習慣なのだと、ブラッドフォード邸に来て、ジュディに教わって初めて知ったものだ。

今の自分の姿を鏡で見てはいないが、きっと髪も乱れているに違いない。クレアは急いでライルの寝室をあとにした。廊下を進みながら、考える。

（……いつか、誰からも認められるような、ライル様にふさわしい女性になりたい。そして、この溢れそうなほど愛しい想いをちゃんと自分の口で伝えたい……）

守りたいもの

翌朝。

長い髪を左右三つ編みにし、普段の外出着姿のクレアは、店に向かう馬車に揺られながら、ぼんやりと窓の外の景色を眺めていた。だが、いつも見知った風景なのに、今どの辺りを走っているのか、少しも認識できていない。

頭に浮かぶのは、ライルのことばかり。


昨日、晩餐の時も彼はいつもと変わらない様子でクレアを迎え、食事が終わると部屋まで送り届け、いつもと変わらず、おやすみのキスをクレアの頬に落とした。

これまで、それは婚約者としての演技の一部で、儀式のようなものだとクレアは自分に言い聞かせてきた。だが、告白を聞いてから、ライルの中ではいつから演技ではなくなっていたのだろうか、などと考えると、恥ずかしくて落ち着かなかった。

結局、寝不足のまま朝を迎えたが、ライルは早くに出かけていったので、まだ顔を合わせていない。

やがて馬車は緩やかに止まり、店近くの定位置に着いた。

クレアは馬車を降り、石畳の道をジュディと並んで歩く。

その時、路地の角からひとりの中年女性が、勢いよく飛び出してきた。

「あっ、クレア‼」

クレアの顔を見ると、大声で手を振りながら走ってくる。

「ハンナさん、おはようございます」

その女性は近所のパン屋のおかみで、クレアとは小さい頃からの顔馴染みだ。

「もうそろそろ来る頃だと思ってたよ、呑気に挨拶してる場合じゃないよ！」

「えっ、何かあったんですか？」

ハアハアと息を整えながら、ハンナはクレアの手を引いた。

「とにかく早く来て……あんたの店が大変なことになってるんだよ！」

「えっ⁉」

クレアはジュディと顔を見合わせると、すぐに店へ向かって走りだした。

路地の角を曲がると、小さな商店が軒を連ねる通りに出る。

いつもなら、クレアの店の扉が遠目に見えるが、今はその前にたくさんの人だかりができていて、店の全容がわからなかった。

「すみません、通してください！」

クレアは慌てて駆け寄り、人垣をかき分けてなんとか前に進む。そして、目の前に広がる無惨な光景に……言葉をなくした。

（何……これ？）

店の出入口の鍵は破壊されて、木製の扉も原形をとどめておらず、ただの木片の塊となって辺りに散らばっていた。通りに面していたガラス窓も割られ、粉々になっている。

クレアは急いで中に入った。

だが、一歩足を踏み入れたところで、そのまま立ち尽くす。

一昨日（おととい）まで、きちんと種類ごとに整頓されて棚に並んでいた茶葉の箱が、すべてひっくり返され、中身が床一面にばらまかれた状態になっていた。

あとから入ってきたジュディも、驚きで思わず口元を押さえる。

「……クレア様……私、急いでローランド様に伝えてきます！」

ジュディは店を飛び出していった。

「誰がこんなことを……」

「ひどいな……」

外からは人々のざわめきが聞こえてくる。

（……どうして？　お母さんの宝物だったお店が、どうしてこんなにめちゃくちゃになってるの？　何が起こったの……？）

あまりの惨劇に頭がついていかず、瞬きをすることさえ忘れてしまう。

「……クレア」

ハンナの呼びかけにも、クレアは反応せず呆然としていた。

「何か盗られた物はない？　朝早くに警察に通報したから、もうそろそろ来てもいい頃なんだけどねぇ……」

ハンナが放心状態のクレアを気遣うように、そっと呟いた。

しばらくすると、ルオント警察の制服警官が数人やってきて、現場の状況確認が始まった。

昨日は休店日だったのでクレアにはわからなかったが、近隣商店の主人が昨日、遅くにクレアの店の前を通った際は、特に変わったところはなかったらしい。

そして、東の空が白み始めた今朝早く、通行人によって店の惨事が発見されたのだ。

この辺りはメイン通りから外れているため、深夜は人通りもなく、ひっそりしている。その間に外部から侵入した、何者かによる犯行だった。両隣の店は無事で、クレアの店だけが狙われたことは明らかだった。

商品はめちゃくちゃに引っかき回されていたが、売り上げ金などの金銭は毎日クレアが持ち帰っていたので盗まれず、不幸中の幸いだった。

警官はひと通り、被害状況や現場などの事情聴取を終えると、これから捜査を始めるということで、帰っていった。

怪我人などが出たわけではないので、警察がどこまでこの事件を追ってくれるかは不明だ。ただの嫌がらせによる犯行として、片づけられてしまうかもしれない。

「……クレア、本当は朝一番に、あんたに知らせたかったんだけど……皆、引っ越し先を知らなくてね。ごめんね」

「いいえ、そんな……警察に連絡してくださって、ありがとうございました」

クレアは自分の身分が変わったことで、周囲からの接し方が変わってしまうことを懸念して、アディンセル伯爵家に引き取られたことも、ブラッドフォード邸に移ったことも、近所の誰にも知らせていなかった。

ここで店に立つ時は、今まで通り、『町育ちのクレア』でいたかったのだ。

クレアは足の踏み場もないほど茶葉や物が散乱した店の中を無言で進み、奥の部屋からほうきを取り出して、床を掃き始めた。

すると、それを見ていた周囲の人々も、次々と自分の店から掃除道具を持ち出して、クレアを手伝い始めた。

皆の行動にクレアは自然と目頭が熱くなり、この町で育ってよかった、と心から思った。


屋敷に戻ると、玄関で迎えてくれたローランドから報告を受けた。

「旦那様には、すでにお伝えしてあります。間もなく外出先からお戻りになります」

「ありがとう」とクレアは頷く。昼食をどうするか聞かれたが、首を横に振った。今は何か食べられるような気分ではない。

自室で着替えを済ませ、三つ編みをほどき、いつものようにジュディがその髪にブラシをかける。

身なりを整えると、クレアは定期的に購入してくれている顧客や仕入れ業者に、しばらく店を閉める旨の手紙を書いた。その中にはレディ・シルビア宛の物も含まれていた。ペンを置き、椅子から立ち上がる。

「手紙を出してくるわ」

「それでしたら、私が行って参ります」

お茶の準備をしていたジュディが、手を止めた。

「クレア様は、少しお休みになってください」

「え、でも……」

「もうじき、旦那様がお戻りになります。その時にクレア様がいらっしゃらなかったら、旦那様が心配なさると思います」

『旦那様が』とジュディは言ったが、彼女も本気でクレアを心配してくれている。

それが伝わってきて、クレアは暗く沈んだ気持ちが少し浮き上がった。

ジュディはどんな些細なことでも、いつも気にかけてくれる。姉がいたらこんな感じなのかもしれない、とクレアは思った。

「……じゃあ、お願いしてもいいかしら？」

クレアが手紙の束を差し出すと、ジュディはにっこり笑ってそれらを受け取り、一礼して部屋を出ていった。

ひとりになって、クレアはソファに腰を下ろした。

開いた窓から爽やかな初夏の風が入り、カーテンを優しく揺らしている。午後の明るい光が部屋に降り注ぐ。

クレアはソファに背を預け、しばらく天井を見つめていた。

店の光景が、脳裏に焼きついている。

（ああ、商品がいっぱいダメになっちゃった……。すごい損失だわ……）

深くため息をつく。それに母が店のあんな状態を見たら、どんなに傷つき、悲しむだろうか。

（どうして、こんなことに……。お母さん、ごめんなさい……）

申し訳ない気持ちで瞳に涙が浮かび、視界の天井がぐにゃりと歪んだ。こらえ切れずに、雫が静かに頬を伝う。

どれだけ時間が経過したのか、その感覚さえ失われていた。不意に、ドアをノックする音が耳に届く。

「はい」と返事をして、慌てて涙を拭く。

もうジュディが戻ってきたのかもしれない。

「ありがとう、ジュディ。もう帰ってき——」

ドアのほうを振り向き、入ってきた人を見て、クレアは言葉を途中で止めた。

「……ライル様……」

ドアから現れたのはお付きのメイドではなく、この家の当主だった。

「……あ……お帰りなさいませ……」

そう言いながら立ち上がろうとするクレアを、「そのままでいい」とライルは制すると、その横に座ると同時に、クレアの身体を抱き寄せた。

「帰ってくるのが遅くなってすまない」

抱きしめる腕に力がこもる。クレアの髪に顔をうずめるようにしてライルが呟いた。

「……君が無事でよかった」

ライルの吐息を感じただけで安心して、涙が出そうになるのをグッとこらえた。

知らせを聞いて、ライルが戻ってきてくれたことは素直に嬉しい。だが、自分の事情のせいで、忙しいライルの今日の予定を狂わせてしまったのも事実だった。

「ご迷惑をおかけして、申し訳ありません……」

「君が謝ることじゃないから、気にしなくていい。帰りに君の店に寄ってきたんだ。もう後処理は終わって、誰もいなかったけどね」

「そうだったんですか……」

修理代がどれだけかかるのかわからないし、商品もダメになって、損害は凄まじい。赤字経営で、これからやっていけるのか。

今後、のしかかる負担を考えると、不安で胸が押し潰されそうだ。

「私……もう、あのお店を続けるのは、無理かもしれません……」

クレアは虚ろな瞳で、ボソリと呟く。こんな弱気な姿を見せたのは、初めてだった。

「……母が生きていた時は、こんなこと一度もありませんでした。近所付き合いも良好でしたし、母は周りからも好かれていて……人から恨みを買うような人ではありませんでした」

クレアは脱力したようにライルの肩に頭を預けたまま、ポツリポツリと話し始めた。

「細々とやっている小さな店なので、別のお店からライバル心を持たれているとは考えにくいんです……」

犯人像に心当たりはないか、と警察に問われた時も、同じように答えた。

「……だとしたら、私に原因があったんじゃないか、って思うんです。知らず知らずのうちに、誰かの恨みを買うようなことをしてしまったのかも……」

「クレア」

ライルが静かに名前を呼んだ。そして、クレアを抱きしめていた腕をほどくと、両手を彼女の両肩に置いた。

「君はお人よしすぎる」

「え……？」

顔を上げると、ライルが真剣な面持ちでじっとこちらを見つめている。

「こんなこと、許されるはずがない。君は被害者なんだ。こんな時に、自分に非があるなんて考えなくていい。どんな理由があろうと、悪いのはこんな卑怯なことをする犯人なんだ」

クレアも無言で、ライルを見つめ返す。

「説教しているように聞こえたら、ごめん。君が真面目で我慢強い女性なのは知っている。でも、自分の感情に素直になるのを忘れていると、君自身がつらくなるよ」

（感情に素直に……？）

「思っていることを吐き出してごらん。大丈夫、どんなことでも俺が受け止めるから」

ライルの眼差しが優しくなり、ピンと張りつめていたクレアの心の糸が、徐々に緩んでいく。

物心ついた頃から、あの店はクレアとともにあって、彼女にとって第二の家だった。母の死から立ち直れたのも、母の思い出の店が残っていたからだ。アディンセル家に引き取られ、父以外の人物に冷遇されても、店頭に立てば、母と一緒にいるような気がして孤独な心は癒された。

クレアにとってあの店は、母そのものだった。それを何者かの手によって、無惨な姿にされてしまった。

（ひど……い……ひどい、ひどい！）

「私、悔しい！」

抑えていた感情が一気に溢れ出て、それは涙へとかたちを変える。

「……こんなことしなくてもっ……もし私が悪いのなら、面と向かって言ってくれればいいじゃない！」

ドレスのスカート部分を、力の限りぎゅっと握りしめた。

その上を雫がポタポタと落ちて、染みが増えていく。

「……返して……お母さんのお店を返して、お母さんを返してよ！」

クレアの拳を、ライルの手がそっと包んだ。

大きな手から温かさが伝わり、クレアの心にも流れ込んでいく。

「ライル……様……！」

クレアはライルの胸に飛びついた。涙といろいろな感情が入り交じり、ひどい顔になっていたに違いないが、今のクレアにはそんなことを気にとめる余裕すらなかった。

そんな彼女を、ライルは優しく抱き止める。

クレアにも、どうしていいかわからなかった。ただ感じるのは、こんな感情の爆発した自分をライルが受け止めてくれているという、絶対的な安心感だった。

クレアは、子供のように声をあげて泣き続けた。

ライルは無言のままクレアを抱きしめ、あやすようにずっと彼女の髪を撫でていた。


「クレアの様子はどうだ？」

翌日のよく晴れた昼下がり、外出先から戻ってきたライルは出迎えた執事に尋ねた。

「はい、先ほどお目覚めになられました。お食事はいらないとおっしゃいましたので、メイドがお茶の用意をいたしました」

「そうか……」

無理もない。昨日はあのあと、泣き疲れてしばらくライルの腕の中でぐったりしていた。夕食時にテーブルに着いたものの、料理にほとんど手をつけていなかった。

朝はゆっくり休ませたくて、メイドにはクレアが起きてくるまで寝かせるようにと、ローランドを通じて指示を出しておいたのだ。

「庭の準備は？」

「できております」

「ご苦労だった。クレアは今、どこにいる？」

「お部屋でございます」

「行ってくる」

　ライルは二階へ続く階段をのぼる。廊下に差しかかった時に、ちょうど部屋から、若葉色のドレスに身を包んだクレアが出てくるのが見えた。

　後ろからジュディがついてきている。

　クレアはライルの姿を視界に捕らえると、なぜか硬直したように動かなくなった。

「おはよう、クレア」

　不思議に思いながらも、ライルはクレアのもとに行き、穏やかに微笑んだ。

「お、おはようございます……」

　クレアが恥ずかしそうにうつむく。

「き、昨日は……申し訳ありません。取り乱して、お見苦しいものをお見せしてしまって……」

『昨日の……ああ、それでそんな表情になっているのか』とライルは納得した。

「気にしてないよ。『感情に素直に』って言ったのは俺だから。それにクレアのほうから抱きついてきてくれたのは初めてだったから、なんというか、嬉しかったよ」

「そ、それはっ……」

「可愛くて、そのまま食べてしまおうかと思った」

「なっ……」

（た、たた、食べるって、何を……っ⁉）

まるで菓子でも食べるかのようにサラッと言われ、動揺したクレアはジュディにチラリと視線を送った。

ジュディはそんなふたりの会話に慣れているのか、微妙に視線をずらして、微笑んでいる。

「……昨日のことは忘れてください」

恥ずかしさのあまり赤くなったクレアの頬に、ライルがすかさずキスを落とした。

不意打ちの行為にクレアは思わず飛び上がりそうになり、頬がさらに紅潮する。

「今からどこに行こうとしてたの？」

「あの、少し外の空気を吸おうかと思いまして……」

「じゃあ、よかった。庭に一緒に行こう」

目の前に手が差し出され、クレアはキョトンとしてライルを見上げた。

「え？」

「ちょうどいい時間だし、今から一緒にティータイムにしよう。なかなか時間が合わなかったから、遅くなってしまったけど」

「あ……」

はっきりと約束したわけではないのに、ライルがそのことを覚えていてくれて、嬉しさのあまりクレアの表情はパッと明るくなった。

「行きます！」

ライルは満足そうに微笑み返すと、クレアの手を取って、自分の腕に絡ませた。

案内されたのは、庭のバラ園だった。赤、白、黄色などの色とりどりのバラが、陽の光を浴びて、それぞれ美しさを競うように満開になっている。

「……よかった。まだ咲いていたんですね」

「そうだね。さあ、こっちだよ」

ライルに連れられてバラの垣根の小道を曲がると、クレアは「あっ」と感嘆の声をあげた。

クレアの視界が一気に開けた。

そこは広場のようになっていて、青い芝生の上には白い天幕が張られ、その下にテーブルと椅子が二脚、設置されていた。

そのそばで、ローランドとメイドがふたりほど待機しているのが見える。

鮮明な空の青と天幕の白の対比が、なんとも言えず美しい。

ライルに促されて、クレアは真っ白なレース織りのクロスの敷かれたテーブルへと、歩を進めた。

ローランドに椅子を引いてもらい、席に座って辺りを見回すと、このテーブルを中心に、バラの花壇が周りをぐるりと囲っている。

ライルもその向かいに着席すると、ローランドが繊細な模様の美しい、白い陶磁器のティーカップに最高品質の紅茶を注ぎ、ふたりの前に静かに置いた。

メイドがテーブルの真ん中に、たくさんのスコーンやタルト、ケーキなどが盛られた三段スタンドを置く。

食べやすいようにひと口大に切ったサンドイッチも、別の皿で運ばれてきた。

気づくとジュディは、さりげなく給仕の側に回って仕事をしている。

（そういえば、昨日からほとんど何も食べていなかった……）

一度にこんなに何種類もの菓子を見るのは初めてで、クレアが驚いていると、ライルが軽く片手を上げた。

それを合図に、執事とメイドたちはその場から下がっていった。

天幕の影で、午後の陽射しも眩（まぶ）しくない。

クレアはティーカップにそっと口をつけると、ライルがじっとこちらを見つめていることに気づいた。無意識に物欲しそうな顔をしてしまっていたのだろうか、とクレアは恥ずかしくなって、カップを持っていた手を下ろした。

すると、ライルは緑の瞳に優しい色を浮かべて、微笑んだ。

「一緒にこんな時間を過ごせて嬉しいよ」

「私もです。こんなに綺麗なお庭の中で、夢みたいです……。ありがとうございます」

クレアも柔らかく微笑む。

その様子に安堵したのか、ライルがフッと目を細めた。

「正直言うとね、誘っても出てきてくれないかもしれない、と思っていたんだ。こんなことを言ったら気を悪くするかもしれないけど……その可能性のほうが高いと思ってた。その時は無理強いせずにまた今度にしよう、と」

ライルの配慮が心に染みてくる。クレアは笑みを消すと、頭を少し前に傾けた。

「ご心配をおかけして、申し訳ありません……」

ライルはそんなクレアに顔を上げるよう優しく促すと、言葉を続けた。

「だから、俺が連れ出さなくても君が自分で部屋から出てきたのを見て、嬉しかったよ。君は俺が思っているより、強い女性なのかもしれないね」

すると、クレアは再び視線をテーブルに落とし、少し沈黙していたが、やがてゆっくりと口を開いた。

「強くは、ありません。ただ……起きた時、母が亡くなった頃のことを思い出したんです」

ややや驚いたように、ライルが瞳を開く。

「お母上の……？」

「はい」


先刻、クレアはカーテン越しに部屋に入り込んだ陽光を瞼に感じ、目を覚ました。

（あ、いけない……っ、お店に行く日だったわ！）

慌てて起き上がったが、なぜか空洞のような虚無感を胸に抱えていることに気がついた。まだ回らない頭でその原因を探っていき……すべてを思い出した。

（……そうだった。もうお店は……）

悲しみが襲ってきて、しばらく動けずじっとしていたが、やがてよろめくような足取りでドレッサーの前に立った。

鏡に映る自分の顔は血の気がなく、目は赤く腫れ上がっている。髪の毛はボサボサのままで、夜着の白さばかりが際立って見えて、まるで幽霊のようだった。

（この姿……前にも見たことあるわ……）

「……母が亡くなって、私は途方に暮れました。毎朝、家を出て向かうのはお店ではなく、母のお墓でした。そこで夕方まで泣いて……また次の日も同じことを繰り返して……そんな日々を過ごしていました」

クレアは手元のティーカップを、じっと見つめた。

静かな庭で、微風が植物の葉を揺らし、柔らかな音を奏でている。

「でも、いつかの帰り道、お店がどうなっているのかふと気になって、立ち寄ることにしたんです。お店は当然ですけど同じ場所に建っていて、母がいた時と変わっていませんでした。店の奥の部屋には母が愛用していた鏡があって、そこに映った自分の姿はひどくて……」

クレアは悲しそうに微笑む。

「その時に、『母がこんな私を見たらどう思うだろう』って感じて……。こんな状態だったら、母はきっと私を心配して、ゆっくり休めないと思いました。このままじゃいけない、って……そして『私がこのお店を続けていこう』と決めたんです。近所の商店の人たちは皆、協力的で店の再開に向けて、いろいろと手伝ってくれました。ひとり親を亡くした私を気にかけてくれて……だから、やってこれたんです」

クレアは顔を上げた。先ほどまでの悲しい表情とは違い、その瞳には強い輝きが宿っている。

「昨日も皆さんが励ましながら手伝ってくれて……すごく嬉しかったんです。犯人がなぜこんなことをしたのかわからないけど、もし、私に店を閉めさせることが目的なら、ますます犯人に屈することはできません」

クレアは背筋を伸ばし、まっすぐ前を向いた。

「さっき起きた時の私は、母を亡くしてボロボロになっていた時と同じ顔をしていました。でも、だからこそ……ライル様、私、あの時と同じように、これからもお店を続けようと思います。母やこれまで支えてくれた人たちのためにも……何より、自分のために続けたいんです。修理代もかかるし、負債を抱えて大変なのはわかってます」

ライルはしばらく無言でクレアの瞳を見つめていたが、やがてその唇は緩やかな弧を描いた。

「やっぱり君はすごいね」

「え……」

事業や経営のことに関しても、ライルのほうが判断力が優れているのは確かだ。壊滅的な状況や負債面から、『あの店は何をしてももうダメだ』とか、きっと辛辣な意見が飛んでくるだろうと腹をくくっていた。それだけに、ライルの言葉は意外だった。

「そんな……すごくなんて、ないです」

「君を応援したい」

ライルは椅子の背の部分に身体を預け、微笑む。

「あ、ありがとうございます！」

「じゃあ、君が早く店を開けるように、修理代と負債の件は俺が持つことにしよう」

「……は……い？」

いきなりの申し出にクレアは戸惑い、目を見開いた。

「それはダメですっ……ライル様にご迷惑をおかけするわけにはいきませんっ！　ごめんなさい、私、そんなつもりで言ったんじゃないんですっ」

クレアは慌てて首をブンブンと横へ振った。

ライルが実家へ生活援助金を渡したことを、忘れたことはない。

「男の好意は素直に受け取ったらいい」

「でもっ……」

好意というひと言で片づけられる額ではない。

するとと、ライルは焦るクレアの表情を見て、小さく笑った。

「これを理由に結婚を無理に迫ったりしないから、安心して。見返りも求めてないよ」

「……はい……」

ライルが強引に女の気持ちを操ろうとするような男ではないことは、わかっている。

「でもそうは言っても真面目な君のことだから、簡単には納得しないんだろうね。商いが軌道に乗ったら、少しずつ返済してくれたらそれでいいよ」

「も、もちろんです！」

クレアも気持ちが軽くなり、表情が明るくなった。

「ひとまず、仕事の話は置いておいて、ティータイムを楽しみたいんだけど、いいかな？」

「はい！」

クレアの顔に、周囲のバラも色褪せてしまいそうなほどの美しい笑みが咲く。ライルと一緒にいると安心して、どんなことでも頑張れる気がするのだ。安堵すると急にお腹が空いてきた。

「どれでも好きな物を食べていいよ」

「はい……いただきます」

サンドイッチを口に入れると、柔らかいパンとスライスしたハムとチーズの美味しさが、口の中に広がった。

（いくらでも食べられそう）

「美味しそうに食べる君の顔を見てると、俺も楽しくなるよ。料理長が朝から張り切って作った甲斐もある」

ライルの言葉にハッとする。クレアはゴクンと飲み込んでから口を開いた。

「ライル様、本当にありがとうございます。私のことを気にかけて、考えてくださって……」

ライルだけではない。準備の手配をしてくれた執事、たくさんの菓子を作ってくれた料理長や調理人たち、お茶や茶器やクロスなどの用意をしてくれたメイドたち、それに、朝からこの大きな天幕を庭に張り、テーブルを運んでくれたそのほかの使用人たち……。皆がクレアのために、動いてくれた。

くよくよなんてしていられない。ここでもたくさんの人たちに支えられている。クレアは、心の底から力が湧いてくるのを感じていた。

翌日の午前中、ライルは早速、街一番の腕前の職人に店の修理を依頼した。

以前よりも強い材質のガラスに、扉も鍵も頑丈な造りに替えるということで、日数は早くても十日間は要するらしい。

「あとで修理依頼の書類をローランドに持っていかせるよ。何か困ったことがあったら、彼に相談するといい」

朝食後、ライルはそう話すと出かけていった。


その日の夜、クレアは一度ベッドに入ったものの、なかなか寝つけず、ソファに座って背中を預けたままぼんやりとしていた。

今日は店の損失を計算するため、一日中、書類や数字とにらめっこしていたから頭が冴えてしまったのかもしれない。

その時、部屋の扉向こうの廊下を、誰かが静かに歩いている音が聞こえた。こんな時間に誰だろう、と思っていると、その足音はクレアの部屋の前で止まった。

ジュディが忘れ物でもしたのだろうかと思ったが、部屋に入ってくる気配はない。しばらくすると、その足音は再び、来た方向の廊下を戻り始めた。

(こんな時間に誰かしら……?)

クレアはそっと扉を開けてみた。

するとと、遠ざかっていこうとする淡い金髪の青年の背中が見える。

「……ライル様？」

静まり返った廊下で控えめに声を出すと、その人物は歩みを止めて振り返った。

「……あ……ごめん。起こしてしまったかな？」

「いいえ、起きてましたから大丈夫です。こんな時間にどうかなさったのですか？」

「いや、特に用があるわけじゃなかったんだけど……君がどうしてるか気になってね。疲れてないかと思って」

クレアのもとに戻りながら、ライルが言った。その優しい瞳には心配そうな色が浮かんでいる。

「気になりだしたら、自然と部屋に足が向いてた。こんな時間に起きているわけないとはわかってたんだけど」

「心配してくださってありがとうございます。私なら大丈夫です」

クレアは微笑んで答えたが、ライルがまだ昼間と同じ服装だということに気づいた。

もしかしたら、まだ仕事中だったのかもしれない。忙しいのに、わざわざ様子を見に来てくれたのか。

そう思うと嬉しかった。それに、このまま帰してしまうのも……少し寂しい。

「あの……せっかく来ていただいたのですから……よかったら、部屋に入られませんか？」

一瞬、こんな時間に男を部屋に招くのは、はしたないことかもしれないという思いが頭をよぎったが、寝室に入れるわけではないし、少し話ができればよかったので、それほどの抵抗はなかった。

（それに、私の嫌がることはしないって、この前、約束してくださったわ）

クレアの思いがけない申し出にライルは迷っていたようだったが、「じゃあ、少しだけ」と、部屋に足を踏み入れる。

「どうぞ」

ライルにソファに座るように勧めたクレアだったが、自分が薄い夜着の上にガウンを羽織っただけの姿だということに気づいて、焦った。

「ごめんなさい、私、こんな格好で……っ。すぐ着替えて――」

きます、と踵を返そうとした時、ライルに腕を優しくつかまれた。

「すぐ帰るから。一緒に座ろう」

ライルはそう言ってクレアの手を握り、ふたり同時にソファに腰を下ろす。

だが。

「え……あ、あの……」

クレアは戸惑いを隠せなかった。

ライルは座る時、後ろからクレアの腰を引き寄せると、そのまま自分の膝の上に乗せてしまったのだ。

この体勢は明らかに不自然だ。ライルが横に座らせようとして、タイミングを誤ったのかもしれない。それにしても、女が男の上に座るなど言語道断、失礼極まりない行為だ。

「ごめんなさいっ！」

急いで下りようとしたのだが、ライルの腕が伸びてきて、クレアの動きを阻止してしまった。

「きゃっ!?」

後ろから、抱きしめられているような格好になったことを察知したクレアは、胸の鼓動が高鳴るとともに、頬が熱くなるのを感じずにはいられなかった。

「ちょ、ちょっと……あの、ライル様……？」

「ん？　何？」

「何って……それは私のセリフです！」

「君が可愛いのが悪い」

「わ、私のせいなんですか⁉」

『それに可愛いとか嘘！』と、クレアは抗議しようとしたが、この無理な体勢では振り返れない。いや、むしろ真っ赤になったこの顔を見られなくて済んで、よかったかもしれない。

　薄い夜着とガウン越しに、背中全体にライルの体温を感じる。腕はクレアの胴に巻きつき、さらには膝の上に乗せられているため、クレアは自分の身体のラインが彼に全部知られてしまったような気がして、羞恥心で一層顔を赤くした。

「一緒に座ろう、って言っただろう？」

　ライルが耳元で囁く。

　くすぐったさに、クレアの背筋がブルッと震えた。

「一緒って……意味が違うんじゃ……」

　暴れると余計に違う所に触れられそうで、クレアは身動きが取れず、ライルに後ろから覆われたまま、じっと身体を固くしていた。

「クレアとこうしてると、心が安らぐんだ」

「え……？」

「でも、嫌だったら逃げてくれてかまわない。無理に捕まえたりしないから」

その言葉で、ライルがあの時の約束を守ろうとしてくれているのがわかる。

嫌かと問われれば、そうではない。突然のことで最初はびっくりしてしまうだけで、心臓はうるさく鳴っているが、その胸の鼓動さえいつしか心地良く感じてしまう。

身体の強張りを緩めて、クレアはライルに身を任せた。

「逃げないということは、嫌じゃないってことかな？」

ライルはいたずらっぽく笑う。

まるで心の中を見透かされているようでドキッとして、焦るあまりクレアの口から思わず素直ではない言葉が飛び出した。

「……ちっ、違います！　今日は疲れて、逃げる気力がないだけです」

「おかしいな、さっき疲れてるか聞いた時は、『大丈夫』って言ってなかった？」

「……揚げ足取らないでください！」

もう完全にバレている。そう思うと余計に恥ずかしさが増し、クレアはさらに身を縮めた。

「ごめん」とライルが背後で笑う。

でも時々こうしてからかわれているが、嫌な気分はしない。

「君の身体が柔らかくて、このまま眠ってしまいそうだ」

ライルの腕の力が少し強くなった。

「えっ!?　ここで寝ないでください！」

「わかってる」

「……お忙しくても、無理はなさらないでくださいね」

「ああ、ありがとう。もうすぐ異国での新規事業に着手するつもりなんだ。その準備に思ったより手こずっててね」

「……異国……どんなお仕事か聞いてもよろしいですか？」

クレアがライルの仕事について尋ねるのは初めてだった。男の仕事の話に女が入っていっていいものかと、いつもためらっていたからだ。

「うん。鉄道事業だよ」

「鉄道……」

「この国は、産業の発達のおかげで、王都を中心に鉄道が各地に延びて、経済発展に貢献してきたけど、そうじゃない国はまだまだ多い。この国の技術がそこに住む人たちの役に立てたら、って思うんだ。さすがに内容が重すぎるから、俺ひとりじゃなくて、ほかにも何人かと共同で進めるんだけどね」

ライルの話は壮大で、クレアには見当もつかない。

「……すごい、ですね……」

詳しい知識もないクレアは、それについて語れるわけもなく、ただ、そうひと言述べるのがやっとだった。

「難しい話は、また今度にしよう。そろそろ部屋に戻るよ」

そう言ってクレアを膝から下ろすと、ライルは立ち上がった。

「あ……はい。おやすみなさい」

突如、優しい拘束が解かれて、寂しい気持ちになる。

「こんな時間に訪ねて悪かったね」

「いいえ、部屋にお招きしたのは私ですから……」

「もし君に、『帰らないで』ってお願いされたら、朝まで一緒にいるけど？」

「そ、そんなこと言いませんっ」

寂しさが素直に表情に出てしまっていたのかもしれないと、焦ったクレアは顔を真っ赤にした。

それを見て、ライルが笑う。

「じゃあ、おやすみ」

今日は、ライルはクレアの頬ではなく、唇にキスを落とすと扉を開けた。

自室に戻り、ライルは深く息をついた。

もう、夜にクレアのもとを訪ねるのはやめよう。クレアは起きていれば、ライルであれば夜でもためらいなく部屋に通してくれるだろう。

先日クレアを泣かせるようなことをしておいて、それでも信用してくれているというのは、このうえなく嬉しいことではあるのだが。

自分の手を、ライルはじっと見つめた。クレアの薄い布越しの、華奢で柔らかな身体の感触が残っている。次はきっとキスだけでは済まないだろう。嫌がることはしない、と約束したのに、守れる自信がまるでなかった。

（情けないな……）

ライルは頭を冷やすため、浴室のドアを開けた。

ふたり揃って初めての外出

その翌々日の夕刻。

ブラッドフォード邸の中は何やら慌ただしい空気に包まれていた。

「いよいよ今日ですわね、クレア様！」

ドレッサーの前でクレアの髪を結いながら、ジュディが顔に笑みを広げて言った。

「ジュディ、その言葉、今朝から何回も聞いたんだけど……」

「だって、旦那様とクレア様がおふたりで初めて外出なさる特別な日なんですもの！」

外出予定の時刻が近づき、張り切るジュディは、クレアの身支度に余念がない。

実は、クレアが屋敷内で退屈していないか気遣ってくれたライルが、今宵、王立劇場で開催されている古典劇に誘ってくれたのだ。

今日の髪型は、いつもクレアが屋敷で過ごしている時とは逆で、ジュディによってすべての髪を後頭部でまとめて結い上げられたので、白いうなじが露わになった。緩くうねる髪を、両頬にかかるくらいに少しだけ垂らすことで、クレアの整った顔立ちをさらに引き立て、優雅に見せている。

観劇に行くために用意されたのは、金色がかった桃色のドレスで、広がった袖口には白いレースが幾重にもあしらわれ、大きく開いた襟ぐりにも同様に使われている。膨らんだスカート部分に重なるドレープも美しい。

この屋敷に来てすぐ、仕立屋に採寸してもらって頼んだドレスのうちの一着だ。作ったものの、これまで着る機会がなかったのだ。

そして、ピンクの絹で作られたバラがクレアの髪を飾っており、首には真珠のネックレスが上品な光を放っている。

だが、これまでもう少し開きの浅い仕様のドレスしか着たことがなかったクレアは、首周りの広いドレスに初めて袖を通して少し不安になっていた。

「大丈夫ですとも。旦那様も絶対にお褒めくださいますよ。クレア様はとてもお美しゅうございますから」

美しいかどうかはさておき、ジュディの言葉に励まされ、クレアの緊張が少しほぐれた。

しばらくすると、ライルの支度が整ったことを別のメイドが知らせに来たので、桃色のレースで編まれた手袋をはめ、いよいよ部屋から廊下へと出た。

ジュディが後ろから続く。

階段を下りようとして、クレアは足を止めた。

踊り場に、上質の黒いタキシードを着たライルが立っている。

凜とした、気品漂うその姿に、クレアは初めて会った時のことを思い出して、我を忘れて見とれた。

すると、ライルはクレアの気配に気づき、顔を上げた。

ふたりの視線が無言で交わる。

ライルもクレアの姿に心を奪われたように、一瞬、目を見開いたが、すぐに形のいい唇に優美な微笑みを浮かべた。そして、階段を上がってくると、あえてクレアの数段下で止まり、クレアの前に——正確にはクレアの斜め下に、自分の手をスッと差し出した。

「お手をどうぞ、お姫様」

クレアがライルを見下ろす格好となる。いつもとは違う角度から、緑の瞳に見上げられて、クレアの胸がトクンと鳴った。

〝お姫様〟などと呼ばれることなど、たとえ冗談でもこれまで一度も経験がない。

珍しいこの姿を見て、ライルもただの戯れで言っているに違いない、とクレアは思ったが、王子様のような彼にそう言われると、心が素直に反応して舞い上がってしまいそうだ。

クレアの伸ばした手を、ライルが下からそっとすくい上げた。

エスコートされ、ゆっくりと階段を下りる。

「行ってらっしゃいませ」

玄関ホールで執事とメイドたちに見送られて、ふたりは四頭立ての豪奢な馬車に乗り込む。

そして、ゆっくりと馬車が発進した。

太陽は沈んでも、西の方角はまだ明るい。その周りの空は美しいスミレ色で、東に向かうにつれて徐々に濃い紺色になっていく。

夜の外出が珍しいクレアは、馬車のカーテンの隙間から、王都の流れる景色を眺めていた。街のガス灯がポツポツと橙色の光を灯し始めている。

やがて馬車はトレーゼ河の大橋に差しかかった。トレーゼ河は、王都を東西に流れる大河で、まだ馬車が普及していない時代には、船による運搬の手段として使われていた。

クレアがふと顔を上げると、向かいに座ったライルがじっと彼女を見つめている。

「……あ、ごめんなさい……私、外ばかり見ていて……」

ふたりで初めての外出なのに話もせず、ライルが気分を害してしまったのかもしれない、とクレアは不安に思った。

「いいんだ。俺はどんな君でも見ていたいから」

ライルは穏やかに微笑む。

「いつも可愛くて綺麗だけど、今日の君はそれに加えて……大人の女性の魅力に溢れてる。ああ、もう……誰にも見せたくないな。このままふたりでどこかに行ってしまおうか」

「えっ、えええ、あの……っ」

主人であるライルが御者に指示さえすれば、それは可能なことだ。どこまで本気なのかわからず、クレアはうろたえる。

「じゃあ、そうしよう」

「ま、待ってください！　あの……私、今日ライル様と一緒にお芝居を観るのをすごく楽しみにしてて っ……それに、朝からメイドの皆さんが入浴から着付けまで何もかも手伝ってくれて……だから行かないとなると、皆さんもがっかり――」

「冗談だよ」

焦るクレアを見て、ライルがおかしそうに言った。

「……え？」

「本当に君は可愛いんだから」

（また、からかわれた……。この場合の可愛いは、面白いって意味だったわ）

ライルがそういう言い方をすることには慣れてきたし、からかわれるのも嫌ではないと思っていたが、今回は本気で焦ってしまった分、なんだか少し悔しい。

「ひどいです」

クレアは拗ねたように頬を膨らませる。

ライルは、そんな彼女の手をそっと握ると、顔を近づけた。

「でも、君が素敵だということは本当だよ」

「……っ」

瞳を覗き込むようにして言われて、クレアは真っ赤になり、心臓が早鐘を打つ。

首の辺りまで赤くなったクレアを見て、『君をどこかに連れ去りたいのも本心なんだけどな』とライルは心の中で呟いた。

王立劇場前のロータリーは、馬車が何十台も横付け可能なほど大きく、幅も広い。

馬車が絶え間なく停車し、正装した今夜の観客たちが正面入口に次々と吸い込まれていく。

ライルとクレアも、御者の用意したステップで馬車から降りた。

（すごい……）

これまで街の芝居小屋にしか行ったことのなかったクレアは、初めて間近で見る劇場の大きさと荘厳さに驚いて、その場に立ち尽くしてしまった。

等間隔に灯る橙色の明かりが劇場の白亜の外壁を幻想的に照らし出し、まるでどこかの城に来たようだ。

「行こうか」

「はい……」

ライルの腕に、クレアはそっと自分の手を添えた。こういう仕草も、だいぶスムーズにできるようになったと思う。

大理石の階段をのぼり、劇場の正面口へと入る。そこは三階分ほどの吹き抜けのホールになっていて、天井から吊るされた大きなシャンデリアが輝いていた。

まだ開演時間まで少し余裕があるためか、ホールは着席前の多くの客で賑わっている。ふたりがその場に姿を現すと、人々が一斉にこちらを向いた。

ライルが自然と人を惹きつける力を持っているのはわかっている。だが、それは同時に、隣にいる自分も見られているということだと認識したクレアは、集まる視線に緊張で足がすくみそうになった。

「大丈夫、俺がついてるよ。何があってもフォローする」

そんなクレアに、ライルは優しく声をかける。

「……はい」

（しっかりしなくちゃ……。今はライル様のパートナーなんだから……ライル様に恥をかかせるなんてできないわ）

クレアは顔を上げ、礼儀作法のレッスンで習った通り、決して下を向かず、姿勢を崩さず、優雅に歩くことを心がけた。

「……あの……ブラッドフォード伯爵！」

不意に声をかけられ、ふたりは歩みを止めた。振り返ると、クレアと同じ年頃の娘が三人、立っている。明るい華やかなドレスに身を包んでおり、上流階級の人間だとひと目でわかる。

「と、突然、声をおかけして申し訳ありません！」

栗色の髪をした、三人の中でもひと際目鼻立ちの整った令嬢が、声を震わせながら、一歩前に出た。

その後ろで、ふたりの令嬢の「ロザンヌ、頑張って」と、祈るような呟きが聞こえた。ロザンヌというのが、おそらく彼女の名前なのだろう。

「……失礼ですが、お噂は本当なのですか……？」

ロザンヌはチラリとクレアを見て、尋ねた。

やや挑戦的なその眼差しは、ライルへの想いを物語っていて、クレアはたじろいだ。

「噂？」

ライルが静かに聞き返す。

「伯爵様が婚約なさったと……。もしかして、そちらの女性は……」

「ええ。私の婚約者です」

ライルは彼女の気持ちを知ってか知らずか、はっきりと答えた。しかも——爽やかな笑顔付きで。

「……婚約者」

衝撃的な言葉がライルの口から発せられ、ロザンヌの顔が青ざめる。

「で、でも……それは、きっと、何か理由がおありなんですよね……？　家同士の決め事で、仕方なく……」

突きつけられた現実から逃れるように、ロザンヌは理由を探る。

「理由？　私が彼女を心から愛している、ということですか？」

穏やかだが、ライルの言葉は恋する乙女の心にヒビを入れるのには充分だった。

「うっ……！」

ロザンヌは、目に涙を浮かべて踵を返すと走りだし、ふたりの令嬢も慌ててあとを追う。

（あの方、ずっとライル様のことが好きだったんだわ……）

おそらく自分が出会うよりももっと前から、と思うと、同じ相手を慕う者としてクレアの胸が痛んだ。

「あーあ、もったいないよね。なかなかの美人だったのに」

背後で聞いたことのある声がして、クレアは振り向いた。

「アンドリュー様……」

「やあ、クレア」

そこには屈託のない笑顔で立つ、アンドリューの姿があった。

「君たちの仲のよさを見せつけられて、それでも正面から挑んでくるなんて、なかなか勇気のあるお嬢さんだけど、今頃大泣きしてるよ。ライルも罪な男だね。かわいそうに」

「だったら、お前が行って慰めてやればいい。俺はあの令嬢と話したこともない」

うんざりしたように、ライルもようやく振り返った。

「お前も来てるとは思わなかったよ」

「僕はどちらかというと、夜会のほうが好きなんだけどね。両親に無理やり連れてこられた。それはそうと、今日も一段と素敵だよ、クレア」

アンドリューはそう言うと、にっこり微笑んで、クレアの手をうやうやしく取った。

「やめろ。口説(くど)こうとしても無駄だぞ」

「わかってるよ」

先日、仕事の帰りにイーストン邸を訪れた際、『アンドリューとちゃんと話をしてきた』とライルはクレアに語っていた。

ふたりのやり取りを聞きながら、クレアは彼らの顔を交互に見ていたが、その仲がもとに戻っていることにホッとして笑みを浮かべた。

「クレア、あの日あのあと、大丈夫だった？　あなたのせいじゃないよ。僕が悪かったんだから、気にしないで。さらに言うと、ライルが嫉妬深いのが悪いんだ。もしこれからの結婚生活に不安を感じるんだったら、考え直したほうがいいよ」

「それはない。絶対に」

少し焦るライルを見て、「お前に聞いてないんだけどな」と、アンドリューが笑いながら答えると、クレアもおかしくなって口元をほころばせる。

「そういえば僕の両親が、ライルはいつになったら婚約者に会わせてくれるのか、って嘆いてたぞ。……ほら、噂をすれば、だ」

アンドリューが、ライルの背後に視線を送った。

振り返ると、一組の男女がゆっくりと近づいてくる。

「ライル、久しぶりだな」

正装した四十代後半と思われる紳士が、柔和な笑顔で声をかけてきた。髪の毛には少し白い物が交じっているが、肌艶もよく、若々しい。

「ご無沙汰しております、叔父上、叔母上」

ライルも礼儀正しく応対する。

「もしかして、こちらのお嬢さんがライルの婚約者かな？」

子爵の優しい眼差しが、クレアに向けられた。

「はい。ご紹介が遅れまして、申し訳ありません」

「……クレア・アディンセルと申します。以後、お見知りおきくださいませ」

まさかここで、ライルの親族の筆頭である子爵夫妻に会うとは思ってもいなかった。心の準備ができていなかったクレアは、なんとか緊張を抑えながら、アンドリューと初めて会った時と同じように、淑女らしい仕草で挨拶をした。

「ほう、可愛らしいお嬢さんじゃないか」

「なかなか紹介してくれないから、気になっていたのよ。あなたが、ライルの将来の花嫁ね」

続けて話に入ってきたのは、子爵夫人だ。鮮やかなワインレッドのドレスを着こなしていて、年齢を感じさせないほどスタイルもよく、涼しい目元が印象的な美人だ。

「ライルの婚約者なら、私たちにとって姪も同然だ。いや、娘かな」

イーストン子爵の言葉に夫人の瞳が輝き、クレアの手を親しげに握りしめる。

「もちろんよ。うちは男の子しかいないから、とても嬉しいわ。仲良くしましょうね」

しばらくその場でイーストン一家との談笑が続いたが、また日を改めてきちんと挨拶に伺うということで、ライルは彼らに別れを告げた。

「心の準備ができていないうちに会わせることになってしまって……ごめん。疲れただろう？」

歩きながら、ライルが申し訳なさそうに口を開くと、クレアは首を横に振った。

「いいえ、少しも。初対面なので私をどうお思いになるか、緊張していたんですけど……こんな私にいろいろ話しかけてくださって、嬉しかったです」

　クレアが微笑むのを見て、ライルも安堵する。

「それと、まだ君から返事をもらっていないのに、さっきから勝手に婚約者だと言い続けて、ごめん。でも、ありがとう」

「いいえ、そんな……」

　謝るのも、礼を言うのも自分のほう、とクレアは感じている。まだ、ちゃんと返事をしていないことを申し訳なく思うし、こんな自分をそばに置いてくれていることも、ありがたいと思う。

　その時。

「お姉様」

　誰かに呼び止められたような気がした。だが、自分に向けられた言葉ではないと即座に判断したクレアは、気にせずそのまま歩みを止めなかった。

「クレアお姉様」

　しかし今度は、はっきりと名前付きで呼ばれた。『誰だろう』と声のしたほうを振り向き……。

（えっ⁉）

クレアは驚愕して、顔を強張らせた。

そこには、金髪の巻き毛と、青い瞳を持つ美しい少女が立っていた。

その少女の、張りつけたような微笑に得体の知れない何かを感じ、クレアの背中に悪寒が走る。

「あら、私の顔をお忘れになったの、お姉様？」

忘れるはずがない。アディンセル邸でクレアを蔑み、愛人の子だと罵ってきた異母妹――。

「ヴィヴィアン……」

クレアは、喉の奥から絞り出すような声で呟いた。

「こんな所で、お姉様と会うなんて思わなかったわ」

「……え、ええ……そうね」

クレアは顔を凍りつかせたまま、唇を動かすのがやっとだった。アディンセル邸での嫌な思い出が一気に蘇ってくる。

これまで、『絶対に姉とは認めない』と言い張っていたのに、〝お姉様〟などと急に呼んできて、一体どういう風の吹き回しなのか。

相手の真意がわからない今、その笑顔は不気味なものでしかない。

「新しい生活にはもう慣れて？」

「……ええ」

クレアは素早く周囲に目をやった。

「今日は……お義母様はいらしてるの？」

ヴィヴィアンは、つまらなさそうに答える。

「いいえ。お母様は家よ。今日はお友達に連れてきてもらったの」

「そう……」

今日のところは義母に会わずに済みそうだ、とクレアはホッと胸を撫で下ろした。

「お父様は……お元気？」

「お変わりないわ。ねえ、それより……」

ヴィヴィアンの声が急にしおらしくなり、甘えるように可愛らしく小首を傾げる。

「……お姉様のお隣の方、紹介してくださらない？」

「あ、ああ、そうだったわね」

クレアは、ライルのほうを向いた。

「ライル様、紹介します。私の……」

クレアはなんと言おうか一瞬迷ったが、今は事実だけを述べることにした。

「妹のヴィヴィアンです。ヴィヴィアン、こちらはライル・ブラッドフォード伯爵よ」

すると、ヴィヴィアンは上目遣いにライルを見ると、少し前に出た。

「初めまして。ヴィヴィアン・アディンセルと申します。お会いできて光栄です。ずっとお会いしたいと思っておりましたの」

クレアに向けていた作り物の微笑ではなく、可愛らしい本物の微笑みを浮かべる。

「初めまして、ライル・ブラッドフォードです。きちんとご挨拶に伺わなければ、と思っていたのですが、遅くなってしまい申し訳ありません」

ライルの緑の瞳を直視して、ヴィヴィアンの頬に赤みがさす。

いつもヴィヴィアンの意地悪な笑みしか見たことのなかったクレアは、彼女の恥じらう姿を初めて見た。

「お姉様、もう少しお話したいわ。もちろん、伯爵様もご一緒に」

ヴィヴィアンのお目当てがライルなのは、その態度からも明らかで、クレアは不安になった。

ヴィヴィアンは、性格はさておき外見は、まばゆいほど輝く金髪の巻き毛と、青い瞳を持つ、誰もが振り返るほどの美少女なのだ。

ライルもヴィヴィアンの美しさに心を奪われて、つい誘いに乗ってしまうのではないか。

（もしそうなっても、仕方ないわ……）

クレアの表情が憂いに曇る。

だが、ライルの返事は簡潔だった。

「せっかくなのですが、今日はクレアとふたりでの時間を楽しみたいと思っていますので。また後日、アディンセル家の皆様にご挨拶に伺います。では失礼」

誰もが魅了される完璧かつ優美な微笑みでライルは一礼すると、クレアの腰を軽く引き寄せ、そのままヴィヴィアンの横を通り過ぎた。

横切る際、クレアはヴィヴィアンのほうに少し目を向けたが、ヴィヴィアンはショックを受けたように大きく目を見開いたまま、微動だにしなかった。

クレアもそれ以上は見るのをやめて、ライルとともに歩く。

（こんな所でヴィヴィアンに会うなんて……）

気持ちはまだ動揺している。

（でも、もう過ぎたことだわ。あの家を出たんだし、何も言い返せなかった昔の私とは違う）

クレアは小さく息を吐き出し、胸を張った。

「人が多くてなかなか落ち着けないね。早く席に着こうか」

ライルは、異母妹のことについては聞いてこなかったので、クレアの心も少しずつ落ち着いていった。

それに何より、ライルがヴィヴィアンではなく、自分とふたりきりでいることを選んでくれたことが、クレアにはとても嬉しく感じられた。

「……はい」

ライルの腕に添えた手に、クレアは愛しさを込めるように、少しだけ力を加えた。

その後も、ライルは知り合いの貴族や紳士などに次々と声をかけられ、度々歩みを止めることになった。

クレアもその都度(つど)、『初めまして』と同じ自己紹介を繰り返す。

そうしているうちに、開演時間が近づき、席へ向かう客が増えていく。クレアはライルに連れられるまま、大階段へと足を運んだ。

階段をのぼり切ると、数人の案内係がそれぞれ、客を指定の席へと誘導しているのが見えた。ライルとクレアも、そのうちのひとりに案内され、赤い絨毯(じゅうたん)が敷きつめられた明るい通路を進む。

やがて、「こちらでございます」と、案内係がひとつのドアを開けた。こじんまりとした部屋の中、コートや帽子をかけられるポールハンガーと、ふたり用の小さなソファが設置されている。

そして、その向こう側はカーテンのような、真紅の垂れ幕で仕切られている。

案内係が静かにドアを閉めて退出し、ふたりきりになると、ライルが奥の垂れ幕を開けた。

上質なビロード張りの椅子が二脚、こちらに背を向けて並べて置かれているのが見える。どうやら、そこが自分たちに用意された席のようだ。

クレアが近づくと、突然、目の前の視界が開けて息を呑んだ。

(……すごい！)

劇場内部を一望できる場所――バルコニーのように前にせり出した場所に、自分は立っていた。

美しい天使の絵が緻密に描かれた高い天井。宝石の塊のように、まばゆい光を放つ巨大なシャンデリア。そして赤と金色で統一された、豪奢な装飾と客席。

クレアは手すり部分に手をかけ、そっと下を覗き込んだ。

真下には、客席が一面に広がり、開演を待ちわびている人々が無数に見え、その前方には幕の下ろされたままの舞台がある。

（こんな高さ……初めてだわ！）

クレアは視線を上げて、ぐるりと辺りを見回した。客席は上にもあって、自分は今、三層構造の二階部分にいることがわかった。

前方は開けているが、席の両側は壁で遮られているので、隣の客の姿は見えない。まるで半分だけ個室になっているような感覚だ。

（やっぱり芝居小屋とは比べ物にならないわ。なんて、絢爛な世界なの……！）

見る物すべてが珍しく、クレアはすっかり興奮して視線をキョロキョロと動かした。

「気に入ってくれたみたいだね？」

後ろから声がかかり、クレアはハッとした。

振り返ると、ライルは長い足を組んで椅子に座っており、クレアの様子を優しい眼差しで見つめている。

（私ってば、つい子供みたいにはしゃいじゃって……）

『落ち着きがない、とライルに思われたかもしれない』と、クレアは恥ずかしそうに下を向いて、おずおずと席に着いた。

「ごめんなさい……私、淑女らしくありませんでしたね」

「なぜ謝るの？　素直に喜ぶ君が可愛くて、ついじっと見てたんだ。そんなに硬くならなくていいよ」

「はい……ありがとうございます。連れてきてくださって、すごく嬉しいです」

「俺もだよ。君と一緒に来てよかった」

微笑むクレアの手に、ライルの手が重なった。

照明が徐々に薄暗くなり、まもなく開演だと知った観客たちのざわめきも、次第に鎮まっていく。幕が上がり、舞台から明るい照明がこぼれ出た。

クレアは瞬時に、日常とは異なる煌びやかな世界に引き込まれていった。


それから約三時間後。

舞台の幕が下り、劇場が拍手喝采に包まれたあと、一階では帰った客の空席が次第に目立ってくる中、クレアはまだその余韻に浸り、舞台を見つめたまま、席から立てずにいた。

「どうだった？」

ライルからの声かけに、クレアはようやく我に返った。

「はい、素敵でした……！　古典劇と聞いていたので、もっと堅苦しいものかと思っていたんですが、とってもわかりやすかったです」

「そうだね。この演目のもとになる話が書かれたのは四百年以上前で、時代背景も古代の王朝だけど、今回の脚本は新しく今風にアレンジされていたね」

　すると、内容を思い返して感極まったクレアの瞳が、涙で潤んだ。

「……っ、王女様と騎士団長は相思相愛だったのに、離れ離れに……。騎士団長は戦地で命を落としてしまって……でも、王女様は生涯独身で愛を貫いて、国を守り続けて……。ドキドキして美しくて、すごく切なくて……感動しました！」

「うん、同感だよ」

「それに、こんな大きな舞台も大がかりな仕掛けも私、初めてで……圧巻でした！」

　興奮冷めやらぬまま熱く語るクレアを、ライルは優しく見つめる。

「また観に来たくなった？」

「ええ、それは、もう！」

「じゃあ、今度の演目は何がいいか、また考えておくよ」

「え……また連れてきてくださるんですか……？」

　クレアが目を丸くし、驚いた様子で尋ねると、ライルはおかしそうに噴き出した。

「俺はそのつもりで聞いたんだけど。それとも、俺とじゃダメかな？」

ライルの問いに、クレアは必死で首を横に振った。

「……私には、ライル様しかいません……」

小さく呟く。大きく見開かれたパールグレーの瞳が、シャンデリアの光を受けて、潤んだように輝いている。

それを見たライルは思わず、クレアの肩を抱き寄せた。

「ちょ……ちょっと、ライル様！」

ライルの急な行動に、クレアは慌てて逃れようと身をよじった。

「近いです！」

「嬉しいんだ」

「え……？」

「俺しかいない、と言ってくれた」

クレアはライルのほうに顔を向けた。

ライルは決まりが悪そうにクレアから視線を逸らすと、目を伏せた。

（え、何、その顔……もしかして、照れてるの？）

初めて見る彼の表情に驚いて、じっと見入ってしまう。

「初めて君から、そんな言葉を聞けて嬉しい」

「……あ、えっと、それは……」

自分の発言を思い返して、クレアは恥ずかしくなった。

「一緒に来てくださる男性は、ライル様しかいないという意味で……あ、あの、ちょっとライル様！」

クレアの言葉を聞き流すようにして、ライルが顔を近づけてきたので、彼女はぐいと彼の胸を手で押し返した。

「クレアが可愛くて、自分を抑えられない」

ライルも諦めず、クレアの肩を抱く手に力を込める。

「そんな……恥ずかしいです！」

「キスならもう何回もしてる」

口角を上げて迫ってくるライルに慌てながらも、クレアの頬が赤くなっていく。

「それは、いつもふたりきりの時のことでしょう⁉　ここ、公共の場ですよ！」

「誰も見てないよ」

平然と言ってのけるライルに対し、クレアの焦りはさらに増した。

「二階席や三階席に残ってるお客さんからは、見られます……！」

クレアが抵抗すると、ライルはようやく彼女の肩から手を離した。

「……わかった」と呟くライルに、クレアはホッと胸を撫で下ろす。

「そろそろ帰ろうか」

ライルは立ち上がり、手を差し出した。

クレアは「はい」と返事をすると、ライルに手を引かれ、椅子から腰を上げる。

いつもの穏やかなライルの様子に、クレアはすっかり安心した。

だが、その優しい表情の裏で、『ああ、早くふたりきりになりたい』とライルが考えているなんて、クレアは知る由もなかった。

もと来た通路を戻り、階段上から広いエントランスホールを見渡すと、まだ大勢の人々が残り、夜会とは違う、ある種の社交場となっていた。

迎えの馬車を待っていたり、まだ帰りたくなくて世間話に花を咲かせていたりと、理由は様々だ。

ライルとクレアは階段を下り、出口へと向かう。

ライルは、とある理由で一刻も早く帰りたいと願っていた。人の多さに少しイラ立ちもしたが、クレアが誰かとぶつからないように注意を払いながら、器用に人波をすり抜けていく。

「ブラッドフォード伯爵！」

そんな時、男の声が耳に届き、ライルは呼ばれた方向を見た。

そこにはきちんとした身なりの、三十代前半とおぼしき紳士が立っている。

「これはこれは、ダーリングさん。こんばんは」

ライルは相手の姿を視界に捕らえると、歩みを止めて親しげに挨拶した。

ダーリングと呼ばれた紳士も、笑みを浮かべながら、すぐそばまでやってくる。

「ここでお会いするとは思っていませんでしたよ。もしかして、そちらのご令嬢が先日話されていた……」

「はい、私の婚約者のクレアです」

ライルは続いて、クレアの顔を見た。

「クレア、こちらは今一緒に事業を進めている仲間の、ダーリング氏だよ」

事業といえば、先日話してくれた鉄道のことだと思い出したクレアは、気を引きしめて本日何度目になるかわからない自己紹介をした。

「初めまして、ダーリングと申します。爵位を持たない私を『仲間』と呼んでいただいて大変恐縮です」

紳士的な態度と柔和な笑顔に、クレアの緊張もほぐれていく。

「ダーリング氏は真面目で誠実な方なんだ。俺も安心して、一緒に仕事をさせてもらっているんだよ」

「いえいえ、そんな滅相もない……」と、ダーリング氏は控えめに微笑む。だが、少し真顔に戻ると、遠慮がちに言った。

「伯爵、恐縮ですが、少しお時間をいただけないでしょうか？　お伝えしたいことがありまして……」

「申し訳ないのですが……今日は仕事から離れてクレアとの時間を優先したいのです。今から、帰るところでして」

ライルが丁重に断りの意思を示すと、ダーリング氏は慌てて頭を垂れた。

「ああ、いえいえ、これは大変失礼しました。おふたりの邪魔をするような野暮を働いてしまったようで」

「あの、ライル様……」

クレアがライルの袖を引いた。

「私のことはいいですから、お話をお聞きになってください」

「だけど……」

「お忙しいのに、また後日出向くとなると、大変でしょう？　ライル様が私を気遣ってくださっているのはわかっていますし、私も自分のせいでライル様をわずらわせたくないんです。私、待ってますから」

クレアの言葉に、ライルは少し考えていたようだったが、すぐにダーリング氏のほうを向いた。

「わかりました。お話を伺いましょう。少しこちらでお待ちいただけますか？」

ライルはそう言うと、クレアの手を取って出口とは逆の方向へと歩みだした。

「ライル様、どちらへ……？」

「叔父夫婦に君を預ける。ひとりにはできないからね。さっき、階段を下りる時、叔父たちがまだ残っているのが見えた。この先にいるはずだ」

ライルの言った通り、クレアの前方に、ほかの観客と談笑しているイーストン子爵夫妻が見えた。近づき、タイミングを見計らって声をかける。

「叔父上」

「ああ、ライルか」と、子爵がゆっくり振り返った。

「申し訳ありませんが、少しの間、クレアを預かっていただけませんか？」

軽く事情を説明する。

「ああ、もちろん、かまわないよ」

「まあ、クレア、また来てくれたのね。嬉しいわ」

快く引き受けてくれた子爵夫妻にライルは礼を言うと、「なるべく早く戻るから」と、クレアに伝えて、急いでダーリング氏のもとへと去っていった。

その後、ライルはダーリング氏と合流し、人混みの少ない一階通路の奥へと移動したが、ダーリング氏の言葉通り、話はすぐに終わった。

ダーリング氏も、三階の客席に家族を待たせているということで、ふたりはその場で別れた。

ライルは、これならば、クレアをわざわざ叔父夫婦に預けなくてもよかったかもな、と思いながらひとり通路を歩いていると――。

ドンッ。

突然、誰かがライルの背中にぶつかってきた。

それほどの衝撃ではなかったが、何事かと振り向く。

視界に入ったのは、まばゆい煌めきを放つ金色の巻き毛と、花柄模様のピンクのドレス。

「あ、ごめんなさい……」

青い瞳がライルを見上げる。

「あなたは、確か……」

ライルはハッとして、呟いた声に少し驚きの色を滲ませた。

「た、助けてください！」

その金髪の人物――ヴィヴィアンは焦ったように小さく叫ぶと、いきなりライルの腕に、ぎゅっとしがみついてきた。

「どうされたのですか？」

ライルは、肩を震わせているヴィヴィアンに尋ねた。

「知らない男の人に、しつこくあとをつけられてるんです！」

ヴィヴィアンが怯えたような声を出す。

ライルは、ヴィヴィアンがやってきた方向を見た。

通路に人の気配はなく、しんと静まり返っている。

「誰も来ていないようですね」

ライルは安心させるように言ったが、よほど怖かったのか、ヴィヴィアンはライルの腕を離そうとしない。

「もう大丈夫ですよ」

「あ……本当……」

ヴィヴィアンはようやく腕から手を離すと、伏し目がちになりながら、恥じらうように小さな声で言った。

「私ったら、つい……馴れ馴れしく触ってしまって、申し訳ありません」

「いいえ。……それより、なぜこんな所にひとりで？」

「はい、それが……待ち合わせの場所に友人がいなくて……。あ、もちろん、劇は一緒に観ましたわ。終わったあと、私は知人に挨拶するために、一度友人のもとを離れましたの。それで、待ち合わせの場所に向かったのですけど、いなくて……」

ヴィヴィアンは少し言葉を詰まらせたが、すぐに続けた。

「その時に、知らない男性に声をかけられて……困っている私に、最初はとても親切な方だと思っていたんですけど……なんだか怖くなって逃げ出した途端に……」

「あとをつけられていた、と？」

「はい……」

ヴィヴィアンは小さく頷く。

「それは、さぞ怖い思いをされたのですね。もう夜も更けてきましたから、ひとまず人のいる所に行きましょう」

ライルは出口に向かう方向へと、ヴィヴィアンを誘導しようとしたが、彼女は横へ首を振った。

「いいえ……もう友人が戻ってきているかもしれませんわ。私、行ってみます。ただ……」

ヴィヴィアンは再び震える身体を押さえるようにして、自身の腕を抱え込んだ。

「ひとりだと、またさっきと同じ目に遭ってしまうかもしれないと思うと、怖くて……。お願いです、一緒に来ていただけませんか？」

ヴィヴィアンが先ほどのクレアとの会話で、今日は友人と来ていると言っていたのを、ライルは思い出した。おそらく、友人と一緒の馬車に乗せてもらわなければ、彼女は家路につけないのだろう。

ライルとしては一刻も早くクレアのもとに戻りたかったが、相手は仮にもクレアの妹だ。ささやかな願いを無下に拒むわけにもいかないし、『取り残された』と後々騒がれても面倒だ。

「場所はどこです？」

そこまで送って用件が済むなら、と思い、ライルは尋ねた。

「C—五の部屋ですわ」

この劇場は、王都の中でも比較的建てられたのが新しく、一階に小さな個室がいくつか併設されている。遠方から来た客が休憩に使ったり、公演の前後に親しい者たちと話したりするためのもので、追加料金を払えば誰でも借りられる。

ヴィヴィアンの少しあとに、ライルも続いた。

今日は借りる人は少ないのか、通路では誰ともすれ違わない。

やがて、番号の表示された部屋の前に着いた。

ヴィヴィアンがドアをノックしたが、返事はない。試しにノブを回してみると、カチャリ、と音がして開いた。

やや小さめの部屋の中には明かりが灯り、さほど大きくはないが、高価そうなソファセットが置かれている。ライルは室内を歩いて確認したが、誰もおらず、人がいた気配もない。

「いませんね。少し待ちますか?」

「……ええ」

「では、私はこれで。安全のために内側から施錠しておいてください」

ライルがドアに向かおうとした時、ヴィヴィアンに素早く腕をつかまれた。

「まだ何か?」

「あ、あの……一緒に待っていただけませんか? ひとりだと怖いんです。図々しいお願いなのはわかっています……」

青い瞳が、すがるようにライルを見上げる。

「申し訳ありませんが、クレアが待っていますので」

「その姉のことで、伯爵のお耳に入れておきたいことがあるんです……！」

「クレアのことで？」

ライルが聞き返すと、ヴィヴィアンは、「あっ」と口元を押さえた。

「ご、ごめんなさい。つい余計なことを……。知らないほうが幸せなこともあるのに……」

チラチラとライルに視線を送りながら、ヴィヴィアンは呟く。

「それは、どういうことですか？」

「……なんでもありませんわ。……姉が過去の自分にきっぱり別れを告げて、伯爵だけを生涯愛する決意をしてくれたら、それでいいんです」

なんでもないと言いながら、ヴィヴィアンは意味ありげな言葉を続けた。

「……クレアが、過去に何をしたと言うのですか？」

「それは……言えませんわ。幸せを邪魔したくないですし、それに……私が余計なことを言ったとわかったら、怒られてしまいます。姉は、その……」

ヴィヴィアンの声が、徐々に小さくなる。

「こんなこと、本当は言いたくないのですけど……その……育ちのせいか、姉は怒ると手がつけられないほど、すごく怖くて……」

「怒る？　クレアとは二ヶ月間、ずっと一緒にいますが、私は彼女が怒ったところを見たことがありません」

この前、感情的になって泣いていたが、あれはライルが半ば強引にクレアの中から引き出した姿だ。怒るという類には含まれない。

「それは……姉がまだ本当の自分を隠しているからですわ。たった二ヶ月で、人の本性がおわかりになりまして？」

反論されたヴィヴィアンは、少しムキになって言った。

「私は伯爵を心配して、申し上げておりますのよ。実を言うと……姉は以前からいろんな男性のもとを渡り歩いているんです……。きっと、流れている血のせいですわ」

「流れている血？」

「ええ。伯爵もご存知でしょう？　昔、姉の母親は、私の父を誘惑したんです。父にはちゃんとした婚約者がいたのに。それが、私の母です……！」

興奮ぎみに肩を揺らすヴィヴィアンに対し、ライルは至って冷静だった。

「失礼ですが、自分に婚約者がいるということを、誰よりもおわかりになっていたのは、アディンセル伯爵のはずです。それなのに、なぜクレアの母ばかりが責められるのですか？」

「そ、それはっ！」

同意を得られず、ヴィヴィアンの声のトーンが一段と上がる。

「卑しい手段で、父に迫ったに違いありません！　父はそれに引っかかってしまっただけなんです。これは内密の話なんですけど……ある日、姉の恋人だと名乗る男性が、我が家を訪ねてきました。姉が貴族の娘になったことを知って、別れる代わりに金を渡せと言ってきたようなんです」

「……それは知りませんでした」

ライルは、長い指を額に当てた。

「クレアは私の伴侶になる女性です。私にはすべて知る権利がある。どうぞ、続けてください」

「ええ……！」

ライルが関心を示したと感じたヴィヴィアンは、わずかに口角を上げた。

「父は『迷惑な娘が出ていってくれて、せいせいしている』と母に漏らしたそうです。

でも私は、まだ姉が店を続けていることが、どうしても腑に落ちないんです。店に立ちながら、今でも男あさりをしているんじゃないかしら……？」

「私では物足りないと？」

「そうじゃありません！　伯爵のような素敵な方がそばにいたら、世の女性は皆、その虜ですもの！　ほかの男性に目移りするなんて、姉の悪い癖ですわ！」

ヴィヴィアンは胸の前で両手を組み合わせると、ライルとの距離を詰めて、寄り添うように佇んだ。

「ごめんなさい、つい大きな声を出してしまって……。それに、こんな聞きたくもない話をしてしまって。でも、家族しか知らないこともありますし、結婚してから姉の本性が表れて伯爵が傷つくと思うと、私、どうしていいかわからなくて……」

ヴィヴィアンは瞬きを繰り返しながら、切なげに眉根を寄せた。

「私のために、ずっと悩んでいたんですか？　なぜ？」

「……それは……」

ヴィヴィアンは白い手を伸ばすと、そっとライルの手に触れた。

「伯爵に……ライル様に、正しい選択をしていただきたいからですわ。ライル様ほどの聡明な方なら、この意味がおわかりでしょう？」

親しみを込めるように、ヴィヴィアンはライルを初めて名前で呼んだ。

「ライル様は今、違う土壌で育った花を珍しく感じているだけです。でも、いずれ飽きて後悔なさいますわ。それに、外に働きに出るなんて、貴族の妻になるという自覚がない証拠です。その店も、めちゃくちゃになってしまって……結局、ライル様に迷惑をかけて、本当に恥ずかしい人」

ヴィヴィアンは呆れたように、ため息をつく。

「きっと、姉と関係のあった男性からの嫌がらせですわ。今回は店だけだったからよかったものの、次は姉に……いずれ、ライル様にも危害が及ぶのではないかと思うと、私、怖いんですの……」

「その事件には、私も驚かされました」

ライルがようやく口を開いた。

ヴィヴィアンは、『お気持ちお察しします』というふうに、頷きながら微笑む。

「ですが、怪我人や死者が出たわけではなく、事態はすぐに収拾したので、新聞にも載っていませんでした。当然、世間的にも騒がれるような事件でもありません。それに、私と婚約して以降、クレアはアディンセル家の方々とは連絡を取っていない。それなのに――」

ライルの緑の瞳が、ヴィヴィアンをスッと見据えた。

「なぜ、あなたがその事件を知っているのです？」

「……そ、それは……」

ヴィヴィアンの表情が一瞬、強張る。

ライルは、それを見逃さなかった。

「クレアは今回のことも、当然そちらには知らせていませんよ」

それは本当のことだった。余計な心配をかけたくないという思いから、クレアがこの件に関しても実家とは連絡を取っていないことを、ライルは知っていた。

「……ええと、それは人から聞いて……」

先ほどまでの自信に溢れた態度から一変し、ヴィヴィアンの声が徐々に小さくなる。

「……ほ、ほら、新聞に載らなくても、人の噂には……なりますでしょう？」

「ああ、なるほど、そうですね。しかし、クレアの店は上流階級で噂になるほど有名ではないと思っていましたが、どうやら私の認識不足だったようです。私も婚約者として鼻が高い。クレアも喜びます。店を再開させたら、ますます仕事に励むでしょう」

「……あら、いい評判ばかりが有名な理由とは限りませんわ」

クレアが褒められることが気に食わなかったのか、ヴィヴィアンは負け惜しみのように言うと、少し顎を突き出してライルを見上げた。

「その通りですよ。ですが、もし悪評が絶えない店だったのなら、いくら庶民向けの店だとしても、とうの昔に潰れています。母親との思い出が残るあの店を続けていくことが、クレアの意志であり、生きがいなのです。私はそんな彼女を、これからも支えていきますよ」

「まあ、あんな騒ぎを起こした姉のそばに、い続けるとおっしゃるの⁉」

思いもよらないライルの発言に、ヴィヴィアンは癇癪を起こしたように声を荒らげた。

「騒ぎを起こしたのは、クレア自身ではありません」

「……でもっ、その原因を作り出したのは、姉の男関係で――」

「まだ続けますか？　あなたには少し飽きてきました」

ライルはうんざりしたように、ため息をついた。

（『私に飽きた』……ですって？）

一瞬、自分の聞き間違いかと思い、ヴィヴィアンは目を見開く。

「正確には、あなたの嘘の話に、です」

「……っ！」

ヴィヴィアンは声を失ってたじろいだ。

それを見たライルは、ヴィヴィアンに握られていた手をするりと抜く。

「クレアは、あなたが言うような女性ではありません。これでも、人を見る目には自信があります」

「そういう方に限って、悪い女に引っかかりやすいんですわ。だから、心配申し上げているんです」

「私のことより、ご自分の身を心配したほうがいいのではありませんか？」

「……え？」

ヴィヴィアンはハッとしたように、ライルを見上げる。

「まだ公表はしていませんが、先日、警察から内密に連絡がありました。ある男が今回の襲撃の犯人として、身柄を拘束されたそうです。警察も意外と仕事が速くて、驚きました。身寄りもなく、職にも就かず、昼夜フラフラしているような男なのですが」

「……そんな話に興味はありませんわ」

ヴィヴィアンはそう呟くと、ライルから視線を逸らした。

「調べた結果、どうやらある人物の依頼を受けていたらしいのです。……それが、マリウス・ウォルターという男です。名前を聞いたことはありませんか？」

その名を耳にした瞬間、ヴィヴィアンの顔が青ざめた。だが、努めて冷静な声で答える。

「……知りません」

「そうですか……。マリウスは、最近社交界に出入りするようになった資産家の子息でしてね。親の事業を手伝うべく、熱心に勉強中の好青年だと聞きました。……ですが、その裏でよくない連中とも付き合いがあるようです」

「……興味がありません、と申し上げましたわ」

ヴィヴィアンは平静を装って言ったが、語尾がわずかに震えていた。

ライルはそんな彼女を、無視するように続ける。

「下町の外れにあるバーに、彼はよく顔を出していたそうです。そして、拘束された男もそこに出入りしていました。ふたりは顔見知りでした」

「……そんな下層階級の話、聞きたくありません」

ヴィヴィアンは顔をしかめた。そうすることで表情を隠そうとしているかのようだった。

「おや、退屈でしたか？　あなたの嘘の話よりは、よほど現実味があって面白いと思うのですが。では、私の独り言だと思ってもらって結構ですよ」

ライルがにっこりと微笑む。だが、そこには温かさのひとかけらも感じられない。

「その男の話によると、マリウスには最近熱を上げている令嬢がいたそうです。マリウスはなんらかの理由で、その令嬢から今回の襲撃話を持ちかけられたようでした。ですが、自分の手を汚したくない彼は、自分の代わりに遂行してくれる人物を探した。それが、身寄りのないその男でした。多額の報酬と引き換えに、男は依頼を受けた」

「……まるで、その令嬢が私だとでもおっしゃるかのような口振りですわね。まさか、こんな侮辱を受けるとは思いませんでしたわ」

顔を背けたまま、ヴィヴィアンは突っぱねるように言った。

「私は忠告しているのです」

「え……?」

ヴィヴィアンが、ビクリと肩を揺らす。

「今頃、マリウスにも捜査の手が伸びてきていることでしょう。実行犯とおぼしき男の話だと、最初、店ではなく、そこの女店主の命を狙えとマリウスに言われたそうです。その令嬢から、そう言われているから、と……。『成功すれば、自分は彼女と結婚できる。そうなれば、お前にも一生金に困らない生活を約束してやる』と」

「な……っ」

慌てたのか口を大きく開けたまま、ヴィヴィアンはライルを見上げた。

「マリウスは、警察にすべてを話すかもしれませんね。人は窮地に立たされると、途端に自分の身が可愛くなるものですから」

「う、嘘よ！」

ライルの話がついに我慢の域を越えたのか、ヴィヴィアンは急に声をあげた。

「あの女を殺してほしいなんて、私はひと言も言ってないわ！　ちょっと脅かしてやるつもりだったのよ！　それに、誰があの男と結婚の約束なんてするもんですか！　なんて図々しいの、吐き気がするわ、とんだ嘘つき男ね！」

ヴィヴィアンはマリウスへの怒りと、自分も捕まるのではないかという恐怖心から、我を失って目尻を吊り上げ、マリウスを罵倒した。そこに、先ほどまでのしおらしい姿は微塵も残っていなかった。

だが、すぐに自分の失言に気づき、ハッとして口元を押さえる。

しかし、時すでに遅かった。

「やはり、あなたの仕業なのですね」

ライルが氷のような冷たい表情で、静かに言った。

「……っ」

ヴィヴィアンは言葉を失い、宙に視線を泳がせたが、やがて、悔しそうに眉を寄せて、無言で目を伏せた。もはや反論の余地はない、と悟ったのだろう。

静まり返った室内で、ライルの深いため息が、やけに大きく聞こえた。

「腹違いとはいえ、クレアはあなたの姉です。そんなに彼女のことが、気に入らなかったのですか?」

「……ええ、そうよ!」

感情を抑えられずに、ヴィヴィアンの手が小刻みに震える。

「そもそも……姉だなんて思ってませんわ。それなのに体面上、そう呼ばなければならないなんて……私がどれほど我慢していたか、あなたはおわかりにならないでしょうけど」

(生まれは身分が低いくせに……私を差し置いて、ブラッドフォード伯爵の婚約者の座に納まるなんて!)

ヴィヴィアンは、ギリッと唇を噛んだ。

＊　＊　＊

約二ヶ月前――愛人の娘であるあの女が、どこかの貴族に見初められたとかで、突然自分たちの屋敷から出ていった。

愛人の娘とひとつ屋根の下での生活など耐えられなかったし、これで母親の機嫌も悪くならずに済む。晴れ晴れとした心持ちのヴィヴィアンだったが、クレアの行き先を聞いて、耳を疑った。

(……そんな……あの、ライル・ブラッドフォード伯爵ですって!?)

ヴィヴィアンには、あまりにも衝撃的な事実だった。

まだ社交界にデビューしたての頃、ある貴族の館で開かれた舞踏会で、初めてライルを見た。遠くから見ていただけだったが、ライルの持つ気品、優雅な所作、そして時折見せる優美な笑顔に、目が離せなくなった。ヴィヴィアンは、一瞬でライルの虜になった。

いつか、ライルの目にとまってみせる。

歳は七つも離れていたが、ヴィヴィアンにとって、それは大して問題ではなかった。彼女は同世代の令嬢の中でも、自分が誰よりも美しいことを知っていた。それを最大限に活かし、あとは中身が子供だと呆れられないよう、大人の教養と淑女の気品を身につけていこう。

そう意気込んでいたし、母親もそんな自慢の娘に大きく期待していた。

だが、ライルが選んだのは、よりにもよって、庶民上がりで令嬢とは名ばかりの、なんの取り柄もない女——あのクレアだった。

ヴィヴィアンには、耐えがたい屈辱だった。


婚約の噂が流れてから、ライルは全く社交界に出てこなくなり、ヴィヴィアンはすっかり落ち込んだ。

そんな時、あるパーティーで出会ったのが、資産家の息子のマリウス・ウォルターだった。マリウスはヴィヴィアンに夢中になったが、彼女は相手にしなかった。いくら金持ちでも、爵位のない男は自分の相手にはふさわしくなかった。

いつまでも手応えの感じられないヴィヴィアンに、ある日、マリウスはこう言った。

「君はいつも俺に素っ気ないね。まあ、そんなところも魅力的なんだけど。どうしたら、君を笑顔にできる？　俺なら、君の願いをなんでも叶えてあげられるのに」

「……なんでも？　そんなの、無理に決まってるわ」

「無理じゃないよ。君のためなら、死ぬ以外ならなんでもできるよ」

その時、ヴィヴィアンの心に、黒い感情が小さな染みを作った。それは、じわじわと大きく広がっていく。

(そうだ、このままでは腹の虫が治まらない。せめて、クレアを困らせることができたなら、少しは気分が晴れるかもしれない)

ヴィヴィアンはマリウスに、クレアの店のことを話した。そして、クレアとの関係は明かさず、友人がそこの店主に侮辱された、と適当な理由をつけて、その店主を困らせてやることができればいいのに、とぼやいた。

ほんの軽い気持ちだった。まさか、マリウスが本気で行動に移すとは思っていなかったのだ。


犯行のあった日の午後、ヴィヴィアンは母親とともに知り合いのお茶会に出席した。そこに、偶然マリウスも呼ばれていて、ヴィヴィアンとふたりきりになった途端、彼は得意げに話し始めた。

「君の気に入らない店を、めちゃくちゃにしてやったよ。ほら、なんでもできる、って言っただろう?」

「……まさか、本当にやったの?」

ヴィヴィアンは驚愕のあまり青ざめて、マリウスを見る。

「君の頼みだったからね」

「た、頼んでない。冗談じゃないわっ」

ヴィヴィアンは走って彼のもとから離れた。自分とは無関係だと思い込もうとした。

でも……もしかしたら今頃、クレアは泣き崩れているかもしれない。当然、ライルにも迷惑をかけているだろう。

『こんな厄介事を招く女を妻に迎えることは到底できない』と、ライルはクレアに愛想を尽かし、婚約を考え直すかもしれない。

その光景を想像すると、急に気分がよくなった。

(びっくりしたけど、私がやったんじゃないし……。いい気味だわ)

ヴィヴィアンは意地悪く、こっそりほくそ笑んだ。


そして今日。

友人に観劇に行こうと誘われ、ヴィヴィアンは気晴らしに王立劇場へと足を運んだのだった。

開演前までの間、席に着かず、ホールで友人やその家族との会話を楽しんでいると、入口付近から小さなざわめきが聞こえてきた。

「あ、ブラッドフォード伯爵よ……！」

同い年の友人が声をあげ、その方向を見ると、黒のタキシードを着たライルがホールに姿を見せていた。

（……偶然にも、こんな所でお目にかかれるなんて。今日、来てよかったわ！）

ヴィヴィアンは胸が高鳴るのを感じた――のも束の間、その横にいる美しい女性に、すぐに視線を奪われた。

華奢な腕に細い腰、丸みを帯びた胸元。金色がかった桃色のドレスが、白い肌とセピア色の髪によく似合っている。

ヴィヴィアンは、最初、誰だかわからなかった。

「まあ、とても美しいお嬢さんだこと。どなたかしら」

「きっと、最近婚約なさったというご令嬢ですわ」

近くの女性客の会話が耳に入り、ヴィヴィアンは驚いて、その青い瞳を思い切り大きく見開いた。

（婚約者って、まさか……あれが、〝あの〟クレアだというの⁉）

信じられず、凝視する。

確かにあの顔立ちはクレアだ。だが、ヴィヴィアンの知っているクレアは、髪をいつも左右三つ編みにしていて、肌も生白くて痩せており、身につけている物も質素で地味な女だった。

　しかし、今、視線の先にあるのは想像すらしていなかった、華麗な変身を遂げたクレアの姿だった。

　ライルは時々、気遣うような眼差しで優しくクレアを見つめ、クレアも恥じらうように微笑みを返す。

「とてもお似合いなおふたりだこと」

「仲睦まじくて羨ましくなりますわ」

　ヴィヴィアンも、周りの客たちと同じことを感じた。だが、一瞬でもそう感じてしまった自分を、ひどく情けなく思った。

　これまでヴィヴィアンにとって、クレアは蔑みの対象でしかなく、決して羨望に値するような存在ではなかったからだ。

(何よ、どういうこと……？　全然落ち込んでないじゃない！)

　激しい嫉妬が胸の内から燃え上がり、ヴィヴィアンは強く拳を握りしめた。今にして思えば、そこでふたりとの接触はやめておいたほうがよかったのだが、その時のヴィヴィアンは冷静さを失い、判断力を欠いていた。

（そうよ、私の姿を見せれば……クレアと並んで立てば、伯爵だって絶対私を……）

自信満々にふたりに近づき、「お姉様」と声をかけた。

クレアは、ギクリとした様子で振り返った。

（……そんな顔やめて。私だって、呼びたくて呼んでるんじゃないわよ）

心の中でフンと鼻を鳴らすと、ヴィヴィアンは気を取り直して、ライルに自己紹介をした。そして、個人的に話をする機会を作ろうとしたのだが……。

「今日はクレアとふたりでの時間を楽しみたいと思っていますので」

ライルはそう言って、ヴィヴィアンの誘いを断った。

彼女はショックで呆然とした。それは明らかな拒絶で、もちろんそんな扱いを受けたのも生まれて初めてのことだった。

今まで、ヴィヴィアンが微笑みをわずかにこぼしただけで、どんな異性も落ち着きがなくなり、照れたように微笑みを返してくれていたのに。

（な、何よ……私より、こんなクレアのほうがいいって言うわけ⁉）

自分が選ばれなかった事実を受け入れられないヴィヴィアンは、その屈辱的な立場を挽回（ばんかい）しようと、行動に出た。

開演前に少しの間、席を立ち、内緒でこっそりと個室を借りに行った。

実はここは、友人との待ち合わせのためではなく、ヴィヴィアンがライルとふたりきりになるために用意した部屋だった。

劇が終わると、「知人に挨拶をしてくる」と友人に告げてその場を離れ、ライルを見つけてそっとそのあとをつけた。そして、運が見方したのか、ライルとふたりきりになる機会を得たのだった。

あとは簡単だとヴィヴィアンは思った。ライルに、クレアへの疑念を植えつけることで想いを断ち切らせ、自分の存在をさりげなく主張する。ライルがクレアの黒い話題に興味を示してきたので、チャンスだと思った。

だが、気分が高揚したヴィヴィアンは――つい口を滑らせてしまった。

それからは、形勢逆転だった。ライルの話す内容に徐々に怯えて、さらにはイラ立ち、とうとう癇癪を起こして、犯行の発端が自分であることを白状してしまったのだ。

＊＊＊

ヴィヴィアンはしばらく黙っていたが、やがて観念したように肩を落とした。

「マリウスは、私のことを警察に話すでしょうね。だって私、いつも彼に冷たくしていたもの」

こんな自分を庇ってくれるはずもないことぐらい、わかっている。ヴィヴィアンは、自嘲ぎみに口角を上げた。

「……ホントに、ツイてないわね」

「ですが、こんなに潔く認めてくれるとは、正直思っていませんでしたよ。その代わりといってはなんですが、いいことを教えてあげましょう」

ライルは穏やかな笑みを、ヴィヴィアンに向けた。

「今さら、なんなの？」

ヴィヴィアンは、力なく軽く首を振る。

「警察は動きません」

「……は？　でも、さっき……」

意味がわからないという風に、ヴィヴィアンは眉を寄せる。

「警察は残念ながら、この事件に本腰を入れていない。近年、王都の人口は増え続けていますからね。深窓の令嬢たるあなたはご存知ないでしょうが、その分、犯罪は多くなっていますからね。無数の小さな事件を追う余裕はないのでしょう」

「……じゃ、じゃあ、もしかして……さっきの話は……」

ヴィヴィアンの唇が、わなわなと震える。

「はい。誰も逮捕されていません」

「そんなっ……嘘だったのね！　信じられない！」

キッと睨みつけてくるヴィヴィアンを、ライルは静かに見返した。

「あなたも私に、クレアのことで嘘をついた。お互い様です。それに、あなたはクレアを〝無類の男好きだ〟と言った。クレアに対する侮辱は、私に向けられているのと同じことだ」

「……っ！」

ライルの視線は静かな怒気を含んでいるようで、ヴィヴィアンは息を詰まらせた。

「それと、全部が嘘とは言っていません。半分は本当です」

「え……？」

「私が自分の身分と、被害者との関係を証明して、捜査の内容を尋ねると、警察はある情報を教えてくれました。店の辺りは夜中になると人通りが減りますが、目撃情報がないわけではないのです。店の周りを不審な男がうろついていたのを近隣の人が見ていました。ただ、それだけで犯人を特定するのは無理です」

「……そうでしょうとも。ただの通りすがりだった可能性もあるわ」

ヴィヴィアンは負け惜しみのように口を挟んできたが、ライルは気にせず続けた。

「ええ。そこで手がかりは止まってしまいました。だから、残りは私が人を雇って調べさせたのですよ。素行調査が主な仕事の人間です。探偵、と言えばわかりやすいですが」

ヴィヴィアンの形のいい眉が、ピクリと動く。

「探偵ですって……？　それでも、たった数日でなんて無理があるわ」

「彼らの情報網を侮ってはいけません。四日前の夜、ある男が酒場で酔ってほかの客を殴り、警察に突き出されましてね。その男が目撃された不審者に、よく似ていたそうです。男は犯行を否定し、証拠もないので警察も拘束することができず、殴られた客も被害届けを出さなかったので、そのまま釈放されました。しかし、その殴られた客というのが……」

ヴィヴィアンが声を震わせた。

「……まさか、マリウス？」

「はい。おまけにわずかな金額ですが、保釈金を払ったのもマリウスでした。まるで、その男を警察から守るような行動です」

「マリウスはなぜ殴られたの……？」

「その夜、酒場でふたりが言い争うのを、周りの客が見ています。少なすぎるだの、何やら金額のことで揉めているようでした。一体なんの金についてなのか……そこから調べを進めて、それぞれふたりに探偵が接触して、話を聞き出しました。あとは、私が話した内容の通りです」

すると、ヴィヴィアンはキッと鋭い視線を放った。

「た、探偵の言うことなんて信じられるものですか！　人のあら探しが仕事なんて、ろくでもない人間よ！　作り話の可能性もあるわ！　マリウスに罪をなすりつけようとしてるのよ！」

正規の職業でない人間が調べたことなど、誰が信じるものか。少しだけ光を見出だしたヴィヴィアンは、勝ち誇ったように叫んだ。

だが、その希望も、ライルの次の言葉で打ち砕かれることになった。

「勘違いしないでください。警察は人手は足りませんが、捜査能力に欠けているわけではありません。この情報を警察に伝えれば、彼らは直ちにその男とマリウスを拘束し、尋問するでしょう。あなたの名前が出るのも、時間の問題だ。そうなったら、しらは切れませんよ。あなたは私の前で白状しましたから。私が証人です」

「……っ」

焦って言葉をなくしているヴィヴィアンに、ライルはさらに言葉を投げかける。

「マリウスが夢中になっている令嬢が、あなただということは調べがついていましたが、本当にあなたが彼に指示したのか、あなたを問いつめるわけにもいきません。一歩間違えれば、失礼を働いたとしてこちらが訴えられかねない。ならば、直接語ってもらおうと思いましてね」

「……まさか、最初からそれが目的で、私の話に乗るフリを……？」

「ええ。あなたが思いの外、素直な方でよかった。ああ、それと、マリウスがあなたと結婚の約束をしていたと話していたことも、クレアを殺せと命じられたと言っていたことも、嘘です。あなたのようなプライドの高い方は、自分に関わることが不本意であればあるほど、熱くなって訂正しながら、つい本当のことを口走ってしまうと思いましたから」

ヴィヴィアンは口を大きく開けたが、言葉が出てこなかった。本当にライルの言う通りになってしまったからだ。脱力したヴィヴィアンは、近くのソファによろよろと座り込む。

「……警察に言うの？」

「それを決めるのは、私ではなくクレアです」

「そう……だったら、もう決まりだわ。あの女が、私を許すはずがないもの」

肩を落として意気消沈するヴィヴィアンを、ライルは一瞥した。

クレアの店が襲われたと聞いて、ライルは初めに、クレアに並々ならぬ嫌悪感を抱くアディンセル伯爵夫人の関与を疑った。

だが、彼女とは『クレアと店には手出しをしない』という約束を取りつけているし、何よりライルから受け取った生活援助金のほうが大事なはずだ。恩人を敵に回してまで、こんな大胆な行動に出るとは考えにくかった。

では誰か。もしかしたら、ずっとクレアを蔑んでいた異母妹かもしれない。そう予感していたとはいえ、こんな少女が本当に事の発端であるとは、やはり少し驚いた。

「もし、クレアが警察に言わないと決めたなら、私もあなたの将来を考えて、ご両親には言わないでおきましょう」

「あら……意外と慈悲深くていらっしゃるのね。『ありがとう』とお礼を言っておくべきかしら？」

ぶっきらぼうな口調で、ヴィヴィアンは少し顎を突き出す。

「あなたのためでもあるが、何よりもクレアのためです。このことが世間に出回れば、由緒ある伯爵家のご令嬢が真犯人、と三流ゴシップ誌は面白おかしく書いて騒ぎ立てるでしょう。そうなれば、クレアも街で店を続けるのが困難になる。貴族の不祥事は、庶民にとって最高の娯楽ですから」

ライルは穏やかな表情で、壁のほうへ視線を向けた。

ライルの言葉にはクレアへの愛情が満ちていて、到底敵わないことをヴィヴィアンは悟った。これまで生きてきて、初めての敗北だった。

「金輪際、クレアに対してこんなことをしないと約束してほしいのです。ブラッドフォード家を敵に回す覚悟があるのなら別ですが。どうか、そっとしておいてやってくれませんか」

ライルの口調は穏やかで、頼んでいるように聞こえるが、実際は命令以外の何物でもなかった。

それがわからないほど、ヴィヴィアンも鈍くはない。

「わかってますわ……。最後にひとつ聞いてもよろしいかしら。……クレアの何があなたをそんなに突き動かすの？」

「あなたの言葉を使うならば、違う土壌で育った花は今、美しく咲いていますよ。クレアはどの花よりも純真で、気高い。私はそんな彼女を守りたい。そのためなら、なんでもしますよ」

ライルはそう言うと、笑みを浮かべた。

その微笑はとても優美で、ヴィヴィアンの胸を一瞬ときめかせた。

しかし、緑の瞳に宿る冷たい光を感じ取った瞬間——ヴィヴィアンの背筋は凍った。

「では、そろそろクレアの所に戻ります。あなたも、来るはずもない友人をここで待っていても仕方がないでしょう。それに、こんな所にひとりでいては、次こそ本当に、誰かに狙われてしまいますよ」

この男にはすべてを見透かされている。『うっ』と呻きそうになったヴィヴィアンは声を押し殺すと、いたたまれなくなってソファから立ち上がり、素早く部屋を出た。

ライルは、エントランスホールへ向かう通路を進んだ。時々、振り返りながら、ヴィヴィアンが後方に続いていることを確認する。ヤケを起こして途中でどこかに失踪されるような面倒事には、極力巻き込まれたくない。

その時、前からひとりのドレス姿の少女が走ってくるのが見えた。ライルに気づき、横を通り過ぎる際に軽く会釈すると、その少女はヴィヴィアンのもとに駆けつけた。

「もう、ヴィヴィアン、どこに行ってたの？　『入口近くで待ってて』って言ったのに、ちっとも来ないから、家族も心配してたのよ」

「……ご、ごめんなさい、ちょっと迷ってて……」

ライルに聞こえているかもしれないと思ったのか、バツが悪そうにヴィヴィアンは小声で答えた。

『やはりな』とライルは思った。だが、振り返ってヴィヴィアンを咎めたりはしなかった。ライルにはもはや、どうでもいいことだった。


ホールに戻ると、観客は先ほどより、やや少なくなっているように思えた。急いで、クレアを探して回る。

イーストン子爵夫妻と話し込んでいたクレアは、ライルの姿を視界に捕らえると、にっこり微笑んだ。

少しの間、離れていただけなのに、身体の内側から込み上げるこの愛しさはなんだろう。ライルは人目も気にせずクレアを抱きしめたい衝動を抑え、駆け寄った。

「ごめん、クレア。遅くなった」

「いいえ。ご夫妻とお話させていただいて、とても楽しかったですから」

「そうか。それならよかった」

「あら、ライル、意外と早かったのね」

少し不満そうな子爵夫人が、口を尖らせた。

ライルが迎えに来たので、クレアとの楽しいおしゃべりが終わってしまう。

「叔父上、叔母上、ありがとうございました」

ライルが頭を下げると、子爵は頷いた。

「ああ。ふたりとも、今度ゆっくり家に遊びに来なさい」

「ええ、ぜひそうしてちょうだい。美味しい物を、たくさんごちそうするわね」

夫人がクレアの手を取って微笑んでくれたので、クレアは急に名残惜しくなった。

「はい、ありがとうございます」

ライルは「では」と言ってクレアの腰に手を回し、ふたりは出口へと歩きだした。


石畳の路上を走る車輪の音と振動が、馬車内部に静かに響く。

クレアは、ライルの様子がいつもと違っていることに気づいていた。

ふたり並んで座席に腰掛けた状態で、ライルはクレアの手をぎゅっと握ったまま、黙り込んでいる。

時々、クレアはライルのほうに視線を向けたが、その端正な横顔は、何か考え事でもしているような雰囲気に包まれている。

「あの……ライル様」

クレアは思い切って、声をかけてみた。

「どうかなさったのですか……?」

「……ああ……今度、君と何を観ようか考えていたんだ。演劇もいいけど、歌劇とかもあるよ」

「そんなに……それは楽しそうですね」

ライルは前方を向いたまま、静かに答えた。

そう言ってみたものの、なんだか会話がしっくりこない。再び、馬車内に沈黙が流れる。

やがて、馬車はトレーゼ河にかかる大橋へと進み、ライルはようやく口を開いた。

「クレア、ごめん」

「え、な、何がですか?」

静寂を破って突然謝ってきたライルに驚いて、クレアは何度も瞬きを繰り返す。

「あ、ライル様がお仕事のお話をしに行かれたことですか? それなら、お気になさらないでください。ライル様はお忙しいので、少しでも用件が済んだのでしたら、私はそのほうが嬉しいです。それにその間、叔父様ご夫妻にも、とてもよくしていただきましたし」

安心させるように明るく語るクレアを見て、ライルは優しく微笑んだ。だが、すぐに真顔に戻る。

「違うんだ。……店の事件のことを、俺は君の断りもなしに勝手に調べた」

「え……」

クレアの表情が一瞬、固まった。

「このまま犯人を野放しにすると、君の不安はいつまでも消えない。俺も君に、二度とこんな思いをさせたくない。でも、警察の動きを待っていることもできなくて、この手で犯人を割り出した」

「見つかった……のですか……？」

クレアの声が微かに震えている。

ライルは頷くと、事件の全容とヴィヴィアンと対峙したことを静かに語った。

クレアはひと言も発することなく、黙って耳を傾けていた。

ライルが話し終えると、クレアは何かに耐えるように、スカート部分の布を強く握りしめた。

義母には、無理やり粗野な成金男に嫁がされそうになり、まるで身売りのような扱いを受けた。それだけでもつらいのに、今度は異母妹に、何よりも大切な物を壊されたのだ。

「通報するかしないかは、君の判断次第だ」

「……はい……」

「君にこの話をしようかどうか、正直迷ったんだ。真実を知らなければ、君は悲しい思いをせずに済むし、俺も君の悲しむ顔を見ずに済む。でも、君はあの店を営む立派な主人で、すべてを知る権利がある。俺の独りよがりのために、事件の真相を隠し通す権限は俺にはない」

ライルは真剣な表情で、クレアの瞳をまっすぐ見つめた。

クレアがコクンと頷く。

「とはいえ、今一番苦しい思いをしているのは君だ。包み隠さず、全部を話した俺を恨んでもいい」

「そんな、恨んでなどいません。……むしろ感謝しています。私のために動いてくださって、ありがとうございます」

クレアは、力なく微笑んだ。それは儚げで、すぐに消えてしまいそうな笑みだった。

「警察には言わないつもりです。そんなことをしても、父がつらい思いをするだけですから。私って、本当に……父以外の人たちにとっては、厄介者だったんですね……」

最初から家族らしいことは期待していなかったし、家族だと認識したこともない。だが、彼らから排除されかけたり、このように恨みの刃を向けられたことは紛れもない事実で、クレアの心は痛みに震えた。

「……父が私を引き取りたいと言ってくれた時、そこで断るべきでした。私がいなければ、義母も妹も穏やかな生活を送れたでしょう。父のためと言いながら、本当は私自身、父親ができるのが嬉しかったんです。でも……それは望んではいけないことだったんだわ。欲を出さずに、たとえ独りになっても……これまで通りただの庶民の娘でいれば……よかっ……た……っ」

涙腺が緩むのを必死でこらえる。泣いてはいけない。涙を見せれば、『やはりこんな話をすべきではなかった』とライルに後悔させてしまう。

「クレア……」

ライルが、クレアの肩を力強く抱き寄せた。

その反動で、頭がライルの肩に、こてんと寄りかかる。

「俺は君がアディンセル伯爵家に引き取られて、よかったと思うよ」

「なぜ……ですか……?」

「だって、そうでなければ、君はコールドウィン侯爵家の舞踏会に招待されていないよ。俺は君と出会うこともできなかった」

「……あ……」

クレアは思い出したように、丸い目をさらに大きくした。

「今は悲しくてつらいと思う。無理に立ち上がれとは言わないよ。涙が枯れるまで泣いてもいい。どんな君でも、俺がそばで支えるから」

その頼もしい言葉に、クレアの心は大きく揺れる。

「そしていつか、君が悲しい気持ちを思い出せなくなるくらい、俺は君の心を幸せで満たしたいと思ってるよ」

ライルはクレアの顔を覗き込むようにして、優しく微笑んだ。

肩に触れる手から、ぴったりと寄り添う身体から、ライルの温もりが伝わってくる。

ずっと我慢していた透明な雫が、堰を切ったようにクレアの瞳からとめどなく溢れ、静かに頬を伝い落ちる。

だが、それは悲しい涙ではなかった。

思わぬ知らせ

「ありがとうございました」

軽やかにドアベルが鳴り、髪を三つ編みにしたクレアが扉から出ていく客に向けて、元気よく声をかけた。

事件から三週間。

無事に修復が終わり、クレアが店を再開させてから十日ほどが経過した。

商品を置いていた棚やカウンターなどは、前とほぼ同じかたちでもとの位置に据えつけられている。窓ガラスや出入口の扉はライルの発注通り、以前よりも強度を増した物に取り替えられた。

「店がまえも客足も、すっかりもと通りになってよかったね、クレア」

そう声をかけてきたのは、パン屋のおかみのハンナだ。

「ええ。ご心配をおかけして、すみませんでした」

店を閉めている間、ある程度の客離れは予想していたし、覚悟もしていた。

だが、ほとんどの馴染み客が、以前と同じようにクレアの店に戻ってきてくれた。

もちろん、レディ・シルビアも。

（シルビア様に、また会いたいな……）

いつも買い付けにくるのは、本人でなく使用人なので、ずっと顔を見ていない。

『お元気だといいんだけど』と、クレアはいつか会えることを願っている。

「それにしても、こんなに早く修理が終わるなんて驚きだよ。それに、クレアが思ったよりすごく元気だからさ、皆、びっくりしたっていうか、喜んでたよ」

ハンナは笑いながら両手を上下させ、その時の皆の喜びようを表現する。皆というのは、近所の商店の人々のことだ。

「はい、だって、落ち込んでなんていられないですから。今まで以上に頑張らないと。いつも支えてくれる大切な人のためにも」

「え？　大切な人？　それって、恋人かい？」

ハンナがわかりやすく、ニヤリと口角を上げた。

クレアは慌てて首を横に振る。

「そんな、違いますっ……この近所の皆さんのことですよ」

「どうだかねぇ」と、ハンナが意味ありげに腕組みをしてクレアを見つめてきたので、クレアはごまかすように、仕入れ表に目を通し始めた。

大切な人とは、もちろんライルのことだ。

いつも優しく手を差し伸べてくれる彼のためにも、店を続けていきたい。

それに、クレアにはそうしなければいけない理由がほかにもあった。借金だ。

店の損害額と修理代はクレアの予想範囲内だったが、彼女にとっては高額であることに違いなかった。それらをすべて、今はライルが立て替えてくれている。

だからといって、甘えてはいけない。いつか必ず返済することを目標に、今日もクレアは店で、仕事に勤しむのだった。

そして、大事なことを忘れていた。


（私、ライル様に、まだお返事してないんだったわ……！）

クレアがそのことに気がついたのは、帰りの馬車の中だった。

ライルからの告白を受けて、かなり日が経過している。

事件があったり、開店の準備に追われたりで、ライルには申し訳ないが、しばらくの間、そのことに意識が向いていなかった。

ライルは何も聞いてこないし、これまで通り、クレアに優しく接してくれている。

だが、そろそろ返事をしなければ、温厚な彼でも、そろそろしびれを切らす頃なのではないか。

気持ちの答えは出ている。ただ、今のままの自分ではライルにふさわしい存在でないことが、とても歯がゆくてもどかしい。

（私、まだまだ努力が必要だわ。でも、気ばっかり焦って何をしたらいいか、わからない……。これからのことも含めて、ライル様に話してみよう）

屋敷に戻ると、ライルはまだ帰っていなかった。

ライルは帰りが遅くなるらしく、夕食はひとりで済ませた。

その後、クレアは自室に戻り、ジュディが淹れてくれたハーブティーのカップに口をつけていると、別のメイドが部屋のドアをノックした。

「クレア様、旦那様がお戻りでございます。お出迎えなさいますか?」

「ええ、もちろん」

クレアが急いで階段を駆け下りると、玄関ホールに入ってきたばかりのライルの姿があった。

「ライル様、お帰りなさいませ」

「ただいま」

ライルはいつも通りに、クレアの頬にキスを落とす。

このドキドキと胸が高鳴る感覚が、いつの間にか心地良くなっている。

顔を上げると、ライルの優しい顔があった。

だが、その表情には少し疲れが交ざっているような気がする。

（今日はすごくお疲れみたい……。話はまた今度のほうがいいかしら……）

クレアが躊躇していると、ライルのほうから声がかかった。

「クレア、話があるんだ。あとで書斎に来てくれるかな？」

そう尋ねたまま、ライルはクレアの返事を待たずにそのまま階段を上がっていった。


しばらくして、クレアは言われた通り、ライルの書斎の扉をノックした。

（プロポーズの返事を聞かせてくれ、って言われるかもしれないわ。お返事というか、まずはちゃんと自分の気持ちを伝えよう……でも、でも、すっごく恥ずかしい！）

ひとり葛藤（かっとう）していると、ライルの返事が聞こえてきたので、緊張しながら中に入る。

「遅い時間にすまなかったね」

ライルはクレアを迎えると、執務机の前にあるソファにクレアを座らせた。そして、自分もその横に腰をかける。

「そ、それで、ライル様、お話とは……？」

変な緊張で、うまく舌が回らない。

「ああ……」

だが、ライルの声がいつもより低くなったのをクレアは感じた。その少し重々しい雰囲気に、クレアは不安を覚えた。

「鉄道事業で、現地に視察に行くことになったんだ。……しばらく、この家を留守にすることになる」

「……え？」

ライルは寂しそうに、声のトーンを落とした。

「少なくとも、二ヶ月はかかるだろう」

（二ヶ月？　それまで、ライル様とは離れてしまうということ……？）

突然の内容と、その長い期間に、クレアはただ呆然として、自分が何を話しに来たのか、一瞬で忘れてしまった。

「……どちらまで……行かれるのですか？」

「エルテカーシュだよ」

エルテカーシュとは、このブレリエント王国より、南の大陸にある国家だ。ブレリエントの最南端まで汽車で行き、さらに海を越えなければ辿り着けない。当然、そこからは船に乗ることになる。

クレアは世界地図に詳しくなかったので、正確な位置までは把握し切れていなかったが、彼女にとって異国はすべて遠い世界だった。そんな遠くに行ってしまうなんて、クレアの心に不安や寂しさが込み上げてきた。

「本来は俺ではなくて、別の人が行く予定だったんだ。でも、どうしても都合が悪くなってしまってね」

ライルが申し訳なさそうに、一瞬、目を伏せた。

「そう……ですか」

「俺のいない間、君は遠慮なく、いつも通りにここで過ごしてくれていいよ。困ったことがあったら、アンドリューや叔父夫婦に相談に乗ってもらうといい。俺から話しておくよ」

「……はい」

クレアも床に視線を落としたが、突然の話に動揺してしまい、目の焦点が合わない。

「いつ、出発なのですか……？」

「それが、かなり急なんだ。六日後だよ」

ライルは眉根を寄せる。

「えっ……」

クレアは絶句した。まさか、そんなに早く発ってしまうとは……目の前が真っ暗になる。

「すぐ……なんですね……」

クレアは虚ろな様子で、力なく答える。

「うん」

ライルはクレアの頭をかき抱くように、自分の肩に寄りかからせた。

「寂しくなるけど、君が待っていてくれるなら、頑張れるよ」

急な話に、クレアの思考は完全に止まってしまった。この優しい手が自分に触れなくなる日がもうすぐやってこようなど、考えたくもなかった。


　それからライルが旅立つまでの間、クレアは寂しさを隠すように、常に笑顔でいることを心がけた。ライルに余計な心配をかけないためでもあるが、そうすることで、すぐにでも崩れてしまいそうな自分の気持ちをなんとか保とうとしていた。

結局、気持ちを伝えられないまま、無情にも六日が経過し、いよいよライルが出発する当日を迎えた。

晴れ渡る青空の下、正面玄関前のロータリーに停まっている馬車の中に、大型のスーツケースが三つ、使用人たちによって次々と慎重に積み込まれていく。

クレアはライルの部屋を訪ね、少しだが、最後にふたりきりの時間を得ることができた。

その手に抱えるのは、白い紙の袋だ。その中には、クレアの店で扱っている紅茶やハーブティーの茶葉を、一回分ずつ丁寧に紙に包んだ物が何十個も入っている。

クレアはそれを、ライルにそっと手渡した。

「あの、これ、向こうで飲んでください。このハーブティーは、シルビア様にも納品している物なんです。とても気に入ってくださってて……」

暗い顔にならないよう、努めて明るく振る舞う。

「もちろん、このお屋敷で使っている物に比べたら質は落ちるかもしれませんが、それでも、なるべくいい物を選んだんです」

（本当は、こんなこと言いたいんじゃないのに……）

もうすぐライルは行ってしまうのに、肝心な言葉を言うのをためらってしまう。

「俺のためにわざわざ用意してくれたんだね。ありがとう」

ライルはいつもと変わらぬ様子で微笑むと、受け取った包みを革製の旅行鞄の中に入れた。そろそろ出発しなければならない。

「クレア、行ってくるよ」

ライルの手がクレアの頬に触れた。

もう、これで最後だと実感したその瞬間、クレアの瞳から大粒の涙が溢れだした。

「……はい。行って……らっしゃい……ま……」

涙で言葉が続かない。

心配をかけないように、今の今まで『泣かない』と決めていたというのに。決心とは、なんともろいものなんだろう。

「クレア……」

ライルがそんなクレアを優しく腕の中に包み込むと、彼女はすがるように彼の胸に頬を押しつけた。

「ライル様……好……き……」

腕の中の小さな声を、ライルの耳がしっかり捕らえ、緑の瞳が大きく開かれる。

「必ず……ご無事……で……帰ってきて……」

「クレア！」

ライルは腕を離すと、雫で濡れるパールグレーの瞳を見つめた。

「今だけ、許してくれ！」

そして突然クレアの顎をつかみ、上を向かせると、涙で震える唇を、自分のそれで塞いだ。

まるで急いたように、いきなり深くなる口づけに、クレアの身体は一瞬、驚いて反応した。しかし、抵抗せずに黙ってライルのキスを受け入れた。

目を閉じ、ライルの首に、自分の腕をそっと絡ませると同時に、ライルもクレアの腰を強く引き寄せる。

服越しに、互いの体温を感じる。

部屋には、ふたりの甘い吐息だけが響く。

言葉はなくても、互いの気持ちは繋がっていた。

やがて、ローランドが出発の時刻を知らせに部屋のドアをノックするまで、残りわずかな時間を惜しむように、ふたりは互いの唇の熱を貪り合った――。

ジュディの淹れてくれたモーニングティーのいい香りが、目覚めの身体に浸透していく。

（……ここのところ、めっきり朝も涼しくなってきたわ……）

ベッドの上で温かい紅茶をゆっくり飲んでいたクレアは、カーテンの開いた窓から、穏やかな朝の空を見上げた。

ライルが発ってから、まもなく三ヶ月になろうとしている。

昼間はまだ夏の陽射しが少し残っていると感じることもあるが、夜の間に冷やされた空気は、朝方には涼しい風となって街に降りてくる。

短い夏が終わろうとしていた。

二ヶ月というのは、あくまで予定だとわかっていた。ライルとはちゃんと手紙でやり取りしていたので、現地で忙しいことも理解している。だが、やはり彼のいない生活は寂しかった。

それでもクレアはいつものように店に立ち、これまで通り、レッスンもちゃんと受けている。

別れの時、ライルはいつまでも泣きやまないクレアを強く抱きしめて、『心はいつも君のそばにいるよ』と耳元で何度も囁いてくれた。

泣いて過ごすのではなく、今、自分にできることを精一杯頑張って、ライルが帰ってきた時に、少しでも成長した自分を見せたい。

主人のいない屋敷というのは、どうしても活気がなくなったりするものだ。

しかし、クレアはそうならないためにも、自ら屋敷の至る所に花を飾ったり、使用人と話をしたりして、屋敷の空気が沈んでしまわないように努めた。

アンドリューも時々、クレアの様子を見に来ては、話し相手になってくれた。

そうして、クレアは愛する人の帰りを待ち続けた。


そんなある日の夕食後。

クレアは自室でひとり、ライルから届いたばかりの手紙を読んでいた。

ジュディはいつも通り、クレアの入浴の準備をしていた。クレアは朝早く出ることが多いので、入浴は大抵夜のうちに済ませる。

その時、続き部屋から浴室のドアが勢いよく開いた。

何事かと振り返ったジュディは、顔いっぱいに笑みの花を咲かせたクレアに思い切り抱きつかれ、さらに驚く。

「ク、クレア様？」

「ああ、どうしましょう、すごく素敵なことが起こるわ！」

「どうなさって……」

「ライル様が、お帰りになるわ！」

ガバッと顔を上げて、満面の笑みでクレアが言った。

「えっ、本当でございますか⁉」

「ええ、急遽帰国が決まって一週間後にあちらを出発する、って手紙に書いてあったの！」

「一週間後ということは、手紙が届く日数を考えたら……」

「ええ、もう向こうを発たれてるはずよ！　十日以内には、ブレリエントの港に着くと思うの」

「そう……なんですね……クレア様、よろしゅうございましたね！」

ふたりは手を取り合って、親友のように喜び合った。

ライル帰国の知らせは瞬く間に屋敷中に広がり、皆、主人の帰りを喜び、さらに各々の仕事に精を出した。

クレアもライルの帰る日を指折り数え、幸せな気持ちに浸った。ライルが帰ってきたら、何を話そう。話したいことがありすぎる。それとも、顔を見たら胸がいっぱいになって、何も言えなくなってしまうだろうか。

でも、何よりもまず、笑顔で『お帰りなさい』と言おう。そして、別れの時にちゃんと言えなかった自分の想いを、全部伝えよう。


いよいよ、ライルが帰ってくる日が近づいてきた。

クレアは午前のレッスンを終え、昼食をとったあと、庭に出ていた。屋敷に飾る花を、クレアはいつもこの広い庭から摘んでいる。午後にはダンスの家庭教師が来るので、それまでに終わらせなければならない。

やがて、クレアは両手いっぱいに抱えた花を、一旦、庭の一角にある水汲み場の桶の中に置き、屋敷に戻った。

（ふふ、ライル様にもうすぐ会えると思ったら嬉しくて、ついたくさん摘みすぎちゃった。花瓶、大きい物に取り替えてもらおうかしら……。それに、もっと数も欲しいし……）

廊下の花瓶を手に取りながら、ふと思い、ジュディの姿を探す。

だが、近くにはおらず、ほかのメイドに尋ねたが、誰も知らないと言う。

いろんな大きさの花瓶なら物置小屋にあるかもしれない、とクレアは花瓶を持ったまま、普段は足を踏み入れない裏庭に行ってみた。

すると、物置小屋の前にふたつの人影が見えた。こちらに背を向けているので、顔は見えないが、後ろ姿でローランドとジュディだということがわかる。

会話の声は低めで、深刻そうな様子だ。

（……こんな所で珍しいわ。仕事の話かしら……）

クレアは思わず建物の陰に身を潜めた。クレアに盗み聞きの趣味はないが、ついそうしてしまったのは、ふたりの会話から、『旦那様』『クレア様』という単語が微かに聞こえてきて、ドキリとしたからだ。

物陰から様子を窺うと、ジュディの肩が少し震えているようだ。

「……クレア様は動揺なさるだろう。だが、そばにお仕えするお前がそんなことでどうする。何があっても、クレア様をお支えするんだ」

「……はい、申し訳ありません……」

うなだれるジュディに対して、ローランドの口調はいつもと違ってやや厳しい。

（私が動揺？　なんの……？）

クレアは、ますます聞き耳を立てる。

「今、アンドリュー様が情報の確認に行ってくださっている。我々はそれを待つしかない。それまでは、ほかの者には悟られないように注意しなさい」

「はい……かしこまりました」

「……船が沈んだのが事実だとしても、旦那様が乗っていらっしゃらなかった可能性もある。安否がわからない今、私たちにできることは旦那様のお帰りを信じて待つことだ」

（え……？）

クレアは、頭が真っ白になるのを感じた。

（ライル様の船が……沈んだ？　安否が……わからない……？）

クレアの手から、花瓶がズルリと抜け落ちた。

ガッシャーン！

ガラスが割れる、けたたましい音が辺りに響き、ローランドとジュディはハッとして振り返った。急いで音のしたほうへ駆けつけると、地面の上で粉々に砕け散った花瓶の破片を、じっと見つめているクレアがいた。

「クレア様！　お怪我は……」

『ありませんか？』と続けようとしたジュディだったが、クレアの青白い顔を見て、自分たちの会話を聞かれていたことを悟った。

「クレア様……」

二度目の呼びかけで、クレアはようやく視線を上げて、ローランドとジュディの顔を交互に見る。

「……さっきの話、本当なの……？」

少し間があって、クレアに余計な不安を与えまいと、ローランドがいつもの穏やかな表情で静かに答える。

「先ほど、アンドリュー様がいらして、知らせてくださいました。アンドリュー様も詳しいことはご存知ではなかったので、今、調べに行かれているところです」

「……私も行くわ」

瞳に強い光を宿して、クレアが踵を返す。

クレアは、背後から投げかけられるジュディの制止の声を無視して屋敷に戻ると、長い廊下を全力疾走し、玄関を目指す。だが普段着と違い、ドレスの裾が足にまとわりつくので、足が思うように前に進まない。そのため、玄関ホールでジュディに追いつかれてしまった。

「クレア様！　落ち着いてください。アンドリュー様を待ちましょう」

「離して！　私も行って確かめなきゃ！」

ジュディにつかまれている腕を回して、なんとか振りほどき、玄関の扉を開けようとしたその時。

「あっ！」

同時に、外から入ってきた誰かの身体に、思い切り顔をぶつけてしまった。

「クレア⁉　大丈夫かい⁉」

ハッと顔を上げると、茶色の髪の青年が少し慌てたようにこちらを見つめている。

アンドリューだった。


「街でもいろんな情報が錯綜していてね。船会社の前も乗客の家族や野次馬やらで、ものすごい人だったよ。でも、わかったこともある」

ブラッドフォード家の応接間。

戻ってきたアンドリューは、ソファに腰を下ろすやいなや口を開いた。

その向かいには、ジュディに肩を抱かれ、両手をグッと膝の上で握りしめたクレアが座っていて、その横にローランドが立っていた。

緊急事態のため、クレアの午後のレッスンは急遽中止の連絡を入れた。

アンドリューの話に皆、じっと耳を傾ける。

「セントジュオール号が昨日、ブレリエント王国の南の沖で沈没したのは間違いない」

その真剣な顔に、いつもの陽気な雰囲気は少しも感じられない。

「……っ」

クレアは息を呑んだ。

それは、ライルが乗る予定の船の名前だった。

「原因は調査中らしい。幸い、すぐに救助のボートも出されて助かった人も多かったらしいけど、逃げ遅れたり、船内に取り残されたりした人もいて、行方不明者もいるみたいだ」

クレアは、ぎゅっと固く目を閉じた。

(どうか、ライル様がご無事でありますように――)

「助かった乗客は、救助に来た別の船で次々と南の港に運ばれて、そこで身元の確認が行われているそうだ」

祈るようなクレアの表情を見て、アンドリューは安心させるように微笑んだ。

「大丈夫だよ、クレア。ライルは絶対帰ってくる。あなたの待つ、この家にね」

もちろん、確証があるわけではなかったが、今はそれ以外の言葉が見つからなかった。もちろん、クレアを励ますためだったが、アンドリューも自分にそう言い聞かせることで、不安を取り除こうとした。

それは彼だけでなく、ローランドとジュディも同様だった。

「……そう……ですよね。……私、待ちます。ライル様は帰ってきます」

クレアは絞り出すような声で言った。

「うん。何事もなかったかのように、フラッと帰ってくるよ」

「はい……。いろいろと、ありがとうございます、アンドリュー様」

悲観的になるのは早い。まだ何もわからないのだから。

クレアは何度も、心の中でそう繰り返した。


クレアは翌日から、店を閉めることにした。再開したばかりだが、ライルのことが心配で、それどころではなかった。いつライルから知らせが来るかわからないし、それに、もし帰ってくる日がわかれば、駅まで迎えに行くつもりだった。

南の港から王都のある中央駅までは、汽車で三日もあれば余裕で着く。

だが、六日経っても、ライルは帰ってこなかった。

「クレア、ちゃんと食べてる？　少し痩せたんじゃない？」

イーストン子爵夫人は、玄関で出迎えたクレアの顔を見るなり、その身体をぎゅうっと抱きしめた。

その日の午後、イーストン子爵一家がクレアを訪ねてきてくれたのだった。

「大丈夫です、叔母様。ありがとうございます」

クレアは微笑むと、その横に立つ子爵とアンドリューにも挨拶した。

「叔父様、アンドリュー様、ようこそいらっしゃいました」

子爵夫妻を、本当の親族のように呼ぶのにも慣れてきた。出会って間もない頃に、クレアが『子爵様』『奥様』という呼び方をすると、『もう、水くさいわね、叔父様、叔母様って呼んでくれなきゃ嫌よ』と、夫人に釘を刺されたのだ。

ライルがいない三ヶ月の間、夫妻はクレアが寂しくならないように、時々自宅に招いたりと、本当の娘のように可愛がってくれている。

それに、いまだにライルの安否が不明で、クレアが憔悴(しょうすい)し切っているのでは、と心配して皆で来てくれたことにも、彼女は感謝していた。

「どうぞ、こちらへ」

ローランドが一家を応接間へ案内しようと、歩きだした時。

バタンッ――。

いきなり、玄関の扉が大きな音とともに開け放たれた。

「失礼しますよ」

いくつかの靴音が無遠慮に床を鳴らすのが聞こえ、クレアたちが振り返ると、黒っぽい上着と帽子姿の男性が四人、玄関から入ってきたところだった。歳は全員、四十代半ばといったところか。

そのままズカズカと屋敷の中に入ろうとする彼らに、ただならぬ空気を感じて、子爵が制するように前に出た。

「何事ですか」

「これはこれは、イーストン子爵。あなたもいらしていたのですか」

男たちのひとりがわざとなのか、呑気な口調で言った。子爵と彼らは知り合いのようだ。

「僕らの遠縁の者たちだよ。普段は付き合いがほとんどないのに、こんな時に出てくるなんて。それに、事業の資金繰りがうまくいかなくて、周囲からは煙たがられている連中ばかりだ。何か嫌な予感がする」

アンドリューが、クレアにだけ聞き取れる声で囁いた。今にも、チッと舌打ちしそうな口調から、やはり彼らにいい印象を持っていないことが窺える。

「そこをどいてもらえますかな、子爵」

「申し訳ないが、主の不在に、勝手に訪問者を招き入れることはできませんな」

「不在？　永遠に不在の間違いでは？」

そのうちのひとりが嘲笑うかのように、鼻を鳴らした。

「……永遠とは、どういうことです？」

「口で説明するより、ご覧いただいたほうが早い」

男のひとりが懐から一枚の紙を取り出し、子爵の鼻先に突きつけた。

「これは……？」

「警察が確認し、断定した行方不明者のリストですよ。いや、『死亡者リスト』と言っても過言ではないでしょう。私は警察の中に親しい者がいましてね、世間に出る前に特別に教えてもらったのですよ。ほら、ここにこの家の当主の名前が載っているでしょう」

まるで優位に立ったように、ひらひらと紙をかざす。

「なんだって⁉」

声をあげて、子爵よりも早く紙に手に伸ばしたのは、アンドリューだった。

食い入るように紙を見ていたその瞳が、大きく見開かれる。

「私にも見せてください！」

クレアはアンドリューの手からリストを奪うと、必死に名前を探した。そして、ある一点でその視線が止まった。

【Lyell（ライル） Bradford（ブラッドフォード）】

（……そんな……）

リストを持っていたクレアの手が、だらりと下がった。

「嘘だ……そんなのデタラメだ！」

アンドリューは声を荒らげたが、男たちの態度は冷ややかだった。

「では、六日経っても帰ってこないこの事実を、どう説明するつもりだね？　生きていれば、何らかの連絡があるだろう。そろそろ現実を見たまえ」

「何を偉そうに……！」

「落ち着きなさい、アンドリュー」

子爵は、今にも相手につかみかかりそうな息子の肩に手を置いて、下がらせる。

「それで、あなた方はここへ何をしにいらしたのですか？」

「ブラッドフォード伯爵に後継ぎはいない。誰が相続人になるかはわかりませんが、知らない間に誰かがこの莫大な財産を独り占めしてしまうかもしれない。我々はそう

「言葉を返すようだが、我々もあなたに指図される覚えはありませんよ。そういうあなたも、この家の財産を狙っているのではありませんか。そういえば、あなたはライルの元後見人でしたね。相続人として彼に一番近い人物というわけだ」

「監視？　あなたたちに、そんな権利はないはずですが」

ならないように、監視に来たのですよ」

男がニヤリと口角を上げる。

「何をバカなことを……」

子爵が呆れたように口を開いた。

「父を侮辱するな！」

これにはさすがに、アンドリューも黙っていなかった。

「ふん、あわよくばライルの財産を少しでも手に入れようという算段だろう。人の金を当てにするような能無しだから、事業もうまくいかないのさ」

「なんだと小僧、調子に乗るなよ！」

男たちは、怒りで顔を真っ赤にした。

「やめてください！」

クレアは前に飛び出し、男たちのほうを向いた。

「あなたたちは、そんなにライル様が帰ってこないことを望んでいるんですか⁉　私たちは皆、ライル様のお帰りを待っています！　心が折れそうになっても、それでも待っているんです！　ここは、ライル様がお帰りになる大切な場所です。あなたたちのような、やましい心を持つ人間が入っていい場所ではありません。どうか、お引き取りください」

クレアは毅然とした態度で、男たちに言い放った。

男たちは、不機嫌そうに顔をしかめる。

「……なんだ、この娘は？」

「ライルの婚約者だよ。彼女の言う通りだ。僕たちはここでライルの帰りを待っている。部外者は出ていってくれ」

アンドリューが代わりに答えた。

「婚約者だと……？　もしかして、この家の財産を独り占めしようとしているのは、この娘じゃないのか？」

「そうか、それを手に入れて、この若者と一緒になろうとしているのかもしれないな」

「可愛い顔をして、中身はとんだアバズレだな」

男たちは、口々にクレアを罵る。

クレアは悲しみと怒りで、身体中の血がたぎるのを感じた。

「いい加減に、その汚い口を閉じたらどうなの⁉」

それまで黙っていた夫人が、とうとう怒りを露わにした。

「この子はね、本当につらい思いをしてるのよ！　それでもいつも笑って、健気に愛する人の帰りを信じて待ってるのよ！　それを侮辱するなんて、絶対に許さないわ！」

「お前も落ち着きなさい」

子爵は、今度は自分の妻をなだめる。

「だって、あなた……」と夫人は不服そうに呟いたが、すぐに口をつぐみ、一歩下がった。

「ここにいる娘は確かにライルの婚約者です。しかし、まだ結婚しておらず、配偶者ではないので当然、ライルの財産を手に入れることはできない。少し冷静に考えれば、わかることとです」

子爵は見下すような冷たい視線を、男たちに向けた。

「それなのに、こんなか弱い少女まで中傷するなど、いかにあなた方が人としての程度が低いか、これで知れましたな」

「なっ……！」

「イーストン子爵家は今後一切、あなた方とは関わりを持ちません。ライルが帰ってきたら、今回の行動を逐一、報告させてもらいますよ」

「ふ、ふん、強がりを言いおって。できるものならやってみるがいい。どうせ、帰ってこないのだからな」

男のひとりが、負け惜しみのように言う。

クレアは完全に頭に血がのぼった。

「だから、帰ってくるって言ってるでしょう⁉　こんな物、当てにならないわ！」

クレアは手に持っていた行方不明者のリストを、ビリビリと破き始めた。

「あ、小娘、なんてことを……生意気な！　お前から引きずり出してやる！」

男は怒りに任せてクレアの髪をつかむと、思い切り引っ張った。

がくんと、クレアの首が無理やり下を向く。

「きゃ……！」

痛みよりも驚きで、クレアは小さく悲鳴をあげた。

「何をするんだ！　離せ！」

アンドリューが慌てて男に飛びかかろうとした、その時。

「おやめなさい‼」

突如、誰かの凛とした声が、玄関ホールに響き渡った。

ハッとして、皆一斉に振り向く。そして、声の主を認識した瞬間、クレアを除く全員の身体に緊張が走った。

艶のある白髪を優雅に結い、上品な群青色のドレスに身を包んだ老夫人が、玄関入口に立っていた。

「……レディ・シルビア……」

誰かの呟きが聞こえる。

クレアも驚いて、自分が今、どんな目に遭っているのか忘れてしまった。

「その手をお離しなさい」

高齢とは思えないほど張りのある、威厳に満ちた声が玄関ホールに響いた。老夫人――シルビア・コールドウィンは、クレアたちのほうへゆっくりと歩を進めてくる。

「聞こえなかったの？　その手を離しなさいと言ったのですよ」

シルビアからの冷ややかな視線を受け、クレアの髪をつかんでいた男は、弾かれたように慌ててその手を離した。

不自然な格好から解放されて、思わず身体の力が抜けそうになったクレアの肩を、子爵夫人が支える。

「伯爵が不在と聞いて、気になって来てみたものの……」

シルビアは、ゆっくりと男たちのほうを向いた。

「不法侵入者がいるとは、思ってもいませんでしたよ」

「……い、いいえ、違います、我々は決してそのような者では……」

男のひとりが、顔色を変えながら焦ったように弁明しようとしたが、「お黙りなさい」と、シルビアに即座に返され、口を閉ざした。

「他人の家の事情に干渉すまいと、しばらく様子を見ていたけれど、当主が亡くなったと勝手に決めつけて、この家の財産目当てであなた方がやってきたことは、誰の目にも明らかですよ。それに、まあ、こんな非力な少女にまで手を上げようとするとは……それが紳士のやることですか！　恥を知りなさい！」

シルビアは眉を吊り上げ、男たちに射抜くような鋭い視線を放った。

「……っ」

ピシャリと一喝され、男たちは言葉を失う。

「それと、この子がここにいる理由は、単に婚約者だからということではありません。当主が留守の間、この屋敷を預かるという大切な役目を担っています。今後、彼女の許可なく、勝手に敷地内に足を踏み入れてはなりません」

「し、しかし、レディ・シルビア……」

「この私、シルビア・コールドウィンが許しません。もし、忠告を無視して蛮行に及んだ場合は、どうなるかわかりますね」

揺るぎないシルビアの発言に、男たちは悔しそうに顔を歪めたが、やがて無言で玄関から出ていった。

男たちが去ったあと、屋敷は再び静けさを取り戻した。

「あの、シルビア様……」

クレアが声をかけると、シルビアはゆっくりと振り返った。先ほどまでの威厳に満ちた険しい表情は嘘のように消え、柔和な笑顔を浮かべている。

「クレア、お久しぶりね」

「はい。シルビア様……どうしてここに……?」

「お店がまたお休みしていると聞いたの。それで、たまたま様子を見に来たところだったのよ」

「そうだったんですか……。助けてくださってありがとうございました。シルビア様、お身体の具合はよろしいのですか?」

「あら、まあ、この子ったら。こんな時に、他人の心配なんてしなくていいのよ」

シルビアはクレアに歩み寄り、彼女の頭をゆっくりと撫でた。

「かわいそうに、ひどいことをされて……痛かったでしょうに」

シルビアの手が温かくて、クレアは涙が溢れそうになるのをこらえた。

「いいえ……ライル様を待つことに比べたら、こんなの痛みでもなんでもありません」

「そう……。あなたは、本当にライルを心から想っているのね」

シルビアは微笑む。

「ライルはきっと帰ってくるわ。あなたがこんなに待ち続けているんだもの。それに、ライルは私の孫娘の幼馴染だったから、昔からよく知ってるの。外見は温和で繊細そうだけど、中身は結構しぶといのよ。たとえ海の底からでも、這い上がってくるわ」

ライルを『しぶとい』と表現されたことにやや驚いて、でもなんだかおかしくて、クレアの心は少しだけ軽くなった。

「まだ六日よ。希望を持って、信じて待ちましょう。私も祈ってるわ」

「はい……！」

シルビアの言葉に、クレアは何度も何度も頷いた。

クレアの祈り

朝の静寂に包まれた教会の礼拝堂に、ひとつの人影が現れた。

祭壇に近い場所に膝をつき、両手を胸の前で合わせ、頭を垂れて一心に祈る。

太陽が昇るにつれ、窓から入る光が礼拝堂の中を照らし、その人影の姿を徐々に浮かび上がらせる。

クレアだった。

(主よ……どうか、ライル様をお助けください)

信じて待つと心に誓ったものの、あの行方不明者リストを見せられ、不安でないと言えば嘘になる。

クレアは、いつかライルと一緒に観に行った演劇を思い出した。

騎士団長と王女は相思相愛だったが、離れ離れになり、片方は命を落とす。

まるで、今の自分たちのようだ、とクレアは漠然と思った。と同時に、一瞬でもそんな弱気な感情に陥ってしまったことに、自己嫌悪した。

(私ったら、何を考えてるの？　ライル様は生きてるわ！)

今のクレアにできることは、ライルの無事を祈ることだけだった。

クレアはリストを見た翌日から、礼拝堂に通った。食事も、ほとんど喉を通らなくなった。昼は食べない。屋敷から一番近い教会の礼拝堂で、朝から夕刻まで祈りを捧げる。夜はよく眠れない。

しかし、たとえ翌日睡眠不足でも、朝から教会へ足を運ぶ。

（私はこの先、幸せになれなくてもかまいません。ライル様と一緒になれなくてもかまいません。ですから……どうか、どうか、ライル様を……無事に帰してください）

だが、それからなんの音沙汰もなく、五日が過ぎようとしていた。

今日も朝から、礼拝堂にクレアの姿があった。

時々、ここを訪れる人はいるものの、祈りを終えるとすぐに立ち去ってしまう。朝から夕刻までずっとい続けるのは、クレアだけだ。

窓の外から時折、鳥のさえずりが聞こえてくる。

この場所だけ、時が止まってしまったかのように静かだった。

そして、陽が高くなり、堂内がすっかり明るくなった昼下がり。

事態は急変した。

「ク、クレア様！」

突然、静寂を破るようにジュディが礼拝堂の扉を開け、慌ててクレアのもとに駆け寄ってきた。クレアの姿を捉えた瞳が、さらに大きく見開かれる。

いつも落ち着いているジュディとは違う様子に、クレアも何かあったことを感じ取り、不安を募らせた。

「ど、どうしたの……？」

だが、ジュディの返事は、クレアの胸中とは反していた。

「……はぁはぁ……た、たった今……旦那様から……連絡がありました！」

全力で走ってきたのだろう、ジュディが肩で大きく息をしながら答える。

クレアは目を見張った。

「えっ⁉」

「お屋敷に、手紙が届きました……！」

ジュディは息を整えながら微笑むと、一枚の紙をクレアに差し出した。

受け取ったその紙に、クレアは素早く目を通す。

【今からペジャンの港を出る。必ず戻る】

たったそれだけの文面だが、筆跡は確かにライルのものだ。

クレアは何度も何度も読み返し、そのたびに湧き上がる喜びで、自分の身体が震えるのがわかった。

（ライル様……！）

全身から力が抜け、その場に座り込む。

ライルの不在中、クレアは世界地図を図書室で広げて、少しずつ勉強していた。

ペジャンとは、ライルの出張先であるエルテカーシュの北西に位置する国だ。

だが、ペジャン行きは今回の予定に含まれていなかったはずなのに、一体どういうことだろう。

「これは、ペジャンから出された物なの……？」

「私にはわかりませんが……ローランド様が、直ちにクレア様にお伝えするように、と……」

差出人の欄には、ライルの名前が記されている。

（ペジャンにいるということは、ライル様はセントジュオール号には乗っていなかったのかしら？　よくわからないし、こうして連絡があって嬉しいけど……まだ安心できないわ）

「クレア様、ひとまずお屋敷に戻りましょう」

ジュディもクレアの胸中を察したが、クレアに余計な不安を与えてはならないと、を支える。

いつもと変わらない口調で言った。そして、クレアが立ち上がるのを手伝おうと、腕

「いいえ……このまま駅に行くわ」

クレアは首を横に振った。まだライルの安否は定かではないが、こうして連絡を受けた以上、じっとして大人しく待つことなど、クレアにはできなかった。

「ですが、今、ローランド様がイーストン子爵家に使いを出しているはずですから、じきに皆様お集まりになると思います。クレア様もお連れするように言われておりますので……」

だが、ジュディの声はクレアの耳には届いていないようだった。

「ペジャンからの手紙が何日で届くかわからないけれど、もしかしたら、ライル様はもうブレリエントの港に着いているかもしれないわ。いいえ、もう汽車でこっちに向かっているかもしれない」

「でも、旦那様がお戻りになる日が、今日だとは――」

「そんなこと、わかってる！」

ジュディの言葉を遮るように、クレアは強い口調で言った。それは、彼女の心からの叫びだった。

「なんでペジャンにいたのか、今、ライル様がどんな状況なのか定かじゃないけど……じっとしていられないの‼　生きていらっしゃるなら、一刻も早く迎えに行きたいの‼」

「クレア様……」

　今にも涙がこぼれ落ちそうになっているクレアの瞳を見つめ、ジュディは少しの間、考えていたが、やがて頷いた。

「わかりました」

　クレアがこの三ヶ月間、寂しさに耐えてきたことも、そしてこの約二週間、本当につらい思いをしてきたことも、彼女の一番近くにいたジュディは知っていた。

「私も一緒に行きます。クレア様をおひとりにはできませんから。今から戻って、ローランド様に伝えてきます。それまで、ここでお待ちになってください」

　ジュディが走って、礼拝堂を出ていく。

　クレアは再びその場に膝をついて、前方を見上げた。

　窓からの陽の光を受けて、祭壇の上の十字架がいつもより輝いているように見えた。

　初秋の爽やかな風が吹く夕刻の空の下、今日も中央駅は人々の波で大混雑していた。

汽車が着いたあとの駅には、家族や知人との再会を喜ぶ者、周りには目もくれず急いで辻馬車に乗り込む者、人の多さに呆然と立ち尽くす者など、たくさんの人々が溢れている。

クレアは汽車から降りてくる人々の顔をひとりずつ確認しては、目的の人物を探す。

しかし、見つからない。

やがて、汽車は新たな客を乗せて駅を出発した。

(きっと、この汽車じゃなかったんだわ……)

落胆するのは、一体何回目のことだろう。

クレアが駅に立ち始めてから、七日目を迎えた。

毎日、港からの始発の汽車が中央駅に着く時間に合わせて、クレアは最終の便まで、ライルを待ち続けた。

だが、まだライルの姿を確認できていない。

「次で、今日の最終だね」

隣に立つアンドリューが言った。

「ええ」とクレアが頷く。

ふたりの後ろには、ジュディが控えていた。

アンドリューもまた、クレアとともに駅でライルの帰りを待ち続けた。

人もまばらになった駅で、次の汽車を待つ。


やがて汽笛を鳴らしながら、次の汽車が到着した。

いつも通り、大勢の乗客が一気に降りてくる。

クレアは再び目を凝らした。

だが、やはり見つからない。乗客がぞろぞろと、こちらに向かって歩いてくる。すでに、最後の乗客も降りたようだった。

「明日にしよう。もうじき陽も暮れるからね」

今日は見込みがないと判断したアンドリューが、クレアに声をかけた。

クレアは名残惜しそうに汽車を眺めていたが、「そうですね……」と馬車を待たせてある方向へ踵を返そうとした、その時。

視界の端に、たった今、汽車を降りてきた人物の姿を捕らえた。

「クレア?」

急に身体の動きを止めたクレアを、アンドリューは不思議に思って声をかけた。

だが、クレアは呼びかけには応じない。瞬きもせず、汽車のほうをじっと見ている。

その視線の先には、人混みの向こう側からこちらへ歩いてくる、黒い帽子とフロックコートを身につけた、長身の男性の姿があった。

クレアはまるで糸でゆっくり引っ張られるように、その人物のほうへ、よろよろと歩きだした。

そのおぼつかない足取りは、やがて確信を得たように、しっかりとした歩みに変わる。足の運びも徐々に速くなり、クレアは人混みの中を逆流するように走りだした。

「クレア……⁉」

背後からアンドリューの声が聞こえるが、振り返らない。途中で何人もの人と、肩や身体がぶつかる。いつもなら、きちんと謝るところだが、今はそんな余裕は持ち合わせていなかった。

（早く、早く辿り着かなきゃ！）

クレアの頭の中は、それだけでいっぱいだった。

（だって、ずっと待っていたのよ！）

やがて、ようやく人の波を抜け、その男性の目の前まで来た時――。

（もう、離さない……‼）

クレアは両腕を大きく広げ、足元のホームを思い切り蹴り……彼の身体に勢いよく飛びついた。

「うわっ！」

不意に身体のバランスを失った男性は、クレアもろとも、ドサッと後ろに倒れ込む。

その衝撃で帽子が落ち、淡い金髪がこぼれた。

クレアは相手の胴体にしがみついたまま、離そうとしない。

「意外と力が強いんだね、俺のお姫様は」

しばらくして、どこかからかうような声がクレアの頭上から降ってきた。

それは、懐かしい声だった。そして、ずっとずっと、聞きたかった声――。

クレアは即座に顔を上げる。

緑の瞳が、優しくクレアを見つめていた。

「ライル……様？　本当に、ライル様ですよね……？」

クレアが弱々しい声で目の前の人物に尋ねる。もしかしたら、夢か幻かもしれない。

大きな声を出した途端、消えてしまうかもしれない。

「ほかの誰に見える？」

その人物が口元をほころばせ、懐かしい声で聞き返してきた。

その姿は薄れることも、消えることもない。

「ご無事……だったのですね？」

「心配をかけたね。ちゃんと生きてるよ」

『生きてる』という言葉が、クレアの心に熱く浸透していく。

クレアは手を伸ばして、ライルの頬を包んだ。血の通った、肌の温かさが伝わってくる。クレアの視界が涙でぼやけた。

「ライ……ル様……ライル様……！」

クレアは名前を呼びながら、ライルの首にしっかり腕を回してしがみついた。あとは言葉が続かず、人目もはばからず泣きじゃくった。

ライルも、そんなクレアをしっかりと抱きしめる。

「ライル、ライルなのかっ⁉」

慌ててアンドリューとジュディも、ふたりのもとへ駆けつけた。

「旦那様……ご無事で！」と、ジュディは感極まって口元を押さえる。

アンドリューも、ライルの無事な姿に安堵の表情を浮かべたが、すぐに眉を吊り上げた。

「おい、ライル！　お前、今まで……」

『何をしてた⁉』と問いつめようとしたが、強く抱き合うふたりを見て言葉を呑み込んだ。

「……はぁ……とりあえず、僕は先に屋敷に戻って知らせてくるよ。ジュディ、あのふたりを屋敷の馬車に乗せて、連れて帰ってきてくれ」

「はいっ」

アンドリューはふたりをジュディに託すと、辻馬車を拾いに駅前の通りへと駆けていった。


ライルが無事に帰宅すると、屋敷内は使用人たちの歓喜の声に包まれた。

いつも冷静なローランドでさえ、「ご無事で……何よりでございました！」と、肩を震わせ、言葉を詰まらせたほどだった。

皆が喜ぶのを見て、クレアも嬉しくなる。

アンドリューが待っているとの報告を受けたライルは、ローランドに労(ねぎら)いの言葉をかけると、クレアとともに応接間に向かった。そして、ソファに座って不機嫌そうに腕を組んでいる従弟に対し、立ったまま頭を下げた。

「アンドリュー、心配をかけた。すまな――」

「ライル！　お前、今まで一体どこをほっつき歩いてたんだっ⁉」

『すまなかった』と言おうとしたライルの言葉を遮るように、アンドリューの声が部屋中に響いた。

「アンドリュー様、落ち着いて……」

クレアがオロオロしながら、ふたりの間に入ろうとする。

「僕は落ち着いてるよ、クレア。あなたはもう聞いているのかい？　もう夜になるから、話は明日にしようか迷ったけど、やっぱり今、説明してもらわないと。ライル、どれだけの人間が心配してたと思ってるんだ？」

グッと眉を寄せて、ライルを見据える。

「わかってる。ちゃんと話すよ。クレアには馬車の中で話したけど」

ライルはアンドリューの向かい側に座ると、深呼吸した。

クレアもその横に腰を下ろす。

「エルテカーシュを出港して数日後、隣国のペジャンに船が寄港したんだ。でも、それはただ物資補給のために寄っただけで、客の乗り降りはないはずだったんだ」

「……はずだった？」

「ああ。ところが、一緒にいた仲間の体調が急変してね。船の上では充分な治療ができないから、ペジャンで俺たちだけ降りて、近くの病院に行ったんだ」

そこで、しばらく治療を受けることになった。だが、船は用が済めば予定通り出航しなければならない。仕方なく、自分たちの荷物とともに船を降りたのだった。

「そしてその後、セントジュオール号が沈没したと聞いたんだ」

「じゃあ、もしそのまま乗ってたら……」

「間違いなく事故に遭ってたよ」

横にいたクレアが、ブルッと身を震わせた。

ライルはそんな彼女の手を、ぎゅっと握る。

「だけど、なんですぐにペジャンで降りたと知らせなかったんだ？」

「その事故の影響で、ペジャンからもブレリエント行きの船が一時的に出なくなったんだ。手紙を運ぶのも船だ。書いても届かなければ意味がない」

実際に運航が再開されたのは、それから五日後のことだった。

仲間の回復も意外と早く、ライルたちはすぐに一番の船に乗るつもりで手続きをしていたので、今から出港する、と早速手紙を書いたのだが……。思いの外、船が小さかったのと、『一刻も早く出発したい』という客が多すぎて、切符を入手するのが困難な状況だった。

「俺たちが港を出るまでに、さらに現地で四日も待たされたよ。その間に、手紙を乗せた船がペジャンを出てしまった」

だから手紙だけがやけに早く届いたのか、とアンドリューは納得した。

「それからは順調に航海を続けてブレリエントの港に着いた。でもその時に……」

「まだ何かあったのか？」

「俺たちの存在は、いつの間にか行方不明者……いや、ほぼ死亡者扱いになっていることを知ったよ。なぜそんなことになっているのか、警察に問い合わせたら、逆にそこで足止めを食らってしまった」

怪しげな人物だと見なされたのだろう。だが、幸いブレリエント側の船会社に記録が残っていた。

「ペジャンで降りた時に、船員のミスでちゃんと手続きがされていなかったらしい。こちらも予定外の地で無理を言って急に降りたからね。俺たちはそのままあの船に乗っていたことになっていたんだ」

「なんだよ、それ……」

アンドリューは脱力したように、背もたれに身体を預けた。

クレアも馬車の中で話を聞いた時、同じ感想を持ったので、何も言わず黙っていた。

「港に着いた時、すぐに汽車に乗って帰れると思っていたんだ。でも、今思うと、その時にちゃんと『ブレリエントに無事に帰ってきた』と知らせておけばよかったと反省してる。クレアから、アンドリューや叔父夫婦も、俺の身をとても案じてくれていたと聞いた。本当にすまなかった」

ライルは頭を下げた。

アンドリューはしばらく何も言わなかったが、やがて深く息を吐き出した。

「頭を上げてくれ。……もう、いいよ。お前が無事に帰ってきたんだから。僕はこれで失礼するよ。両親にライルの無事な様子を伝える。それに、一番心配してたのは、ほかでもないクレアだからな。ちゃんと謝っとけよっ」

アンドリューはぶっきらぼうにそう言うと、ライルの顔を見ずに立ち上がり、部屋を出ていった。

その時クレアはアンドリューの目に、涙のような物が少し浮かんでいるのを見た気がした。

「ライル様……アンドリュー様はあんな言い方をなさってましたが、本当に心配してらしたんですよ」

「うん……わかってるよ。俺も逆の立場だったら、すごく怒ると思う」

ライルの顔は穏やかで、クレアはそこに従兄弟たちの絆を確かに感じた。

その夜、クレアはなかなか寝つけなかった。

アンドリューが帰り、ライルとは少し言葉を交わしたが、『留守中にたまった仕事の整理があるから』と、彼は書斎に引き上げていった。そのまま疲れて休んでいるのか、夕食時も食堂に下りてこなかった。ローランドによると、あとで部屋に夜食を届けさせたらしい。

(ライル様、ちゃんと召し上がったかしら……。ちゃんと眠っているかしら……。まさか、まだお仕事してらっしゃらないわよね?)

心配で、ますます頭が冴えてくる。

(……様子、見に行くだけならいいわよね……?)

クレアは起き上がるとガウンを羽織り、明かりを灯したランプを片手に、部屋をそっと出た。

もう使用人も寝ている時間だ。廊下は静まり返って物音ひとつしない。

クレアは静かに廊下を進むと、やがてライルの書斎の扉が見えてきた。扉の下の隙間から、わずかに中の明かりが漏れている。

(……やっぱり、起きてらっしゃるんだわ)

ノックをしたが、返事はない。クレアはもう一度試みたが、結果は同じだった。

そっと扉を開けてみる。大きな執務机とソファセット、本棚や調度品が置かれているのが見えた。

だが、ライルの姿はない。

クレアが中に入って近くの棚にランプを置いた時、ソファの端に誰かの足が乗っているのが視界に入った。

まさかと思い、そっと近づくと、ライルがソファの上にその長身を投げ出すようにして横たわっている。

ソファの背もたれのせいで死角になっていて、入口からは姿がすぐには確認できなかったのだ。

その手には書類が握られているのを見て、クレアは少し呆れてしまった。

(こんな時くらい、お仕事のことは置いておいて、ゆっくりお休みになられたらいいのに……)

熟睡してしまっているのか、ライルはクレアが近づいても起きる気配がない。こんな所で寝ていては風邪をひいてしまう。

クレアは何かかける物がないか、部屋をぐるりと見回したが、代用できる物は見当たらない。隣のライルの寝室から上掛けを取ってこようかとも思ったが、勝手に男性の寝室に入るのも気が引ける。

とりあえず、クレアは自分のガウンを脱ぎ、ライルの身体の上にそっとかけた。

（本当に……本当に、帰ってきてくださった……）

安堵すると同時に、喜びが大きく膨らんでいく。もっと顔をよく見ようと、身を屈(かが)めてライルの秀麗な寝顔に近づこうとした、その時。

その瞼がゆっくりと持ち上がり、緑の瞳がクレアの顔を映し出した。ふたりの視線が至近距離で交わる。

「えっ、あっ……」

クレアは驚いて、慌てて離れようとしたが――。

彼女より素早く動いたのは、ライルだった。ライルはクレアの腕をつかむと、そのまま強く引き寄せ、彼女の身体を腕の中にすっぽりと収めてしまったのだ。

「あ、あのっ……」

ライルに覆い被さるような姿勢になってしまい、クレアは羞恥で顔を赤らめた。

「驚いたな。まさか、君から夜這いに来てくれる日が来るなんて」

「よ、よばっ……」

慌てるクレアに対し、ライルの口調はどこか楽しげだ。

「でも、俺も男だから、そんなに身体を押しつけられると、いろいろ反応してしまってどうしていいかわからなくなるよ」

「な、何おっしゃってるんですか。ライル様、この状況をよく見てください！　私のせいじゃありません！」

クレアは恥ずかしすぎて、涙目になりながら必死で抗議する。

ライルは口角を上げると「ごめん」と呟いて、ようやくクレアを解放した。

クレアがライルの上から下りると、彼も起き上がり、自分に女物のガウンがかけられていることに気づいた。

「……あ、それは私のです。ライル様がお風邪を召されるといけないと思って……」

「そうか……俺の様子を見に来てくれたんだね、ありがとう」

ライルはクレアの肩にガウンをかけ直すと、自分も横に座った。

「いつの間にか寝てしまったみたいだ。書類だけでも目を通しておきたくてね。明日は、君とゆっくり過ごそうと思っていたから」

「お帰りになったばかりなのに、そんなに急いでやらなくても……私との時間なら、これからたくさんありますから」

「ああ、そうだね……」

クレアの率直な言葉に、ライルは少し嬉しそうに微笑むと、その華奢な身体を抱き寄せた。

クレアも、今度は素直にライルの身体に寄り添う。

「少し……痩せたみたいだね。それだけ君に心配をかけたんだね。すまなかった」

ライルはまるで壊れ物を扱うように、大事そうにそっとクレアを抱きしめた。

「いいえ……こうして無事に帰ってきてくださいましたから……」

「留守の間、とても頑張ってくれたんだね」

「え？　私は特に何も……」

「屋敷の中が暗くならないように、頑張ってくれたとローランドから聞いている。クレアのおかげで、自分たちも前向きに頑張ることができたと、使用人も口を揃えて言っているよ」

ライルは、クレアの顔を覗き込むようにして微笑む。

「そう……なんですか……知りませんでした。皆さんがそう思ってくださっているなら、とても嬉しいです」

クレアも口元に笑みを浮かべた。

「でも、本当は自分のためでもあったんです……ライル様のいないお屋敷は……やっぱりすごく寂しかったから、それを感じないようにと……」

「俺も寂しかったよ。君のことを考えない日はなかった」

ライルは、再びクレアを抱きしめる。

「俺が死んだと見なして、やってきた連中がいたんだろう？　君が、俺の無事を信じて、そいつらに立ち向かっていったことも聞いたよ。男たちは、それで去っていったらしいね」

「いいえ、私の力ではありません。たまたまシルビア様がいらっしゃって、その人たちを追い払ってくださったんです」

クレアは伏し目がちに言った。

「いや、君の毅然とした態度に、レディ・シルビアも心を打たれたんだろう。だから、助ける気になったんだと思うよ。それから、俺の無事をずっと祈り続けてくれたそうだね。……本当にありがとう」

「ライル様……」

「……それにしても、俺の大事なクレアに危害を加えようとしたなんて……あいつら、目にもの見せてくれよう」

ライルの声が低くなった。

クレアはライルの肩に頭を乗せていたので、彼が今、どれだけ険しい表情をしているのか、知り得なかった。

ライルの温もりを近くで感じながら、何か大事なことを忘れている気がする、と首を傾げたクレアは、「あっ……」と小さく声をあげた。

「どうかした？」

「私、ライル様に大事なこと言うのを、忘れてました」

そして、ライルの顔を見上げ、満面の笑みで言った。

「ライル様、お帰りなさいませ」

駅では泣いてしまって言葉が出なかったし、馬車の中では、ライルのこれまでの経緯を聞くので精一杯だった。それに、帰ってからも慌ただしかったため、ゆっくり話す機会がなかったのだ。

「クレア……」

ライルも優しく微笑み返す。

「……今までで、一番嬉しい『お帰りなさい』だよ」

そう言うと、クレアの頬ではなく——唇に、キスを落とした。

「ただいま、クレア」

三ヶ月ぶりに交わすキスは、甘くて切なくて、懐かしくて……クレアの瞳から静かに雫がこぼれた。

それに気づいたライルが、指で涙をすくう。

「もう遅いから、部屋まで送るよ。また明日ゆっくり話そう」

ライルはソファから立ち上がろうとしたが、クレアは反射的にライルの服をぎゅっとつかんだ。そして、うつむいたまま、じっとしている。

いつもと少し様子の違うクレアを不思議に思い、ライルはそっと声をかけた。

「どうした？」

「……くありません」

小さく、クレアが呟く。

「え？」

「……部屋に戻りたくありません。この手を離したくないんです……。ずっとライル様のお戻りを心待ちにしていました。今でも夢みたいで……でも、本当に夢だったらどうしよう、って……朝起きて、ライル様がいないかもしれない、って考えると、怖いんです……」

ライルの服をつかむ手に、さらに力を込める。

「クレア……」

クレアはライルを見上げた。その美しいパールグレーの瞳が、濡れたような輝きを放っている。

「ひとりで眠りたくないんです。ライル様と一緒にいます……！」

「……俺と眠るということ？」

少し間があってからのライルの問いかけに、クレアはどう答えようか迷ったが、やがて、視線を下げて静かに頷いた。

「クレア、顔を上げて。こっちを見て」

クレアが指示通りにすると、ライルが真剣な眼差しでじっと見つめている。

「それが、どういうことか、わかって言ってる？」

問われたことの意味を理解して、クレアの心臓がうるさく鳴る。だが、ライルをつかむ手を離しはしなかった。

「わかってます……生半可な気持ちで、こんなこと言いません。……ライル様のことが、本当に……好き、だから……」

「クレア……」

しばらくの間、無言でふたりの視線が絡まり合う。

「俺も、君が好きだよ。でも……やめたほうがいい」

ライルは何か感情を抑えるような、切なげな表情を見せた。

結婚もしていないのに、はしたない女だと思われたのかもしれない。

クレアが気まずさと恥ずかしさで身を縮めると、彼女を見つめたまま、ライルが頬に手を伸ばしてきた。

「……正直言うと、無事に帰ってこられた安心感と……君にこうして触れられる喜びで、今、気持ちが昂(たかぶ)ってるんだ。だから、自分を抑えられなくて、きっと君に優しくできない。……君を後悔させたくない」

「ライル様……」

ライルは、いつも自分を大切に思ってくれている。

それを感じたクレアの中で、ライルへの愛しさがさらに膨らんでいく。

「……ライル様だから……後悔なんて、絶対しません！　ずっと、ずっと、会いたかったんです……！　今、ここで離してしまうほうが後悔します！」

ライルの胸に額を押し当てながら、クレアは素直な気持ちを吐き出した。

次の瞬間、クレアはライルに強く抱きしめられていた。

「君は本当に……可愛いことを言う。離れている間、どんなに君に触れたいと思っていたことか……！」

もう止めない、と耳元で低く囁き、ライルは自分の唇をクレアのそれに重ねた。最初は軽く触れ合わせていたが、互いの存在を、心を確かめ合うように、それは次第に深い口づけへと変わる。

ふたりの身体はそのまま折り重なるように、ソファに沈んでいった。

新しい未来、これからのかたち

「本日の朝食は、お部屋にご用意させていただいております」

翌朝。

ジュディはドレッサーの前に座るクレアの髪を、ブラッシングしながら言った。

「え？　どうして……？」

「旦那様のご指示でございます。クレア様はお身体がおつらくて、食堂に足をお運びになれないだろうということです」

「う……っ！」

クレアは、口から心臓が飛び出そうになった。

（身体がつらいって……た、確かに初めてだったから、緊張したし……まだ身体に違和感はあるけど……。でもライル様、いくら私のためとはいえ、そんなことほかの人に言わなくていいのに！）

クレアは、顔を真っ赤に染めた。

「旦那様はクレア様のお身体を、とても心配なさっていたそうですよ」

「えっ、そ、そう？」

「はい。ここ最近、睡眠不足や食も細くなっていた影響で、体調を崩しやすくなっているだろうから無理をさせないように、とのことです」

「……へ？」

クレアの口から、なんとも間抜けな声が出た。

「クレア様、お顔が赤いようですが……どこか、体調がお悪いのですか？」

ジュディが心配そうに尋ねる。

「ち、違うの。大丈夫、大丈夫よ。ほら、すごく元気よ」

クレアは慌てて笑顔を作り、ホッと息をついた。

（そういう意味だったのね。びっくりした……）

クレアは数時間前のことに思いを馳せた。

＊　＊　＊

明け方、まだ部屋が薄暗い中、クレアは目を覚ました。だが、瞼は重くてなかなか持ち上げられない。それに、普段は少し寒さを感じて起きることが多いが、今朝はやけにベッドの中が温かいことに気づいた。さらには、今まで経験したことのない気だるさが、全身を支配している。

しばらく起き上がれずに横たわっていたが、徐々に思考も視界もはっきりしてきて、自分が今、どんな状況にいるのかを理解した。

温かいのもそのはず、クレアはライルの腕に包まれるようにして、ベッドに寝ていたのだ。

（そうだった……昨夜、ソファからベッドに運ばれて……。そして……）

思い返して、恥ずかしさで顔と身体が熱くなるのがわかった。

「……嘘つき……」

ライルの穏やかな寝顔を眺めながら、クレアは呟いた。

（優しくできない、って言ってたのに……）

初めての自分に、ライルはとても優しくしてくれた、とクレアは思う。

もちろん、比べる相手はいないし、身体を突き抜けるような痛みはあったが、ライルはそこに至るまで、クレアの身体を無理やり押し開こうとはしなかった。

以前の経験から、ライルがクレアの身体など、簡単に組み敷けるほどの力を持っていることは知っている。もし、今回そうなっても、自分が望んだことでもあるから、とクレアは覚悟していた。

だが、ライルは自分の欲望のままに事を運ぼうとはしなかった。クレアの心に寄り添い、待ってくれた。そして、何度も押し寄せる得体の知れない大きな波に翻弄され、どうしていいかわからなくなっているクレアに優しくキスをし、抱きしめ、何度も囁いてくれた。

「クレア、愛している」――と。

そして、目覚めた今、ライルは確かにここにいる。

夢ではなかった。

クレアはライルを起こさないように、そっと唇を重ねた。

「君からキスをしてくれたのは、初めてだね」

その時、ライルが目を開けて言った。

「……っ！　ライル様、起きてらしたんですか……⁉」

「うん。君が起きたのがわかったからね。それにしても、〝嘘つき〟って何かな？」

（聞かれてた……っ！）

ライルが、子供のような無邪気な笑顔を向ける。

「えっと……」

言葉で説明するのも恥ずかしくて、クレアはそれ以上答えられなかった。

「……なんでもありません。私、もう部屋に戻らないと……。朝、起こしに来るメイドが、私が部屋にいなかったら驚くでしょうから……」

それもあるが、自分を探し回られて、ライルのベッドで発見されることのほうが恥ずかしい。クレアはベッドから下り、立ち上がろうとしたが、腰が抜けたようにへなへなと床に崩れ落ちてしまった。

「まだ身体が慣れてないんだよ。無理しないで」

ライルはそう言うと、クレアの身体を抱き上げて、部屋まで連れていってくれたのだった。

＊　＊　＊

朝食後、ライルが部屋を訪ねてきた。

「身体は大丈夫？」

ライルはクレアの手を握り、優しい眼差しで顔を覗き込んだ。

今朝まで一緒にいた記憶が鮮明に蘇り、クレアの頬が一瞬で赤くなる。

「はい……あの、ライル様はお身体つらくありませんか？　長旅でお疲れなのに、私、無理をさせてしまったんじゃないかと……」

「それ、本来なら男のセリフなんだけどな」

視線を泳がせながら、しどろもどろに答えるクレアを見て、ライルが噴き出した。

その笑顔を見て、やっと日常が戻ってきたことを実感したクレアの顔にも、自然と笑みが広がる。

今日は仕事をするつもりはなかったらしく、ライルはその後もクレアのそばを離れず、ふたりは館の中で穏やかな時を過ごした。でも、やはり結婚前に変な噂が立ってはいけないので、これまで通り寝室は別々にすることにした。


翌日。

ライルは午前中から書斎で仕事の処理に追われていたため、クレアも自分の店を見に行くことにした。せっかく修理してもらったのに、ライルを待つ間、また閉めてしまっていたので、今度こそ気合いを入れて続けなければならない。

ひとり店に到着し、窓をすべて開けてしばらく黙々と掃除をしていると、帽子を目深にかぶった女性が店に入ってきた。

『すみません、今日は開店していないんです』と言おうとして、クレアはハッとした。見覚えのある金髪の巻き毛が見えたからだった。

「ヴィヴィアン……?」

クレアが呟くと、その人物――ヴィヴィアンは顔を上げ、バツが悪そうに視線を逸らした。

クレアも驚きを隠せず、どうしていいかわからない。

気まずいようななんとも言えない沈黙のあと、ヴィヴィアンのほうから口を開いた。

「たまたま近くを通ったから……」

店を壊された記憶が蘇り、クレアは拳をグッと握りしめる。

『今さらなんの用?』と追い返そうと思った時、ヴィヴィアンが拗ねたように言った。

「……私のこと、聞いてるんでしょ? ……悪かったと思ってるわ」

クレアは思わず目を見開いて、自分の耳を疑った。まさか、ヴィヴィアンの口から謝罪の言葉が出るとは思わなかったのだ。

「警察に言わないでくれたこと、感謝してるわ。だから私も、ちゃんと謝ろうと思ったのよ。……悔しかったのよ、あなたみたいな人がブラッドフォード伯爵に選ばれたことが。でも、こんなことをしても、自分が惨めになるだけだってわかったわ」

ヴィヴィアンは自嘲ぎみに少しだけ口角を上げると、視線をクレアに戻した。だが、これまでのような高圧的な雰囲気は感じられない。

「あなたに名門伯爵家の奥方が務まるとは思えないけど、まあ、頑張りなさいよ。それに私も今に、彼よりも素敵な男性を見つけて幸せになるわ」

クレアが何か言う前に、ヴィヴィアンは踵を返すと、金髪を揺らして出ていった。

再び店に静寂が訪れる。

クレアは、ヴィヴィアンが消えた扉をしばらく眺めていた。そして、彼女も密かにライルに恋心を抱いていたことを、この時初めて知ったのだった。


クレアが目を開けると、見慣れたベッドの天蓋が視界に入った。

窓のカーテンの間から、秋の青空が見える。

(あれ……？　私、いつの間に……？)

昨日の夕刻、屋敷から迎えに来た馬車に乗ったことは覚えている。座席の微かな揺れが心地良くて、ついウトウトして……そこから先の記憶がない。

「今、ちょうど正午前です。昨日、お帰りの馬車の中でお眠りになられたんですよ。旦那様を心配なさっている間、ずっと眠られていないご様子でしたし、疲れがたまっていらしたんだと思います」

ちょうど部屋に入ってきたジュディがにっこり微笑みながら、クレアの疑問に答えてくれた。

ライルが眠ったままのクレアを、ベッドまで運んでくれたらしい。

それにも気づかず爆睡していたなんて自分でも呆れるし、よだれでも垂らしていたのではないかと、クレアは恥ずかしくなった。

その時、部屋のドアをノックする音が聞こえた。

ドアの向こうから、ローランドがクレアに来客の旨を伝える。

誰だかわからないが、とりあえず「着替えるので待ってほしい」と言いながら上体を起こした時。

「その必要はありませんよ。お見舞いに来ただけですから」

聞き覚えのある声とともに、ひとりの貴婦人が中に入ってきた。

「シルビア様……！」

それは、シルビア・コールドウィンだった。

ジュディが慌ててベッドの脇(わき)に椅子を用意する。

クレアも驚いてベッドから下りようとしたが、「そのままでいい」と、優しく制止された。

ジュディが退出し、部屋にはクレアとシルビアのふたりきり。

「シルビア様、どうしてここに……？」

クレアが目を見開いたまま尋ねると、シルビアはゆっくりと椅子に腰を下ろした。

「ライルが我が家を訪ねてきたの。無事に戻った報告と、留守中にクレアが世話になった、とお礼を言いにね。あなたも来てくれたと思っていたんだけど、体調が優れず寝込んでいると聞いたから、心配になってね。会いたくなったの」

「いえ……体調が悪いのではなくて、その、寝不足がたたったというか……そんなことより、シルビア様にご足労いただいたことのほうが申し訳ないです！　お身体、おつらくはありませんか⁉」

大きな瞳を揺らしながら、自分の身体を心配してくれる目の前の少女に、シルビアは優しく目を細めた。

「ありがとう、大丈夫よ。だって実は私ね……魔女なの。そう簡単に倒れないわ」

「え……？」

唐突に言われ、シルビアが冗談なのか本気なのかわからず、クレアは返答に困った。

シルビアはそんなクレアに優雅な微笑を向け、やがて静かに口を開いた。

「……私は若くして主人を亡くしてね、その時、息子はわずか八歳だったの。コールドウィン家を背負って立つにはあまりにも幼くて、私は女だてらに前に出て、息子を守るために必死だったわ。時には周囲と結託して、息子を爵位から引きずり下ろそうとする輩を排斥してね。それが親族であっても、関係なかった」

なぜシルビアがそんな話を始めたのかはわからないが、クレアは黙って耳を傾ける。

「それで、陰ではコールドウィン家の魔女だなんて言われたりしてね。でも、息子を守るためなら、全然かまわなかったの。いつしか、私は政治や経済の世界にも、顔を出すようになってたわ。でもね、私の周りは、コールドウィン家の地位と名声にあやかろうとする者たちで溢れ返ってた。そんな人間関係に嫌気が差した、私の唯一の心の拠り所が、孫娘だったの」

シルビアは少し遠い目をして、窓の外を見た。

「孫娘の名前はアイリーンというのだけれど……アイリーンの前でだけは、私はコールドウィン家のご隠居でも魔女でもなく、ただのおばあ様でいることができたの。彼女といる時が、一番幸せだった。……でもね、数年前、流行り病でアイリーンはこの世を去ったの」

「えっ……」

クレアは息を呑んだ。

「あなたと初めて会った冬の日、覚えているかしら」

「ええ、もちろんです」

「あの日ね、実はアイリーンのお墓を見舞った帰りだったの」

あっ、とクレアは思い出した。あの日、シルビアは黒っぽい、喪服のような服を着ていたことを。

「急に気分が悪くなってね、少し外の空気を吸いたいと思って馬車を降りたんだけど……突然発作が起こって、ああ、もうここで倒れてしまうかもしれない、って思ったわ。でも、不思議と怖くはなかった。『これでアイリーンの所に行けるなら』って……。その時、あなたに助けられたの」

シルビアはクレアのほうに視線を戻すと、にっこり微笑んだ。

「いつもは、私の周りには計算高い人間しか寄ってこないのに、あなたはどこの誰とも知れない私を親切に介抱してくれた。私はそれがすごく嬉しかったのよ」

「……いえ、それは当然のことですから」

クレアが恐縮して言うと、シルビアはクレアの手をそっと握った。

「あなたがアイリーンの姿に重なって見えてね、『おばあ様、頑張って』ってアイリーンに言われている気がして……『ああ、こんな所で死ねない、もう少し頑張ってみよう』って思えたのよ」

あの時シルビアは、クレアのおかげで元気になれた、と言っていた。

それは単に介抱してくれたから、ということだけではなく、心も勇気づけられたという意味だったのだと、クレアは初めて理解した。

「私はすっかりあなたを気に入ってしまってね、一方的に、孫娘の生まれ変わりみたいに思っているの」

「シルビア様……」

自分をそんな風に思っていてくれたなんて。クレアは胸が熱くなるのを感じた。

最後に、シルビアは微笑みかける。

「心配かけさせられた分、ライルにうんと甘えて、ゆっくり休んでちょうだいね。淑女になったあなたも素敵だけれど、お店を頑張っている元気いっぱいのあなたも、私は大好きなの。では、私はそろそろ失礼するわね。あまりあなたを独り占めすると、あの坊やが嫉妬してしまうから」

シルビアが、いたずらっ子のように笑う。

『坊や』というのはライルのことで、シルビアから見ればライルはまだまだそういう存在なのかもしれない、と思うと、クレアはなんだかおかしかった。

　シルビアが部屋を出てしばらくすると、ライルがクレアのもとにやってきた。彼はベッドの淵に腰を下ろすと、優しい手つきでクレアの髪を撫でる。

「午前中、イーストン子爵家に挨拶に行ったんだ。心配をかけたから、お詫びも兼ねてね。君も連れていきたかったけど、ぐっすり眠っているのを起こすのも気が引けて。レディ・シルビアにも礼を言おうと、その帰りにコールドウィン侯爵家にも顔を出したら、どうしてもクレアに会いたいと言われてね。それで連れてきたんだ」

「はい、シルビア様がいらっしゃってびっくりしました。アイリーン様の話も……聞きました」

　ライルは「そうか」と呟いて、少し寂しそうに微笑んだ。幼馴染みの死を思い出したのかもしれない。

「実は……昨日、ヴィヴィアンがお店に来ました」

　続けて、クレアが静かに口を開く。ライルには知らせておくべきだと思ったのだ。

「何だって……？」

　驚いて、思わず目を見張ったライルだったが、ヴィヴィアンが謝罪のために訪ねてきたことを聞くと、もとの穏やかな表情に戻った。

「私も正直びっくりしました。素っ気ない言い方でしたが、きっと……彼女なりに勇気を出して来てくれたんだと思います。だから、これまでのことは、水に流そうと思います。甘い、とライル様には呆れられるかもしれませんが……」

クレアは真剣な眼差しで、ライルを見つめる。

「いや。君がそう決めたのなら、俺が異議を唱える理由はないよ」

優しい微笑みを向けてくれたライルに、クレアもホッとして口元をほころばせた。

「それから、ライル様……あの、私、大事なことを言わないといけなくて……」

「ん？」

クレアは少しうつむいてもじもじしていたが、やがて意を決したように大きく息を吸い込むと顔を上げ、パールグレーの瞳をまっすぐにライルに向けた。

「プロポーズ、お受けします。私をライル様の妻にしてください」

ライルはこちらを見たまま、固まっている。

「あの……」

クレアは少し不安になって、言葉を続けた。

「もちろん、このままではいけないのはわかっています。奥方としての教養や知識も身につけないといけないし……きゃっ！」

クレアは話の途中で急にベッドに押し倒され、驚いて声をあげた。

そのまま、唇を塞がれる。

「ん……っ」

昼間にしては少し濃厚すぎる口づけを交わしたあと、やっと唇を離したライルが、目を細めてクレアを見つめる。

「ありがとう、クレア」

「ライル様……」

クレアも愛しさを込めて、名前を呼んだ。

「絶対に幸せにする」

「今でも幸せですよ」

「じゃあ、もっとだよ」

ふたりで額を寄せて、笑い合う。

ライルはクレアの背中に手を回し、抱きしめるようにして上体を起こしてくれた。

「でも、伯爵家の奥方になるということは、やっぱり家を守るのが一番の仕事ですよね。いずれ店は閉めなければいけませんよね……？」

腕の中からライルを見上げて、クレアは小さく尋ねた。いつかはそんな日がやって来るだろうと覚悟はしていたが、やはり寂しい。

だが、ライルの答えは予想とは全く違っていた。

「いや、やめなくていい。そのままでいいよ。君はあの店が好きなんだろう？　君の生きがいまで取り上げるつもりはない」

「……ですけど……」

「昔から家にいるのが女性の美徳とされているけど、時代は変わっていく。上流階級の女性が、結婚しても仕事を持ち続ける時代が必ず来る。君が先駆けになればいい。周りにはなかなか理解してもらえないかもしれないけど、俺がついてる。アンドリューも、叔父夫婦も、レディ・シルビアも、きっと……いや、絶対応援してくれる」

ライルは、心配そうなクレアの顔を見ながら微笑むと、力強く頷いた。

「……はい！」

忘れていたが、ライルは昔のいい伝統を受け継ぎつつ、時代に合った新しい考えを持っている人だ。こんな人がそばにいてくれるなら――自分の夫なら、こんなに心強いことはない。

「ありがとうございます！」

眩しい笑顔を弾けさせながら、クレアは最愛の人に思い切り抱きついた。

雪解けの街

「クレア、最近忙しいみたいだね。体調は大丈夫かい?」

ブラッドフォード家の応接間。

ソファに深く腰掛け、クレアの淹れた紅茶を味わっているのはアンドリューだ。

「ええ、大丈夫です。ありがとうございます」

その向かいに座り、クレアは微笑む。

「花嫁修業に加え、店を二店舗もかまえるなんて、今や立派なオーナーだね」

「オーナーだなんて、大げさです。新しいお店は、明らかにライル様のお力によるものですから」

季節は秋を駆け抜けて、冬の終わりに近づいていた。

ライルとクレアの結婚式は、春に挙げられることになった。

クレアは、ブラッドフォード伯爵夫人の名にふさわしい貴婦人になるべく、マナーやダンスのほかに、教養や語学、話し方など、様々な分野のレッスンを日替わりで受けている。

それに加え、新しい店をかまえることになった。

発端は、レディ・シルビアがゆっくり店で過ごしてもらえる方法はないか、とクレアがライルに相談したことだった。もとの、母から継いだ店は敷地も狭く、ゆっくり買い物もできない。高齢のシルビアに座ってもらえる椅子を置く場所もない。

それならば、そういう店を新たに設けよう、とメイン通りから少し離れた広い土地をライルが買い上げ、そこに店を建ててくれたのだ。

その中に、テーブルと椅子のセットをいくつか置き、気軽に客に使ってもらっている。新しい茶葉の試飲もしてもらえるようにした。

最初はシルビアのようにゆっくり買い物をしたい人向けに開いた店だが、レディ・シルビア御用達の店として、クレアの店は瞬く間に上流階級に知れ渡り、今では大勢の人々が訪れるまでになった。

中には茶葉の成分や効能、産地に詳しいご婦人もいて、クレアはなるべく要望に答えられるよう、茶葉の知識を一から勉強せざるを得なくなった。

週の半分はもとの店に出て、半分は新しい店に出るようにしている。その間、出られないほうの店は、従業員を雇ってなんとか回している。レッスンが重なり、両方の店に出られない日も、当然ながらある。

「そんなに恐縮しなくても、婚約記念に店を一軒丸ごとプレゼントされたと思えばいいんじゃないかな。ブラッドフォード伯爵家の財力をもってすれば、店一軒くらい、大した出費じゃないだろうしね。それに今や、上流階級であなたの店を知らない人はいないと思うよ。すごいことだよ」

アンドリューの言葉に、クレアは静かに微笑みながら、カップに口をつける。

「私の力ではありません。シルビア様のおかげなんです」

「人脈も、実力のうちだよ」

アンドリューは、屈託なく笑った。

「アンドリュー様は、ライル様にお会いになったのですか？」

「うーん、忙しそうだったからね、相手にされなかったよ」

というのは嘘で、本当は怒られたのだが。

先刻、アンドリューがライルに会いに、書斎を訪れた際のこと。

『なんでさっさと結婚しなかったんだよ。店なんか造って、準備や経営のことでクレアが忙しさに追われることになると、わかってたはずだろう？　そんなにお前が禁欲生活を送りたいなんて、僕は知らなかったよ』

アンドリューが肩をすくめて言い終えた次の瞬間、執務机に向かっていたライルの手が動き、近くに置いてあった分厚い本がこちら目がけて勢いよく飛んできた。間一髪で避けたが、当たっていたらかなり痛いに違いない。

『お前っ、今、全力でやっただろっ』

『俺はいつでも全力だ』

そして案の定、『出ていけ』と言われ、今に至るのである。

（……あれは、順番を間違えた、って相当後悔してるな……）

「アンドリュー様？」

急に黙り込んだアンドリューを心配して、クレアが声をかける。

「ああ、いや、なんでもないよ。式を挙げたら、あなたもライルのことでいろいろ大変だろうけど、頑張って」

「はい、もちろんです。私、ライル様のためなら、なんでもやります」

愛する人のため、と意気込んだクレアの瞳がキラキラと純粋に輝いているのを見て、アンドリューはなんだか罪の意識に苛まれそうになった。

「あー……なんでもするなんて、今のあいつには言わないほうがいいな」

「え？」

「いや、こっちの話。……じゃあ、僕はそろそろ帰るよ」

ソファから立ち上がりながら、『僕も早くいい人見つけよう』と思うアンドリューだった。


「まあ、すごい、お庭があんなに真っ白！」

翌朝、目覚めてカーテンを開けたクレアは、感嘆の声を漏らした。

昨夜、珍しく王都で雪が降った。長い間降り続きはしなかったが、夜の空気に冷やされ、解けることなく朝まで残っていたのだ。

「解けるかしら？」

クレアはジュディに尋ねた。

「そうですね、今朝から太陽が出ていますので、昼間には解けるかもしれませんね」

「ちょっと出かけたい所があるんだけど……」

「お店でございますか？」

「いいえ、別の……。でも、すごく大切な場所なの」

昼前、クレアひとりを乗せた小さな馬車が屋敷を出た。

雪の上には車輪の跡が幾筋もついている。

やがて、クレアが到着したのは、王都の北西にある共同墓地だった。

雪の中、訪れる人はいなかったらしく、生い茂る木々に囲まれたこの場所は陽当たりが弱く、一面に雪が残っている。

雪を踏みしめ、クレアはその中の一角に辿り着くと、しゃがみ込んで墓石に積もった雪を丁寧に手で払った。

「……お母さん……」

そこは、母の眠る場所だった。

「最近、来られなくてごめんね……」

墓石に、話しかける。

「今日は報告に来たの。私、春になったら結婚するの。とても素敵な、私にはもったいないくらいの人なのよ。私、絶対に幸せになるわ。だから、見守っていてね」

クレアは微笑みながら、青空を見上げた。

「私の花嫁姿、お母さんにも見せたかったな……」

「じゃあ、天国の母上がすぐに見つけられるように、式は盛大に行うことにしようか」

不意に背後から声が聞こえて振り返ると、目の前に愛しい人の姿を見て、クレアは笑みをこぼす。

「ライル様……」

「さっき、通りでうちの馬車を見つけてね。ここに来たら、君の姿があったんだ」

ライルは歩み寄り、クレアの母の墓の前に立った。

「確か母上が亡くなったのは、春だったと思うけど……」

「あ、今日は母の誕生日なんです。最近、忙しくて来られていなかったので、結婚の報告だけでもしようと思いまして」

「そうか……だったら、俺も一緒に来たらよかったね」

ライルはしゃがむと、帽子を取って胸の前に当て、静かに目を閉じた。

「ありがとうございます。ライル様に来ていただいて、母も喜んでいると思います」

「お礼を言うのは俺のほうだよ」

ライルは立ち上がって、クレアを優しく見つめた。

「『クレアを生んでくれてありがとうございます』とお礼を言ったんだ」

フッと目を細める。

「……ライル様……」

クレアの瞳に、嬉しい涙が浮かぶ。

「また来よう」

「はい」

ふたりは腕を組んで、クレアの歩幅に合わせてゆっくりと歩きだした。

「君の母上は、とても愛情深い人だったんだろうね。君を見ていてわかるよ」

ライルが、穏やかな笑みを浮かべながら言った。

そんな風に自分を見ていてくれたことが嬉しくて、クレアも微笑み返す。

「……俺は父に対する気持ちのやり場がないまま、これまでがむしゃらに突っ走ってきた。だけど、君とこうして穏やかな日々を送るにつれて、少し冷静に考えられるようになったよ」

ライルの口から『父』という言葉が出て驚いたクレアは、心配そうにライルを見上げた。

だが、彼のまとう空気は、先ほどと変わらず落ち着いている。

「父は死に際、ひとりだけ楽になろうとしたんじゃなくて、父親として、俺には家族の真実を……自分の罪を伝えなければと思って、すべてを白状したのかもしれない。最初から俺に許されようなんて考えていなかったんじゃないかと、そう思うことがあるんだ」

ライルが立ち止まったので、クレアも歩みを止めた。

ライルは、そのまま青い空を仰ぎ見る。

「……弱い人だったんだと思う。もちろん、そんな簡単な言葉で片づけられたら、母の魂は浮かばれない。でも、最期はブラッドフォード家当主としてではなく、愚かな罪深いひとりの人間として、プライドも尊厳も投げ捨てて……俺と向き合おうと、あの人なりにあがいていたのかもしれない。……まあ、今となっては、ただの憶測に過ぎないけど」

ライルは、再びクレアに視線を戻して微笑んだ。深い緑の瞳は柔らかな光に満ちていて、その表情は頭上に広がる青い空のように晴れ渡っている。

「暖かくなったら、南の領地に一緒に行こう。そこに両親が眠っている。俺の可愛い花嫁を紹介したいんだ」

彼の悲しみの影は、そう簡単に消え去るものではないと、クレアは理解している。

だが、それは少しずつではあるが、かたちを変えてきている。

そのことに気づいたクレアは、心に温かい風が吹くのを感じて、愛しそうにライルの腕にぎゅっと抱きついた。

「はい！　ぜひ、連れていってくださいね！」

これから一緒に過ごす日々が、ライルにとって穏やかなものであることを願うと同時に、自分がこの優しい笑顔をずっと守っていくのだと……クレアは強く強く、心に誓った。

そのまま馬車まで進み、ふたりで乗り込む。小さな馬車なので、並ぶと互いの肩と肩が触れ合った。

「ライル様がご一緒なら、もっと大きな馬車で来ればよかったです。ごめんなさい」

「そんなことないよ。俺も仕事の帰りで、馬車を拾って帰ろうと思っていたから助かった。それに、これはこれでクレアと密着できるからいいよ」

そう言うと、ライルはクレアの頬に手を伸ばし、唇を重ねてきた。

深い口づけに、いつものように頭がクラクラして頬が上気する。そんなクレアを満足げに見つめて微笑むライルを、彼女は少し拗ねるように見上げた。

「そんなに面白いですか？　いつも馬車の中でキスして……」

「それは、君が可愛いからだよ。恋人や夫婦なら、皆やってることだよ」

皆というのは、言いすぎだと思う。でも、緑の美しい瞳に見つめられてそう言われれば、『そうなのかも』と思えてしまうから不思議だ。

「優しい魔力を持つ王子様……」

クレアはポツリと呟く。

「なんだい、それは？」

「……ふふ、なんでもありません……」

さっきのお返し、という風にクレアが含み笑いをする。

だが、次は満面の笑みで、ライルに言った。

「ライル様、愛してます」

「俺も愛してるよ、クレア」

ライルも微笑み返すと、どちらからともなく、互いの唇が再び重なった。


ふたりを乗せた馬車がゆっくりと、雪解けの街を進んでいく。

路上に残った雪が車輪に巻き上げられ、キラキラと陽光を反射させながら風にさらわれ、宙に解けて消えていく。

春はもう、そこまで来ている。


【完】

あとがき

こんにちは。作者の葉崎あかりと申します。このたびは『伯爵と雇われ花嫁の偽装婚約』をお手に取ってくださり、ありがとうございます。こうして二作目をお届けできますことに、感謝と喜びで胸がいっぱいです！

今回の物語は架空の国が舞台ですが、十九世紀のロンドンをモデルにしております。産業が発展し、暮らしの利便性は向上し、近代化の足音は近づいているけれど、まだ馬車が主流で社交シーズンには、夜な夜な舞踏会や晩餐会が催される――そんな華々しいヴィクトリアン文化に、以前から心惹かれるものがありました。

そして、もしこの移り行く時代の中で、上流階級の奥方が店を開いて商売していたら……という発想がきっかけで生まれたお話です。実際の内容は結婚前のお話になりましたが、出会いから婚約に至るまで、さまざまな出来事がふたりの周りで起こります。ふたりが強い絆で結ばれていく経緯も、楽しんでいただけましたら嬉しいです。

今回、私なりに考えたのは、『ヒーローの内面を完璧にしないこと』でした。

ライルは、常にヒロインを甘く優しく包んでくれますが、つらい過去の苦しみと孤独から生じる危うさを内に秘めていることが、物語の中盤で明かされます。誰にも知られたくない格好悪い悪い部分もすべてさらけ出し、それでも互いに心を通じ合わせ、受け入れて支え合うことができるなら、これほど深い愛情はないのではないかと思います。

『このふたりなら、どんな困難も時代の荒波も乗り越えていけるかもしれない』――読んでくださった方が、そんな余韻を少しでも心に残していただけましたら、作者としてこれ以上嬉しいことはありません。もし機会があれば、次はアンドリューにも春を訪れさせてみたい、などと思っております。

最後になりましたが、担当編集の額田様、三好様。今回も大変お世話になりました。素敵な表紙を描いてくださいました、北沢きょう様。ラフ時点から彩色まで、まさにドキドキ、キュンキュンの連続でした。また、スターツ出版の皆様、本作に携わってくださった皆様に、深く感謝いたします。

そして、いつも支えてくださる読者の皆様、本作をお手に取ってくださいました皆様、すべての方々に心より感謝申し上げます。ありがとうございました！

葉崎（はざき）あかり

葉崎あかり先生への
ファンレターのあて先

〒104-0031
東京都中央区京橋1-3-1
八重洲口大栄ビル7F
スターツ出版株式会社　書籍編集部　気付

葉崎あかり先生

本書へのご意見をお聞かせください

お買い上げいただき、ありがとうございます。
今後の編集の参考にさせていただきますので、
アンケートにお答えいただければ幸いです。

下記URLまたはQRコードから
アンケートページへお入りください。
http://www.berrys-cafe.jp/static/etc/bb

伯爵と雇われ花嫁の偽装婚約

2018年4月10日　初版第1刷発行

著　者　葉崎あかり

発行人　松島 滋
デザイン　カバー　根本直子（説話社）
フォーマット　hive & co.,ltd.
校　正　株式会社　文字工房燦光
編　集　額田百合　三好技知（ともに説話社）
発行所　スターツ出版株式会社
〒104-0031
東京都中央区京橋1-3-1　八重洲口大栄ビル7F
TEL　販売部　03-6202-0386（ご注文等に関するお問い合わせ）
URL　http://starts-pub.jp/
印刷所　大日本印刷株式会社

Printed in Japan

乱丁・落丁などの不良品はお取替えいたします。
上記販売部までお問い合わせください。
定価はカバーに記載されています。

ISBN 978-4-8137-0439-3　C0193

『副社長のイジワルな溺愛』

北条歩来・著

建設会社の経理室で働く茉夏は、容姿端麗だけど冷徹な御曹司・御門が苦手。なのに「俺の女になりたいなら魅力を磨け」と命じられたり、御門の自宅マンションに連れ込まれたり、特別扱いの毎日に翻弄されっぱなし。さらには「俺を男として見たことはあるか?」と迫られて…!?

ISBN978-4-8137-0436-2／定価：本体630円＋税

ベリーズ文庫
2018年4月発売

書店店頭にご希望の本がない場合は、
書店にてご注文いただけます。

『強引専務の身代わりフィアンセ』

黒乃 梓・著

エリート御曹司の高瀬専務に秘密の副業がバレてしまった美和。解雇を覚悟していたけど、彼から飛び出したのは「クビが嫌なら婚約者の代役を演じてほしい」という依頼だった！　契約関係なのに豪華なデートに連れ出されたり、抱きしめられたりと、彼は極甘で…!?

ISBN978-4-8137-0437-9／定価：本体630円＋税

『お気の毒さま、今日から君は俺の妻』

あさぎ千夜春・著

容姿端麗で謎めいた御曹司・葛城と、とある事情から契約結婚した澄花。愛のない結婚なのに、なぜか彼は「君は俺を愛さなくていい、愛するのは俺だけでいい」と一途な愛を囁いて、澄花を翻弄させる。実は、この結婚には澄花の知らない重大な秘密があって…!?

ISBN978-4-8137-0433-1／定価：本体640円＋税

『冷酷王の深愛～かりそめ王妃は甘く囚われて～』

いずみ・著

花売りのミルザは、隣国の大臣に絡まれた妹をかばい城へと連行されてしまう。そこで、見せしめとして冷酷非道な王・ザジにひどい仕打ちを受ける。身も心もショックを受けるミルザだったが、それ以来なぜかザジは彼女を自分の部屋に大切に囲ってしまい…!?

ISBN978-4-8137-0438-6／定価：本体640円＋税

『エリート社長の許嫁～甘くとろける愛の日々～』

佐倉伊織・著

老舗企業の跡取り・砂羽は慣れない営業に奮闘中、新進気鋭のアパレル社長・一ノ瀬にあるピンチを救われ、「お礼に交際して」と猛アプローチを受ける。「愛してる。もう離さない」と溺愛が止まらない日々だったが、彼が砂羽のために取ったある行動が波紋を呼び…!?

ISBN978-4-8137-0434-8／定価：本体640円＋税

『伯爵と雇われ花嫁の偽装婚約』

葉崎あかり・著

望まぬ結婚をさせられそうになった貴族令嬢のクレア。縁談を断るために、偶然知り合った社交界の貴公子、ライル伯爵と偽の婚約関係を結ぶことに。彼とかりそめの同居生活がスタートするも、予想外に甘く接してくるライルに、クレアは戸惑いながらも次第に心惹かれていき…？

ISBN978-4-8137-0439-3／定価：本体650円＋税

『クールな次期社長の甘い密約』

沙紋みら・著

総合商社勤務の地味ＯＬ茉耶は、彼女のある事情を知る強引イケメン専務・津島に突然、政略結婚を言い渡される。甘い言葉の裏の横暴な策略に怯える茉耶を影で支えつつ「あなたが欲しい」と近づくクールな専務秘書・倉田に、茉耶は身も心も委ねていき、秘密の溺愛が始まり…!?

ISBN978-4-8137-0435-5／定価：本体640円＋税